Polizeihauptkommissar Breuer ermittelt in einem seiner schwersten Fälle und jagt einem Mörder hinterher, der seine Tatorte so arrangiert, als hätten seine Opfer Selbstmord begangen. Er tötet Frauen, um sich später an unschuldigen Mädchen zu vergreifen und ihre leblosen Körper irgendwo im Wald zu verstecken. Er mordet seit Jahren und kommt ungeschoren davon, bis etwas ganz schief läuft.
Eine tote Frau liegt in einer Badewanne, brutal zugerichtet, blutig von unzähligen Messerstichen und ist mit Schmutzwäsche zugedeckt, auch sie weist signifikante Merkmale des Mörders auf, nach dem Karl Breuer und sein Team seit Jahren fahnden.
Dann taucht plötzlich ein völlig verstörtes Mädchen auf. Es hat als einziges Kind den Angriff des Serienmörders überlebt.
Nun ist es an der Zeit, den Psychologen Doktor Hornoff um Rat zu fragen, entscheidet sich Karl Breuer ...

IHR KALTER ATEM

EIN-KARL-BREUER- THRILLER

NOAH FITZ

Diese Story ist reine Fiktion, die Orte und die Namen sind frei erfunden, alle Übereinstimmungen sind zufällig und nicht beabsichtigt.

Impressum:

NoahFitz@gmx.de

Adresse:

Noah Fitz

Postfach 12 10

97962 Bad MGH

Covergestaltung © Traumstoff Buchdesign traumstoff.at

Covermotiv © KIMSO shutterstock.com

#1

‚Sie sind überheblich und wirken zuweilen herrisch Ihren Kollegen gegenüber, auch sind Sie respektlos, ja, in gewisser Weise stört mich Ihr launisches Verhalten, und Sie sind sturköpfig', hallten die Worte von Polizeihauptkommissar Kraut in Karls Kopf nach, während er in einem Sessel in seiner Wohnung saß und die letzten Tage Revue passieren ließ. Mit der rechten Hand fuhr er gedankenverloren über das weiche Fell seines alten Katers. Das gelbe Licht der Sonne schien durch die staubige Fensterscheibe. ‚Der Chef war schon immer ein überhebliches Arschloch', dachte Karl und nippte an seinem Bier.

„Das Leben ist manchmal ein Arschloch, habe ich recht, Ferdinand?", sprach er mit rauer Stimme zu seinem einzigen Freund. Er war hundemüde. Der Kater schnurrte nur, streckte seine rechte Pfote aus und gähnte mit weit aufgerissenem Maul.

Karl räusperte sich vernehmlich und starrte immer noch auf den Fernseher. Das, was er dort sah, schockierte ihn aufs Neue. Ein nackter Mann stieg auf eine aufklappbare Leiter, griff mit beiden Händen an eine Schlinge, die er höchstwahrscheinlich eigenhändig an der Decke befestigt hatte, und schob seinen kahlen Kopf hindurch. Das Video war körnig und daher unscharf, trotzdem konnte Karl alle Details deutlich erkennen, auch wenn er es lieber nicht täte. Der Mann hatte einen leichten Bauchansatz und war ein paar Jahre über fünfzig. Etwa in Karls Alter. Der Perversling wog jedoch gute dreißig Kilo weniger. Sein Brustkorb war von beinahe durchsichtiger Haut umspannt. Er war stark behaart, doch sein Gesicht war glattrasiert. Karl schluckte wieder, weil er den Ausgang dieses Privatvideos kannte, er wollte einfach begreifen, warum dieser schmächtige Kerl sich selbst befriedigte, während sich die Schlinge um seinen Hals mit jedem Schwinger fester zuzog.

Was ging in solchen Menschen vor, was war in ihrer Kindheit anders gelaufen als in Karls?

Karl schluckte erneut. Seine Hand verharrte. Der Kater hob seinen Kopf und sah Karl nur mit einem Auge an, das andere hatte er im Kampf um eine Katzendame verloren, noch bevor ihn Karl kastrieren ließ. Jetzt war er fett und faul geworden, auch interessierte sich Ferdinand nur noch für Katzenfutter und schob immer einen faulen Lenz, darum beneidete ihn Karl oft.

„Würdest du dich erhängen, Ferdinand, nur damit du einen Steifen bekommst?“ Karl wandte sich an seinen felligen Freund und lächelte schief, doch sein Gesicht war alles andere als erfreut. Immer wieder schwang der Mann zur Seite und zurück zu der klapprigen Leiter. Mit hochrotem Gesicht stellte er sich mit nackten Füßen wieder auf den Zweitritt, um den Würgegriff des Seils zu lösen und sich dann erneut zu strangulieren. Karl bemerkte auch, dass die Zehennägel rot lackiert waren. „Und dieser Kerl ist ein mehrfacher Opa“, brummelte Karl und stellte das leere Bierglas auf den Boden. „Pass auf, Ferdinand.“ Dann passierte das Unerwartete, beim dritten Mal verfehlte der ältere Herr den klapprigen Zweitritt und streifte ihn seitlich mit dem rechten Fuß. Das metallene Gestell fiel um. Erschrocken griff der Kerl mit beiden Händen nach dem Strick, der sich mit jeder Sekunde fester um seinen schmalen Hals zuzog. Sein erigiertes Glied leuchtete beinahe im Flutlicht einer starken Lampe, die der ganzen Kuriosität noch mehr Perversion verlieh. Der Kater stellte sich auf und fixierte den sterbenden Mann mit einem interessierten Blick. Dann sah er hoch zu Karl. Karls Mundwinkel rutschten ein Stück nach unten. Er hörte, wie der Mann röchelte, und sah, wie der Kerl immer wieder mit einem Fuß nach der Leiter zu greifen versuchte - doch jeder Versuch war vergebens. Spucke flog zwischen seinen nun blau angelaufenen Lippen hervor. Sein zu Tode verängstigter Blick suchte nach der Kamera, jetzt sah er zu Karl. Die Furcht, die in seinen Augen lag, jagte Karl erneut eine Gänsehaut ein. „Hilfe“, krächzte der Mann, so als würde er sich an Karl wenden.

Der Kater sprang von Karls Schoß und tapste näher an den Bildschirm. Dann stellte er sich auf die Hinterpfoten und kratzte spielerisch über die glatte Fläche des Fernsehers. „Geh da weg, Ferdinand“, brummte Karl. Doch der Kater reagierte nicht, er versuchte mit seinen Krallen den steifen Penis des Mannes zu erwischen.

Karl nahm seinen rechten Pantoffel und schleuderte ihn nach dem Kater. Ferdinand fauchte und huschte unter das Sofa. Für einen Augenblick blieb das fette Tier in dem Spalt stecken und kratzte mit den Krallen über das Parkett, bis er sich schließlich durchgezwängt hatte. „Du musst abnehmen“, sagte Karl und strich sich selbst über seinen Bauch. „Und ich auch“, fügte er weniger laut hinzu. Der Kater protestierte mit einem kurzen Miauen. Nur ein Auge war noch in dem dunklen Spalt zu sehen. Karl nahm die Fernbedienung in die Hand und sah weiter zu, wie der Mann zappelnd seine letzten Atemzüge auskotzte. Er kratzte sich immer noch am Hals, blutige Striemen bildeten sich auf der Haut, eine dicke Ader pulsierte darunter und sah einem Wurm ähnlich. Der Strick war gespannt und fraß sich mit jeder Sekunde tiefer in das Fleisch. Die Augen quollen heraus. Die Kopfhaut färbte sich violett. An der rechten Schläfe pochte die Pulsader und trat noch deutlicher hervor.

David Sturmmann wurde tot in seinem Keller aufgefunden, von seiner zehnjährigen Enkeltochter. Der stinkende Leichnam wurde erst nach vier Tagen entdeckt, weil sie übers lange Wochenende bei ihrer Oma war, wusste Karl. „Was für ein beschissener Abgang“, grummelte der Hauptkommissar, schaltete den Fernseher aus und stemmte sich aus dem Sessel.

Vor zwei Tagen wurde Karl Breuer beurlaubt, weil er im Kommissariat einen Kollegen vom Erkennungsdienst zusammengestaucht hatte, weil sie bei der Durchsuchung des Tatorts ein wichtiges Detail übersehen hatten. Nämlich die Kamera, die in einer Wand versteckt gewesen war.

Am Tatort, denn man ging anfänglich von einem Selbstmord aus, gab es keine Hinweise auf eine Fremdeinwirkung, aber auch einen Abschiedsbrief konnten die Beamten nirgends finden. Doch wer begeht schon splitterfasernackt einen Selbstmord? Dieses scheinbar unbedeutende Indiz veranlasste die Staatsanwaltschaft dazu, das Morddezernat einzuschalten.

Karl ging zum Fenster, schob die braunen Vorhänge zurück und öffnete es. Die Herbstluft, die nach feuchtem Laub roch, tat ihm gut. Er wollte den bestialischen

Gestank, den er durch seine Erinnerung selbst auf seiner Zunge schmecken konnte, loswerden.

Er stand in Gedanken wieder in diesem Keller. Jedes kurze Aufschnappen nach ein bisschen Luft, die abartig nach Verwesung stank, barg die Gefahr in sich, den anwesenden Beamten dazu zu bringen, sich vor die Füße zu kotzen. Einige der unerfahrenen Polizisten rannten nach draußen und würgten sich ihre Seele aus dem Hals.

Karl hielt sich tapfer und nahm alles in Augenschein, er blieb so lange drin, bis ihm eine winzige Öffnung in der holzvertäfelten Wand aufgefallen war. Die spasmischen Würgereflexe seines viel jüngeren Partners erschwerten das Zurückhalten des Mageninhaltes zusätzlich. „Sei kein Schlappschwanz, Lars“, hatte er den jungen Kollegen auf seine spezielle Art ermutigt. Das schien zu helfen. Kommissar Böhm blieb als Einziger an Karls Seite. Karl blinzelte mehrmals, weil die kühle Luft nun einen säuerlichen Gulaschduft annahm, und Karl hasste Gulaschsuppe und seine neuen Nachbarn, die nichts anderes zu essen schienen als diese verdammte Gulaschsuppe. Mit seinem Zorn verschwand auch die Erinnerung an den letzten Tatort.

Jetzt stand er wieder da und stierte nach draußen, sah, wie die welken Blätter vom lauen Wind und einem Besen über die Straße gefegt wurden. Ein älterer Herr kehrte sie zu einem Haufen zusammen, damit sie vom Wind wieder in alle Richtungen weggeweht werden konnten. Das monotone Geräusch der harten Borsten beruhigte Karls aufgebrachtes Gemüt wieder.

Schuch, schuch, schuch machte der Besen und schob das Laub zu einer großen Eiche.

Karl schloss die Augen und schob die Erinnerung vollends beiseite, auch die lackierten Zehennägel, die sich in sein Gedächtnis eingebrannt hatten. Karl legte den Kopf in den Nacken und atmete tief durch. Er lebte jetzt seit mehr als einem Jahr getrennt von seiner Lisbeth. Doch in der Wohnung sah es immer noch so aus, als sei er erst seit gestern hier eingezogen, wäre da nicht das Geschirr in der Spüle, der Berg schmutziger Klamotten im Wäschekorb und die große Pinnwand, die vom Maßstab her nicht viel kleiner war als die im Präsidium.

Karl holte erneut tief Luft und verzog das Gesicht, eine Dampfwolke und das Stimmengewirr seiner Nachbarn waren allgegenwärtig. „Wann werden sie endlich satt?“, brummte er und schloss das Fenster. In diesem Moment klingelte das Telefon. Mit den Füßen über den Boden schlurfend lief er in den Flur.

„Karl Breuer am Apparat, was willst du, Lars? Ich habe Urlaub“, begrüßte er seinen Partner, nachdem er die Nummer auf dem orange leuchtenden Display kontrolliert hatte.

„Wir haben eine Tote.“

„Ich habe Urlaub“, insistierte Karl, seine Stimme klang eine Oktave tiefer.

„Hauptkommissar Kraut hat angeordnet ...“

„Ach der, hat er vielleicht schon mal einen Blick auf eine der Wände geworfen? Vielleicht wurde auch dieses Mal eine Kamera versteckt und mein Auftauchen wäre reine Zeitverschwendung?“, schnitt Karl seinem Partner das Wort ab.

„Nein, hat er nicht, das hier ist etwas ganz anderes.“

„Subtile Gehässigkeiten sind etwas für intelligente Menschen wie dich, Lars, bei solchen wie unserem Chef, die ohne Gehirnmasse auf die Welt gekommen sind, helfen nur Schläge auf den Kopf, vielleicht ist es einer der Gründe ..."

„Nein, es ist wirklich schlimm, Karl. Die Frau wurde regelrecht massakriert", unterbrach ihn Lars, was er nur in den seltensten Fällen tat. Also war der Anruf tatsächlich wichtig und die Lage mehr als misslich. Lars Böhm klang gedämpft und müde.

Karl verstummte. Das tote Gesicht des erhängten Herrn Sturmmann tauchte erneut vor seinem geistigen Auge auf und zog sein ganzes Augenmerk wieder auf sich. Denn kurioserweise hatte Karl die ganze Zeit darauf gewartet, dass dieser Mann die Augen wieder öffnete, um ihm zu sagen, dass sie sich aus seinem Haus verpissen sollen, weil sie zu viel Lärm veranstalteten und er immer noch nackt und ihm die Situation mehr als peinlich war. Aber der Tote machte keinerlei Anstalten dazu und ließ sich wortlos in einem schwarzen Sack abtransportieren.

„Ich komme, so schnell ich kann, muss noch die Katze füttern", gab er sich schnippisch. Lars ging auf die Provokation nicht ein - wartete einfach ab. „Wie lautet die Adresse?", wollte Karl schließlich wissen, kniff die Augen zusammen und griff nach Zettel und Kugelschreiber, die stets neben dem Telefon lagen.

#2

Ziellos lief er durch die Gegend. Er hatte es schon wieder getan - im Zorn.

Sie hätte ihn nicht anschreien dürfen. Niemand durfte das.

Das komische Gefühl steckte seit Tagen in seiner Brust. Er musste sich abreagieren. Wie seit Jahren nicht mehr hatte er sich in diesem Zustand verfangen. Seine Brust war wie zugeschnürt, so als trüge er ein viel zu kleines Korsett, das immer enger wurde.

Mit zusammengebissenen Zähnen und starrem Blick hielt er Ausschau nach einem passenden Opfer. Er kratzte sich am Nagelbett seines kleinen Fingers, eine Marotte, die er nicht ablegen konnte. Mit starrer Miene knibbelte er an einem Hautfetzen, schließlich biss er das kleine Stück der blutigen Haut ab und kaute darauf. Der salzige Geschmack auf seiner Zunge warf ihn zurück in das Haus, dorthin, wo er eine Frau, die er eigentlich abgöttisch liebte, des Lebens beraubt hatte. Er hatte Ursula umgebracht. Er roch wieder den muffigen, nach Kot und Innereien stinkenden Mief, nachdem er ihr die Bauchdecke mit einem kleinen Klappmesser aufgeschlitzt hatte. „Deine Nähe habe ich aus rein materieller Erwägung geduldet, von Akzeptanz oder Liebe war nie die Rede. Die flüchtigen Sexspielchen haben mir nie wirklich etwas bedeutet“, hörte er erneut den unterschwelligen Hohn in seinem Kopf. Ursula lächelte schief. Ihre Augen wurden feucht. Ihr Atem roch nach Wein und war eisig kalt, genauso wie ihr Blick.

Seine Hand tat immer noch weh, weil er sie geohrfeigt hatte.

Nun stand er wieder vor ihr und stierte sie an. Die Erinnerung war echt, beinahe so, als wäre es niemals passiert, oder so, als würde es nochmal passieren, gerade eben. Er nahm den feinen Duft nach Lavendel und Hühnersuppe wahr, die Ursula an dem Tag gekocht hatte.

Ursula war eine sehr tapfere Frau, ihre Haltung war stoisch gewesen, dennoch kostete es sie in diesem Moment der Auseinandersetzung viel Mühe und Selbstbeherrschung, nicht in Tränen auszubrechen. Diese Genugtuung wollte sie ihm nicht geben. Das wussten sie beide. Ihre heimliche Beziehung dauerte ein gutes Jahr, und dann wollte sie alles einfach so beenden? Ohne Vorwarnung und zum ungünstigsten Zeitpunkt überhaupt, genau dann, als er wieder drauf und dran war, seinem Leben ein Ende zu setzen.

„Das kann ich meiner Tochter nicht mehr antun. Sie hat es verdient, die Wahrheit zu erfahren, meine ich, ich weiß, was du für sie empfindest."

„Schweig!", herrschte er sie an. Die Kiefermuskeln traten durch seine unrasierte Haut hervor. Er ballte die Hände zu Fäusten und trat einen Schritt näher auf sie zu. Schützend hielt sie ein Messer mit beiden Händen fest umschlossen vor ihrer Brust, fast schon so wie ein Priester, der sich an ein Kreuz klammert, wenn er dem Satan höchstpersönlich gegenüberstand.

„Ursula, du machst mich damit sehr unglücklich", hatte er mit sich überschlagender Stimme gesprochen und ihr damit Zeit gegeben, ihre Entscheidung zu überdenken.

Sie hatte gewusst, wie er manchmal sein konnte, darum hatte sie sich für dieses Gespräch gewappnet. Sie hatte geschwiegen, in ihren Augen lag ein Hauch von Trotz.

„Bin ich etwa zu einem Anhängsel geworden, das dir mit der Zeit lästig geworden ist?“ Er hatte sie mit einem eisigen Blick taxiert. Seine Augen bohrten sich tief in sie hinein. Unter seinen schweren Schuhen knirschten Glassplitter. Eine Vase, die zu Bruch gegangen war, weil Ursula sie nach ihm geworfen und seinen Kopf nur um Haaresbreite verfehlt hatte, lag als Scherbenhaufen auf dem Boden. „Ich bin etwas, das du unbedingt loswerden, aber worauf du nicht wirklich verzichten willst. Du steckst in einer Zwickmühle. Meine Hände sind nicht nur zwischen deinen Beinen flink, habe ich recht? Deine Wohnung ist noch nicht komplett renoviert, und für einen Handwerker fehlt dir das nötige Kleingeld. Dein Ex bekam nicht nur keinen hoch, er war in allem eine Niete, ein Versager. Er hat nichts zustande gebracht, nichts vollendet, bis auf eure ältere Tochter, oder ist sie ein Mitbringsel aus Italien? Denn eure Jüngere ist fett und hässlich, das genaue Gegenteil von Emily. Du warst früher Stewardess. Emily hat mir Fotos gezeigt, sie meint, sie ist wie du früher, nur ist ihr Haar nicht so blond wie das deine. Ich würde gerne wissen, ob sie da unten genauso blond ist wie du - oder kahlrasiert, wie es zurzeit Mode ist.“ Er lächelte, holte hörbar Luft und fuhr sich mit der scharfen Klinge über die linke Wange. Die Bartstoppeln knisterten unter dem kalten Stahl. Ursula ging einen weiteren Schritt nach hinten und blieb wie angewurzelt stehen. Hinter ihr war nur die Wand aus gestreiften Tapeten. Sie schluckte. Ihr Kinn zuckte. „Bitte ... Wir

waren nie ein Paar, du hast dir da was eingebildet. Zwischen uns lief nichts. Ich habe ihn nur geduldet. Wir waren nie zusammen. "

„Halts Maul! Ich will nichts mehr von dir hören!"

Dann, ohne jeglicher Vorwarnung, preschte Ursula zur Tür und stieß ihn zur Seite, dabei fiel ihr das Messer aus den Händen und klimperte über die Dielenbretter. Er packte sie bei den Haaren und stach zu. Er befand sich im finalen Stadium der Erregung, die er so intensiv noch nie verspürt hatte. Er konnte den Tod förmlich schmecken. Das warme Kribbeln kroch über seinen Rücken. „Na, wie gefällt dir das?!", schrie er und stach immer wieder auf Ursula ein. Wie ein Berserker. Sie murmelte, nichts als ein feuchtes, keuchendes Blubbern drang aus ihrer Kehle. Dunkles Blut quoll zwischen ihren Lippen hervor. Ihr weißes T-Shirt färbte sich rot. Der nasse Stoff klebte an ihren Brüsten. Er schluckte schwer, die Anzeichen der Agonie waren nicht zu übersehen, genau das erregte ihn so sehr. Das konvulsive Zittern ihrer Extremitäten ließ ihn für einen Augenblick alles um sich herum ausblenden. Er war schwerelos, wie in Trance verschwamm alles um ihn herum zu einem bizarren Aquarell, in dem das Rot dominierte.

Er atmete stoßweise, so, als sei er gerannt. Nachdem er wieder klar sehen und denken konnte, saß er auf dem Boden. Seine Hand klebte vom vielen Blut, das geronnen war. Sein ganzer Körper bebte vor Wonne und vollkommener Erschöpfung, er hatte sich bis zum letzten Quäntchen Energie verausgabt. Er blickte sich um und zwang seinen Verstand zum Nachdenken. Er musste gegen eine starke und unvermittelt aufwallende Übelkeitsattacke ankämpfen. Sein Magen verkrampfte sich zu einem harten Klumpen. Er spürte, wie ihm die bittere Galle den Hals empor kroch. Seine seit Jahren aufgestauten Emotionen hatten sich in einem einzigen Gemetzel entladen. Er war erschöpft und komplett befriedigt. Er spürte, dass er im Schritt feucht geworden war. Er hatte ejakuliert, dafür schämte er sich ein wenig, aber nur für einen einzigen Augenblick. Ursula lag rücklings auf dem Boden. Sie hielt ihren starren Blick gegen die Decke gerichtet. Er sah in ihre Augen und stellte fest, dass sie gebrochen waren, sie war tot. Er unterdrückte die für ihn vergessen geglaubte Gefühlsaufwallung rasch und lenkte seine Aufmerksamkeit in eine komplett andere Richtung. Er musste den Tatort säubern.

Er war bisher immer noch unentdeckt geblieben. Zwei Männer saßen für ihn ein. Sie wurden für die Morde schuldig gesprochen, die er begangen hatte – weil er dazu getrieben wurde und nur so seine Seelenqualen lindern konnte. Er verstand es, sein ganzes Umfeld auf eine subtile Weise zu manipulieren, Menschen, die ihn unmittelbar umgaben, für seine Zwecke zu instrumentalisieren, ohne dass sie ihm dabei auf die Schliche kommen konnten. Er war ein Chamäleon, das sich der Umgebung anpassen konnte, um nicht aufzufallen und sich nicht zu verraten.

Doch jetzt, in diesem Moment, wurde er den Gedanken nicht los, dass er etwas absolut Dummes angestellt hatte. Er tötete eine Frau im Affekt, ließ sich von seinen Emotionen lenken, und das war mehr als töricht. Ein kalter Schauer kroch seinen von Schweiß bedeckten Rücken empor und ließ ihn frösteln. Das Messer in seiner Hand war von rotem Schleim umhüllt.

Als er die Finger auseinanderbreitete, hörte er das feuchte Schmatzen des geronnenen Blutes. Angeekelt hatte er sein Gesicht verzogen, das von feinen Blutspritzern gesprenkelt war.

Ein entferntes Hupen ertönte und riss ihn grob aus seinen Gedanken. Das warnende Signal galt nicht ihm. Er schaute sich um und blinzelte, endlich klärte sich sein Blick. In den letzten beiden Tagen war er mehr als nur einmal dem Gedanken nachgehangen, ein Mädchen zu entführen, um sich an ihm zu vergehen, nur so konnte er das unschöne Kratzen in seiner Brust und der Kehle wieder loswerden. Er musste das Kind kaputtmachen, um seinen Durst zu stillen. Er frönte der Lust nach Sex mit einem unschuldigen Kind, das sich nicht wehren, ihn nicht auslachen und von sich weisen konnte. Bisher wusste er dem Trieb Paroli zu bieten, doch noch länger als einen Tag würde er dem Verlangen nicht standhalten können. Seine letzte Begegnung mit einem Kind lag schon etliche Jahre zurück. Das Untier in ihm war erwacht und lechzte nach Befriedigung. Er fuhr langsam eine schmale Straße entlang und ließ erneut seinen Blick über die Umgebung schweifen, und da sah er es. Ein Mädchen, das am Straßenrand spielte. Es war seine Erlösung und entsprach seinen Vorstellungen. Es hatte einen schmalen Körper, schulterlanges, weizenblondes Haar, und es trug ein Kleid. Seine Kehle wurde eng. Seine Hand fuhr in die Hosentasche. Da spürte er etwas zwischen seinen Fingern, die unablässig zitterten.

Er war aufgeregt und erregt zugleich. Das Bonbonpapier zwischen seinen Fingern raschelte leise. Irgendwo hatte er einen Bericht über Serienkiller gelesen. Es war ein langer Text in einer Zeitung, direkt unter einem Bild von dem Ort, an dem Spaziergänger ein achtjähriges Mädchen gefunden hatten. ‚Der Verfasser muss ein Psychologe gewesen sein', überlegte er, taxierte das Mädchen mit einem prüfenden Blick und fuhr noch ein Stück weiter, um das Auto in einer Parklücke abzustellen. Er sah sich prüfend um, stieg aus und lief die wenigen Meter zurück zu dem Mädchen, dabei behielt er die Straße im Blick. Er sondierte die Gegend nach Zeugen. Fand jedoch niemanden, der ihm gefährlich werden und ihn dabei beobachten konnte, wie er sich dem Kind näherte, dabei dachte er an den Text aus der Zeitung, der seine Situation passend umschrieb. An den genauen Wortlaut konnte er sich nicht erinnern. Er war auch nicht sonderlich gut im Lesen. Er verstand nur so viel, dass Mörder wie er nach einer Art Befriedigung suchen, die in den Augen des normalen Bürgers abnorm sind. Abnorm, diese Bezeichnung hatte er sich eingeprägt, denn er hatte dieses Wort gegoogelt, es bedeutete: Er sei abartig, von der Normalität abweichend, auf jeden Fall war das, was er tat, krank, aber das wusste er auch, ohne diesen Text gelesen zu haben. Er war auch nicht schizophren, wie er in diversen Artikeln dargestellt wurde. Er litt nicht unter einer gespaltenen Persönlichkeit. Ich mache auch nicht mehr ins Bett und zünde keine Tiere an, sagte er in Gedanken zu sich, das war früher so, als ich noch ein Teenager war und einen richtigen Namen hatte.

Er schritt weiter über das von welken Blättern verwehte Trottoir. Die Blätter raschelten unter seinen Füßen. Das Mädchen schreckte hoch, nachdem er dicht vor ihr zum Stehen kam und sie mit einem freundlichen Lächeln angrinste. „Hallo, ich heiße Max“, log er und ging in die Hocke. Das blonde Mädchen hielt eine Puppe in der Hand. „Früher, als ich noch ein kleiner Junge war, habe ich auch mit Puppen gespielt, aber das darfst du niemandem verraten. Das ist unser Geheimnis."

Das Mädchen schaute sich um, verzog ihre Lippen zu einem schmalen Strich und hob die Hand vor den Mund. Sie kicherte in sich hinein. Plötzlich wurde sie gewahr, dass sie allein war. Ihr behagte die Situation nicht, das wusste er nur zu gut.

„Ich darf nicht mit fremden Leuten reden", flüsterte sie, hielt den Kopf gesenkt und strich mit einem Spielzeugkamm über die glänzenden Plastikhaare der Puppe.

Auch diese auswendig gelernte Phrase war ihm nicht neu. Das Mädchen saß auf der Bordsteinkante. Links und rechts war die schmale Straße von Bäumen umsäumt und von Autos zugeparkt. Er wiegte sich in Sicherheit. Da sie zwischen zwei großen SUV im Verborgenen saßen, blieben sie den Blicken der Passanten fern. Behutsam legte er seine Hand auf die ihren, das Kind zuckte zurück und war im Begriff aufzustehen. „Ich heiße Max, also bin ich kein Fremder mehr." Das Kind hob den Blick. In seinen Augen funkelte etwas.

„Ich muss nach Hause", flüsterte sie und stand zu seinem Verdruss doch noch auf und strich ihr Kleid glatt. Da fiel ihm etwas Prägnantes auf, was ihn auf eine zündende Idee brachte. Auf ihrem Kleid sah er viele kleine Kätzchen-Applikationen.

„Magst du Kitties?"

Das blonde Mädchen blieb stehen und sah ihn zum ersten Mal direkt an. Noch immer schwang Skepsis in ihrem Blick. Sie hob die Augenbrauen und schluckte, ohne ein Wort zu sagen.

Scheinbar wusste das blauäugige Kind mit diesem Wort nichts anzufangen. Er verzog sein Gesicht zu einem warmen Lächeln. „Magst du kleine Babykatzen?“, fügte er verschwörerisch hinzu und furchte die Stirn.

Langsam hellte sich ihr Blick auf. Unsicher hob sie ihre schmalen Schultern.

„Wie heißt du eigentlich? Gisela wohl kaum.“ Das Kind kicherte. Zwei Grübchen zierten ihre Wangen. Sein Herz machte einen Sprung. Er griff in die Tasche und förderte ein buntes Bonbon zutage. „Das ist für dich, aber nur, wenn du mir verrätst, wie du heißt. Es sind drei Babykatzen, und du kannst später eine haben.“

„Meine Mama wird es mir nicht erlauben“, entgegnete das Mädchen.

„Auch das bleibt unser Geheimnis. Ich zeige dir den Ort, wo die Kätzchen sind, und du kannst sie immer dann besuchen, wenn du Lust dazu hast. Es ist auch nicht sehr weit. Komm, Gisela“, flüsterte er und deutete mit dem Kopf nach links.

„Ich heiße Hanna“, entgegnete das Kind schmunzelnd, „nicht Gisela, so heißt Marias Omi.“

Endlich, dachte er und steckte ihr das Bonbon in die linke Hand. Sie war weich und warm. Für einen winzigen Moment verharrte er so, ohne sich zu rühren, und kostete den Augenblick in vollen Zügen aus, dann zog er seine Hand zurück, er wollte das Kind nicht verscheuchen.

Hanna wickelte das Bonbon aus und steckte es schnell in ihren Mund. Ihre linke Wange war jetzt leicht nach außen gewölbt und machte das so schon unschuldige Gesicht noch unschuldiger - genau das erregte ihn so sehr. Er liebte es, wenn der Atem der Mädchen, die er ausgesucht hatte, nach Orangen roch.

Ganz vorsichtig legte er seine Hand auf ihre Schulter und wollte das Mädchen so zum Mitgehen animieren. Aber Hanna schien zu überlegen, sie haderte noch, sie war sich immer noch unschlüssig, ob sie mitgehen durfte oder doch nicht.

‚Die Sekunden ziehen sich wie Kaugummi', dachte er und blickte sich abermals um. „Du glaubst mir nicht, habe ich recht?" Er gab sich enttäuscht und ließ die Mundwinkel nach unten sinken. Hanna stierte zu Boden.

„Okay, hier ist der Beweis, dass ich nicht lüge." Er fingerte erneut in der Hosentasche und holte ein Smartphone heraus, das nicht mehr wirklich neu war. Schnell tippte er auf eine Video-Datei, die er vorher runtergeladen hatte, für alle Fälle, er hatte auch eins mit Welpen und einem kleinen Fohlen. Natürlich hatte er darauf geachtet, dass die Kätzchen besonders süß und kuschelig waren und dabei leise miauten. Er hielt das Gerät vor Hannas Nase. „Sind die nicht süß?", fragte er säuselnd nach einem quälend langen Augenblick. Hanna nickte unschlüssig. „Komm, sie haben bestimmt Hunger. Ihre Mama wurde gestern von einem Auto überfahren, jetzt muss ich sie dreimal am Tag füttern, aber ich habe nicht immer Zeit, darum brauche ich jemanden, der mir dabei hilft. Sonst verhungern sie. Magst du mir dabei helfen?"

Endlich konnte er ihr ein zustimmendes Nicken entlocken. Er ergriff ihre Hand, und dieses Mal zuckte Hanna nicht zurück. Sie lief mit ihm mit. Ihre zierliche Hand fühlte sich gut an in der seinen. Das Kribbeln in seinem Brustkorb wurde zu einem lodernden Feuer. Er wusste, was er mit Hanna anstellen würde. Heute noch. Dieser Gedanke raubte ihm den Atem. Er war wieder erregt und konnte den Gedanken der Wollust nicht mehr von sich weisen.

#3

Karl stand vor einem Mehrfamilienhaus und hörte einem uniformierten Polizisten zu, der einem anderen Kollegen gegenüberstand und den Neuling in besserwisserischem Ton in Sachen Psychologie unterwies. „Das Risiko, einem Mörder zum Opfer zu fallen, ist nur dann höher, wenn gleichzeitig möglichst viele Faktoren, die nicht unbedingt spezifisch sein müssen, aufeinandertreffen. Es ist nicht bewiesen, ob diese Annahme überhaupt vertretbar ist, aber man geht stark davon aus. Diese Merkmale, wie ein gekipptes Fenster, Unachtsamkeit, Naivität, Unerfahrenheit, können kausal zur Viktimisierung beitragen. Einfach ausgedrückt: Der Mörder fühlt sich wegen solcher Unaufmerksamkeiten zu einer Tat verleitet, die er unter anderen Umständen nicht begehen würde.“ Der betagte Polizist machte eine längere Pause, nippte an seinem Kaffee und genoss seine Überlegenheit. Dann strich er sich über den buschigen Schnurrbart und ignorierte Karls Anwesenheit geflissentlich. Karl war dieser Mann nicht unbekannt. Ein sehr schmieriger Typ. Er war auch derjenige, der Karl Breuer bei seinem Chef verpfiffen hatte. „Wer mit seiner Sicherheit sorglos umgeht, nachts allein durch die Straße spazieren geht, angetrunken und womöglich in einem Minirock, der animiert seinen Peiniger dazu ...“

„Jetzt mach mal halblang, Franz“, fiel Karl ihm ins Wort und machte einen letzten Zug an seiner Zigarette. Hinter ihm flatterte das Absperrband, welches die beiden Männer vor seinem Antreffen an dicken Baumstämme angebracht hatten, um die Schaulustigen darüber zu informieren, dass sich in diesem Haus ein schlimmes Verbrechen ereignet hatte, dachte Karl zornig. Man konnte ja schließlich nie genug Zeugen haben, fügte er sarkastisch hinzu, ohne den Satz laut ausgesprochen zu haben. Zu viele Spuren waren genauso wenig hilfreich wie zu wenige, mit den Zeugen war es nicht anders. „Ich wurde hierher beordert, weil hier jemand bestialisch ermordet wurde“, sagte er stattdessen und etwas lauter als beabsichtigt. Sich um Haltung bemühend, kreuzte Karl die Arme vor der mächtigen Brust und wartete auf eine Reaktion.

Der Polizist würdigte ihn jedoch keines Blickes und fuhr in seiner Unterweisung fort. „Viele Täter fühlen sich durch solch ein unüberlegtes Handeln dazu provoziert. All diese von mir genannten Faktoren begünstigen ...“

Nun riss Karl endgültig der Geduldsfaden. „Wo ist die Leiche? Den Text von Doktor Hornoff hast du wunderbar auswendig gelernt, nur hast du einiges vergessen“, knurrte er und zertrat den Zigarettenstummel mit der Schuhspitze. „Ein arrogantes Auftreten begünstigt nämlich auch, dass ein bewaffneter Mann leicht aggressiv werden und von der Waffe Gebrauch machen kann.“ Der junge Polizist zuckte einen Schritt nach hinten.

Franz Hoffmann beäugte den Polizeihauptkommissar stumm und nippte erneut an seinem Kaffee.

Karl bemaß den kleinen, untersetzten Mann mit einem berechnenden Blick und trat einen Schritt auf ihn zu. Polizeihauptkommissar Breuer war einen guten Kopf größer als der dickliche Polizist, der immer noch von seinem Kaffee trank und ihn unter den buschigen Augenbrauen abschätzig anschaute. „Ich brauche erst meinen Kaffee, den ich in Ruhe leer trinken möchte. Meine Kraftreserven sind erschöpft. Schließlich haben manche von uns zu arbeiten, wenn andere Urlaub haben“, schnitt er das für Karl unangenehme Thema an und streute noch mehr Salz in die Wunde. „Es ist schon spät, und ich habe eine lange Schicht hinter mir“, sagte Franz Hoffmann um Fassung bemüht, er wollte schon immer das werden, was Karl war, nämlich ein gefürchteter Ermittler. Nur fehlten ihm dazu mehrere Zentimeter und ein gesundes Durchsetzungsvermögen.

Karl warf einen vernichtenden Blick auf den jungen Mann, der betreten auf seine Schuhspitzen stierte.

Franz nagte an seiner dünnen Unterlippe.

Karl entriss ihm den fast leeren Plastikbecher und schüttete ihm die lauwarme Brühe ins Gesicht. „So geht es viel schneller und hat eine viel intensivere Wirkung für den Haarwuchs. Vitalisierend.“ Karl buchstabierte das letzte Wort und drückte dem verdutzt dreinblickenden Polizisten den Becher zurück in seine fleischige Hand. „Zuhause habe ich Shampoo mit Koffein, hilft ungemein gegen Schuppen, also kann es deinem Schnauzer und deinem vorlauten Mundwerk sicherlich nicht schaden.“ Karl fuhr sich mit der rechten Hand über sein raspelkurzes Haar. „Schau mal an, deine Fratze bekommt tatsächlich menschliche Konturen. Und wenn du mich deswegen wieder beim Chef anschwärzt, dann werde ich dafür sorgen, dass du einen zweiten Bauchnabel verpasst bekommst“, flüsterte Karl seinem Gegenüber ins Ohr und drückte seinen Zeigefinger gegen Franz‘ angespannten Bauch. Nichts als ein ersticktes Japsen entrang sich dessen Kehle. „Weiß dein Kollege, wo sich die Wohnung befindet?“, fuhr Karl etwas lauter fort und wandte sich an den jungen Polizisten, der heftig zu nicken begann. „Ich mag es eben gründlich und bevorzuge alle Eventualitäten noch vor der Arbeit zu klären. Ich mag es nicht, wenn Ungereimtheiten zwischen Kollegen nicht ausgeräumt sind, das sorgt nur für Diskrepanz und schürt unnötige Unruhe“, tat Karl gütig und grinste breit. Dann griff er in die Innentasche seiner Lederjacke, holte eine rote Dose heraus und bot den beiden Polizisten ein Pullmoll-Bonbon an. Franz winkte dankend ab und strich sich mit einem Taschentuch die Tropfen vom Schnurrbart. Der junge Polizist nahm sich eins und steckte es in den Mund. Auch Karl warf sich eins zwischen die Lippen und schob das Bonbon in die linke Wange. „Wie darf ich Sie nennen?“, wandte er sich an den Polizisten und klopfte dem jungen Beamten freundschaftlich auf die Schulter.

„Sie meinen ...“, stotterte der Polizist und blieb stehen.

„Wie heißen Sie?“

„Bullig, ich meine Markus.“

„Freut mich sehr, Herr Bullig, ich meine Markus.“ Karl grinste breit und bot ihm seine Pranke dar. Markus ergriff Karls Hand mit seinen schmalen Fingern und drückte zaghaft zu. Der Handschlag war sehr flüchtig und für Karl sehr unangenehm, da Markus‘ Hand weich und feucht war. Wie ein kalter Fisch, der seit Tagen tot war. „Lass uns ins Haus gehen“, sagte Karl immer noch freundlich und klopfte erneut auf Markus‘ Schulter, mit der Absicht, sich den Schweiß an der Uniform des Mannes abzuwischen.

#4

Iris schaute auf die Uhr. Wo blieb Hanna nur? Sie wollte kurz zu ihrer Freundin. Iris war schon längst mit der Wäsche fertig und schaute immer wieder zum Fenster raus. Dann lief sie ins Wohnzimmer. „Sven, geh raus und schau nochmal nach Hanna." Ihre Stimme zitterte. Händeringend stand sie vor ihrem Mann, der auf dem Sofa saß und in einer Zeitung blätterte.

„Jetzt schieb nicht so'n Stress, wie oft ist sie schon weggelaufen? Und wie oft habe ich dir gesagt, dass dieses Verhalten Konsequenzen haben sollte? Hanna ist ein verzogenes Kind, und du verhätschelst sie zu sehr und nimmst sie ständig in Schutz, das hast du jetzt davon. Sie sind bestimmt wieder irgendwo am Bach und spielen", entgegnete er ruhig und vertiefte sich wieder in die Zeitung. Sven hatte bestimmt recht, versuchte Iris sich einzureden. Hanna war sechs und ging seit ein paar Wochen in die erste Klasse, erst gestern war sie mit Tahani, dem Nachbarsmädchen, weggelaufen. Sie hatten Verstecken gespielt. Aber irgendwie spürte Iris, dass heute etwas nicht stimmte. Tahani war Zuhause, auch sonst hatte Iris alle anderen Nachbarn angerufen, die infrage kämen, sie meinten, sie hätten Hanna heute nach der Schule nicht mehr gesehen. Iris lief zurück in die Küche, von wo aus sie die Straße im Blick hatte. Mächtige Baumkronen verdeckten ihr jedoch die Sicht. Sie bekam schlecht Luft und öffnete daher das Fenster. Es hatte angefangen zu regnen. Sie ließ die noch warme, nach feuchten Blättern und frisch gemähtem Rasen riechende Luft durch das offene Fenster in die Wohnung strömen. Die bleiche Herbstsonne versteckte sich hinter den grauen Wolkenmassiven, die schwer über Berlin hingen und die Stadt zu erdrücken drohten. Plötzlich wurde Iris von einer unheimlichen Unruhe gepackt. Sie begann zu schluchzen. Unwillkürlich stieß sie ein leises Winseln aus. Nach einigem Zögern griff sie unwillig zum Telefon und wählte den Notruf.

#5

Karl gelangte über die Treppen in den vierten Stock und atmete jetzt etwas schwer. Markus wirkte nicht minder erschöpft. „Sie müssen mehr Sport treiben“, neckte Karl ihn und lief auf eine Tür zu, die einen Spalt offen stand und von zwei Polizisten flankiert war. Ein dritter Beamter reichte Karl Breuer die obligatorischen Schuhüberzieher und zwei OP-Handschuhe, dann wandte er sich erneut an die schaulustigen Nachbarn und drängte sie zurück, indem er sie ermahnte, jeden mit Handschellen abzuführen, der sich seinen Anweisungen zu widersetzen gedenke. Murrend schritten sie mit gereckten Hälsen zurück. Einige verkrochen sich zurück in ihre Höhlen, die anderen hielten ihre Handys in die Luft. „Ich werde jedes Gerät beschlagnahmen und mit einem Hammer updaten, das schwöre ich“, knurrte der Polizist und riss einem der Männer das Telefon aus der Hand.

Karl überließ die Gaffer ihrem Schicksal und grüßte die zwei Männer, die ihn kannten und ihn mit einem leichten Nicken begrüßten, ausweisen musste er sich nicht.

Der Verwesungsgeruch war allgegenwärtig. Karl kräuselte die Nase und ging durch die Tür. Markus folgte ihm nicht. Noch bevor Karl die Wohnung richtig betreten konnte, traf er auf seinen Chef, der ein bisschen grün im Gesicht war. Sie stießen beinahe zusammen.

„Ach, da ist unser Hauptermittler, wie war Ihr Urlaub, Herr Breuer?“, warf der Kommissionsleiter Karl die spitze Bemerkung vor die Füße.

Karl biss auf das Bonbon, das zwischen seinen Zähnen krachend zerplatzte, und erwiderte ruhig: „Kann mich nicht beklagen.“ Er ließ sich nicht provozieren.

„Wissen Sie, was Ihr eigentliches Problem ist?“

„Klären Sie mich doch auf, ich bin ganz Ohr.“ Obwohl Polizeihauptkommissar Kraut einige Jahre älter war als Karl Breuer, so wirkte er durch seine sportliche Statur frisch, sein graumeliertes Haar war immer akkurat in Form gehalten, sein Gesicht wirkte jedoch immer angespannt und abpassend. Wie auch jetzt, so als sei er auf der Lauer. Die beiden standen immer noch im Türrahmen, die Türschwelle bildete dabei eine unsichtbare Barriere.

„Sie sind von der Idee eingenommen, alles besser zu können als Ihr Umfeld, auch wenn Sie für die meisten der Richtungsweiser sind, so bin noch immer ich derjenige, der hier das Sagen hat.“ Karls grauhaariger Chef vollführte eine ausladende Geste. „Sie sind von Ihren Worten überzeugt, auch dann, wenn Sie nicht wirklich Ahnung haben. Sie reklamieren für sich eine ziemlich hohe Anspruchshaltung. Der Umgang mit dem Psychologen tut Ihnen nicht gut.“

„Und genau das fuchst Sie, ist für die Zwangsbeurlaubung jetzt Johannes Hornoff schuld, oder wem habe ich es zu verdanken, vor der gesamten Belegschaft blamiert zu werden?“ Karl fuhr sich über die linke Gesichtshälfte, die von feinen Narben übersät war, und zwängte scheinbar gelassen die Hände in die Gummihandschuhe. Er wollte Franz nicht ins Spiel bringen, würde ja auch nichts nützen. Kraut war halt ein Kotzbrocken.

„Haben Sie ihn auch heute im Schlepptau?" Polizeihauptkommissar Kraut warf einen kurzen Blick zur Treppe.

„Habe ich dazu einen Grund?"

„Machen Sie sich selbst einen Eindruck davon. Ich habe für meinen Teil die Pflicht eines Polizisten erfüllt. Lassen Sie sich noch etwas gesagt sein, Karl, und das meine ich wirklich ernst. Strebsamkeit und Zielorientierung sind an sich sehr positive Eigenschaften, doch es kommt dabei auf die richtige Dosierung an, sie sind auf unsere narzisstische Veranlagung zurückzuführen, doch zu viel davon kann für jeden von uns hinderlich sein. Niemand mag Kollegen, die in erster Linie zuerst an sich denken."

„Ihre Selbstkritik schmeichelt mir wirklich sehr, ich kann nichts dafür, wenn Sie bald in Rente gehen müssen, dafür kann hier niemand was, irgendwann muss jeder gehen", konterte Karl mit emotionsloser Miene und nickte seinem Vorgesetzten knapp zu. Polizeihauptkommissar Kraut, der die Mordkommission seit mehr als zehn Jahren leitete, schnaubte verärgert. Karl trat zur Seite und machte für seinen Chef Platz, aber nur so viel, dass dieser sich hindurchzwängen musste. Kraut stampfte zum Aufzug, ohne sich umzuschauen. Er hatte schon immer einen sehr stark ausgeprägten Führungsanspruch und duldete solche wie Karl nicht wirklich in seiner Nähe. Ein Nein akzeptierte er nur selten. Da war Karl Breuer nicht viel anders, darum knisterte es immer wieder zwischen den beiden. Vor allem dann, wenn Professor Doktor Hornoff bei einigen schwierigen Fällen zu Rate gezogen werden musste. Karl hoffte, dass dies nicht wieder so ein Fall war, bei dem er die Hilfe von Johannes Hornoff und seinem Zwillingsbruder in Anspruch zu nehmen gezwungen war.

Er holte noch einmal tief Luft und betrat die Wohnung. Drinnen war alles vom Gestank nach verwestem Fleisch und geronnenem Blut geschwängert und triefte beinahe vor Übersättigung. Karl atmete flach durch die Nase, weil er die verseuchte Luft nicht auf seiner Zunge haben wollte. Die abgewohnten Möbel passten zu der erdrückenden Atmosphäre und trugen dazu bei, die Wohnung noch düsterer erscheinen zu lassen. Karl nahm dumpfe Rufe wahr. Aus einem der Zimmer leuchtete es kurz auf. Der Lichtblitz einer Kamera, wusste er. Einige Kollegen von der Spurensicherung trugen weiße Schutzanzüge und waren in ihre Arbeit vertieft. Karl folgte einfach der Linie eines Markierbandes, die von den Kollegen durch die ganze Wohnung gezogen worden war und als eine Art Trampelpfad diente. Karl hörte eine ihm sehr wohl bekannte Stimme. Doktor Braunschweig, der Gerichtsmediziner, war also auch schon vor Ort. „Die genannten Attribute sind zu schwammig und würden für eine spezifische Aussage nicht wirklich ausreichend sein. Ich kenne Ihren Partner sehr gut, Herr Böhm. Karl ist ein brummiger Kollege und würde mit so einem Kommentar aufwarten wie: Dies könnte auf jeden zutreffen, mit diesem Geschreibsel werde ich niemanden spezifisch aussondern können, und ich würde ihm dabei zustimmen, weil ich noch etwas mehr Zeit brauche."

„Guten Abend, die Herren, wie ich höre, ist das Opferprofil noch wie eine Maske, die zu vielen Gesichtern passen könnte?“, begrüßte Karl die beiden Männer. Doktor Braunschweig sah ihn durch seine dicke Brille freundlich an und schob sie die fleischige Nase hoch. Er war nicht groß, sein Bauchansatz spannte den weißen Kittel. Lars, ein junger Kommissar Anfang dreißig, trug sein blondes Haar zu einem Pferdeschwanz gebunden. Seine weit abstehenden Ohren leuchteten rötlich, wie auch seine Wangen, er war aufgeregt und mit der Situation etwas überfordert, wusste Karl.

„Was haben Sie bisher festgestellt?“, wollte Karl von Doktor Braunschweig wissen. Sie alle standen in der Küche, die wie alles hier alt, aber sauber war. Von einem Kampf gab es auch hier keine Spuren, stellte Karl fest und notierte das in seinen Gedanken. Sein Blick verschwamm für einen Moment, weil er die Informationen im Geiste ordnen musste und mit anderen unzähligen Fällen verglich. In dem länglichen Zimmer, das in einem kleinen Milchglasfenster endete und einen kleinen Esstisch mit zwei Stühlen beherbergte, stank die Luft nicht mehr so penetrant, weil das Fenster hier auf Kipp stand. In der Küche roch es mehr nach Desinfektionsmitteln. Karl nahm auch einen leichten Hauch von Moschus wahr, Braunschweigs Lieblingsparfüm. Die Küche selbst bestand aus einer Zeile auf der rechten Seite, die Oberschränke waren klein, die Türen weiß, an einigen klebten bunte Sticker, und es gab keine Spülmaschine.

Doktor Braunschweig nestelte an einem Taschentuch, polierte die Gläser seiner Brille und hielt sie dann prüfend gegen die Deckenbeleuchtung, die wie alles hier aus den Siebzigern stammte, konstatierte Karl und wartete geduldig auf eine Antwort. Endlich setzte der Gerichtsmediziner die Brille zurück auf die Nase und holte ein kleines Notizbuch aus seiner Brusttasche.

„Der Verwesungsprozess und der Zerfall haben meine Arbeit mehr als erschwert, die Leiche ist mindestens seit mehr als drei Tagen in dieser Wohnung unter einem Berg Schmutzwäsche in der Badewanne versteckt gehalten worden und wurde vor ungefähr drei Stunden von der eigenen Tochter entdeckt. Die flohstichartigen Einblutungen in den Bindehäuten sind ein sicheres Indiz dafür, dass die Frau stranguliert wurde. Frau Giebel wurde mit eindeutiger Sicherheit erwürgt. Die Verletzungen am Hals weisen auf eine äußerliche Gewalteinwirkung hin. Ihr wurde die Luft abgeschnürt."

„Konnte die Tochter schon befragt werden?" Karl wandte seine Aufmerksamkeit Lars zu.

Kommissar Böhm verzog leicht den Mund. „Die Tochter, diese Emily, sie klang irgendwie ...", Lars suchte nach passenden Worten, „... ich will mal sagen: unterschwellig so, als wäre sie das eigentliche Opfer. Sie sprach von zerrütteten Verhältnissen zwischen ihren Eltern, die seit einem Jahr und zwei Monaten getrennt lebten. Die Liebe der beiden sei schon vor Jahren abhandengekommen. Die Mutter habe sich in den letzten Tagen auch sehr komisch ihr gegenüber verhalten und mied den Kontakt zu ihr. Zu der Entfremdung ihrer Eltern habe auch die Mutter einen großen Teil beigetragen. Ihr Vater sei nach der Trennung etwas heruntergekommen, weil ihn das alles ziemlich mitgenommen habe, er verlor später seine Arbeit und wurde krank. Die Mutter sprach von Seitensprüngen und dass sie alles satt habe, dennoch habe sie es jahrelang toleriert, weil sie frigide war und mit der Gewissheit lebte, dass ihr Mann nach seinen

Seitensprüngen immer zurück nach Hause kommen würde. Der Vater müsse ja nicht ihretwegen in absoluter Abstinenz leben. Jetzt habe sich der Vater endlich erholt und führt eine Beziehung."

„Haben wir es hier tatsächlich mit einer Beziehungstat zu tun?" Karl hob kurz die Augenbrauen.

„So, wie die Leiche zerfleischt wurde?", warf Doktor Braunschweig ein und schüttelte den Kopf. „Wenn die Liebe zu so etwas fähig ist …" Er ließ den Satz unvollendet.

„Konnte der Ehemann schon vernommen werden?" Karls Frage galt wieder Lars Böhm.

„Zwei unserer Kollegen sind auf dem Weg zu seiner Wohnung."

Karl schnalzte leise mit der Zunge, dachte nach. „Was haben wir noch, Doktor Braunschweig?"

„Weichteilblutungen unter dem Kiefer und unzählige Einstiche in den Körper. Ich gehe davon aus, dass der Mörder sein Opfer von hinten in der Armbeuge festgehalten hat und mit einem scharfen Gegenstand in Rage auf die Frau eingestochen haben muss. Ausgerissene Haare am Kopf sind ein weiteres Indiz dafür, dass das Opfer sich anfänglich gewehrt haben muss. Die Frau wollte ihrem Mörder entfliehen. Nach den ersten Erkenntnissen kann ich noch so viel sagen, die Tatwaffe hatte einen einseitigen Anschliff, die Verletzungen an den Rippen deuten darauf hin, dass es sich um so ein Messer handeln könnte."

„Ein Jagdmesser?", sprach Karl das Erste aus, was ihm in den Sinn kam.

„Möglich. An einigen Perforierungen konnte ich Blutergüsse wie nach einem heftigen Schlag feststellen.

Er hat ihr die Klinge bis zum Schaft in die Brust gejagt“, setzte der Gerichtsmediziner seine Kollegen in Kenntnis. „Alles Weitere braucht Zeit und nötige Ausrüstung. Erst wenn ich die Leiche geöffnet habe, kann ich zu dem Tathergang genauere Aussagen tätigen.“ Doktor Braunschweig schwieg.

Lars nahm es als eine günstige Gelegenheit, um das Wort zu ergreifen. „Der Kampf hat im Wohnzimmer stattgefunden, obwohl sich der Gesuchte alle Mühe gegeben hat, sämtliche Spuren zu verwischen. Aber den Jungs ist es trotzdem gelungen, mithilfe von UV-Licht Blutrückstände sicherzustellen.“

„Lasst uns dorthin gehen“, unterbrach Karl seinen Kollegen und folgte Lars hinaus in den Flur. Doktor Braunschweig blieb in der Küche stehen.

Das Wohnzimmer erweckte einen ganz normalen Eindruck. Bis auf die Polizisten sah alles danach aus, als wäre die Frau kurz zum Einkaufen gegangen. Ein Beamter stellte ein weiteres Schild mit einer Erkennungsnummer neben den Fernseher auf.

„Der Teppich war viel kleiner“, brummte Karl, er saß in der Hocke und hielt den an den Rändern ausgefransten Billigteppich mit geschnörkelten Ornamenten ein Stück hoch. „Da ist sogar noch ein Preisschild dran, da war wohl jemand sehr in Eile. Kennst du den Laden, Lars?“

„Wie bitte?“ Lars sah ihn fragend an.

„Den Laden. Und sieh dir den Farbunterschied des Bodenbelages an, erkennst du ihn?“

Auch Lars ging in die Knie, knipste eine kleine Stablampe an und leuchtete auf den Boden. „Du meinst den Rand?“

„Ganz genau. Der Täter muss hier wie ein Berserker gewütet haben. Später, nach seinem Blutrausch, muss er realisiert haben, was er da angerichtet hatte, und setzte alles in Bewegung, um seine Spuren zu verwischen", sagte Karl gedankenverloren. „Wie lange braucht ihr noch?", fragte er die drei Männer in den weißen Overalls.

„Etwa eine halbe Stunde, vielleicht auch länger", ertönte eine tiefe Stimme.

„Lass uns solange ins Badezimmer gehen, ich möchte mir derweil den Leichnam ansehen. Die Staatsanwaltschaft wird auf handfesten Beweisen bestehen. Spekulationen oder irgendwelche Mutmaßungen bringen uns da nicht weiter, bevor wir den Ehemann befragen, brauche ich so viele Informationen wie möglich. Es bringt nichts, wenn wir ihn anhand von irgendwelchen Gerüchten vor den Strafrichter zerren, um später festzustellen, dass er unschuldig ist. Darum sage ich nur: Holzauge, sei wachsam. Ist unser Edgar auch schon da?"

Karl bog nach rechts ab und blieb in der dunklen Abzweigung des schmalen Flurs stehen.

„Er kommt gleich", hörte er Lars' gedämpfte Stimme hinter seinem Rücken. Eine betagte Beamtin zwängte sich an ihnen vorbei. Sie hielt zwei Asservatentaschen aus braunem Papier vor der Brust und hielt den Atem an. Sie war grün im Gesicht und beeilte sich, nach draußen zu kommen. Karl zupfte ein parfümiertes Taschentuch aus seiner Hose und hielt es sich vor Mund und Nase. „Sag ihm, der soll sich beeilen. Wir brauchen einen erfahrenen Forensiker, der mir zur Hand geht. Hier gibt es für ihn viel zu entdecken." Karl hob die freie Hand zum Zeichen, dass Lars sich anderen Aufgaben widmen sollte, er selbst begab sich in das kleine Badezimmer, in dem die Frauenleiche seit Tagen verfaulte. Die Luft stank nach Tod und schwang beinahe vor Anspannung, die in der Wohnung herrschte.

#6

Er saß in seinem Auto, die Augen vor Wonne geschlossen, vollkommen losgelöst zerrte er erneut das eben Durchlebte vor sein geistiges Auge. Er sah Hanna, spürte ihre Hand in der seinen. Sie liefen erneut zu seinem Wagen.

„Du hast gesagt, wir gehen zu den Kätzchen“, hörte er aufs Neue ihre verängstigte Stimme und spürte das Zappeln ihrer Finger, weil sie sich seinem Griff entwinden wollte.

„Ich hätte beinahe vergessen, dass die Katzenmilch alle ist, und ich brauche noch Medikamente. Eines der Kätzchen ist krank. Wir fahren nur schnell in die Apotheke und sind im Nu wieder da“, hatte er mit fester Stimme geflunkert und den Mund zu einem zufriedenen Grinsen verzogen, weil er sich über seinen Einfallsreichtum gefreut hatte. Das war ihm einfach so eingefallen, weil er sich vor dem Mädchen nicht zu fürchten brauchte. Die Nähe zu Erwachsenen mied er meistens. Er hatte seinen engen Freundeskreis, der aus zwei Arbeitskollegen bestand, mit denen er hin und wieder auf ein Feierabendbier in eine Kneipe ging, und das genügte ihm. Er war kein Partymensch.

„Aber meine Mama wird sich Sorgen machen“, hatte Hanna gewinselt und noch fester an seiner Hand gezogen. Sie schlug ihn sogar mit der Faust. Aber ihre Schläge hatte er kaum gespürt vor lauter Aufregung.

„Aber Hanna, wenn du jetzt weggehst, werde ich deiner Mama sagen, dass du etwas Schlimmes getan hast. Ich werde ihr sagen, dass die Kätzchen nur deinetwegen gestorben sind."

„Das ist nicht wahr. Du hast mich angelogen!", hatte sie mit piepsiger Stimme aufbegehrt und zu flennen angefangen.

„Da lügst du schon wieder. Das tun nette Mädchen nicht", hatte er sie mit sanfter Stimme getadelt und versucht, die angeheizte Situation wieder in den Griff zu bekommen, um so sein Vorhaben fortzuführen. Das schien zu funktionieren. Seine Worte hatten gewirkt. Hanna hatte ihren Griff gelockert und nicht mehr gegen seinen Handrücken geschlagen. Er hatte den Griff ein wenig gelockert. „Macht dir die Schule Spaß?", hatte er prompt das Thema gewechselt und Hannas Gedanken in eine für sie angenehme Richtung gelenkt. Danach hatte sie einen Moment geschwiegen und ihm von einem Jungen erzählt, der blöd war. Sie war auch in den Wagen gestiegen und hatte darauf bestanden, sich selbst anzuschnallen. Sie saß hinten im Fond, die Kindersicherung war auch aktiviert, selbst an so eine Nichtigkeit hatte er gedacht.

Hanna unternahm danach keinen weiteren Versuch zur Flucht. Sie hatte sich schuldig gefühlt und sich vor den Konsequenzen ihrer Eltern geängstigt, also fügte sie sich ihrem Schicksal einfach. Denn er versprach ihr immer wieder, dass am Ende alles gut sein werde und niemand von ihrem kleinen Geheimnis erfahren würde, wenn sie sich benahm und keine Faxen mache.

Er öffnete kurz die Augen und sah mit verschwommenem Blick durch die leicht beschlagene Windschutzscheibe. Passanten liefen an ihm vorbei, ohne zu wissen, was er erst vor kurzem getan hatte, und das erregte ihn noch mehr. Dann senkte er wieder die Lider und hing seinem Tagtraum nach. Er hatte vor einem Waldstück angehalten. Hanna wurde zunehmend unruhig. Dann hatte sie begonnen zu weinen. Ihre Augen waren feucht gewesen, während sie zu ihm aufschaute, nachdem er ihr die Tür geöffnet hatte.

Ein Weinkrampf hatte sich ihrer bemächtigt, weil er das verängstigte Kind grob aus dem Auto gezerrt hatte. Diese Konstellation aus Empfindungen und der Aura, die Hanna umgab, als sie noch gelebt hatte, ließ ihn derart zusammenzucken, dass er erneut die Augen aufriss und schwer atmend seinen Blick unschlüssig über die vorbeihuschenden Gestalten wandern ließ. Seine Hände verkrampften sich um das Lenkrad. Er stand nun wieder hinter Hanna in einem Gestrüpp, seine Finger hielten den schmalen Hals des Kindes fest umschlossen und drückten zu.

Eine Männerstimme sprach in seinem Kopf. *Danach hat er sein Opfer an einem Ort, den er vorher ausbaldowert hatte, dass er dort bei seinem Vergehen nicht gestört werden konnte, abgelegt,* stellte er sich vor, was die Polizisten bei einer Pressekonferenz sagen würden, wenn sie sich schon wieder an die Bürger der Stadt wenden mussten, weil sie nicht vorankamen, um von ihnen sachdienliche Hinweise zu bekommen. Bei der letzten Pressekonferenz gab es sogar eine Belohnung. Fünftausend Euro. Er lachte schallend. Natürlich war er stets vorsichtig und handelte mit Bedacht, jedoch plante er seine Taten nicht wirklich mit größter Sorgfalt. Er lauerte den Opfern auf, das stimmte, abwartend schätzte er die Situationen ein, aber nur die, die sich ihm anboten. Er wog auch die Möglichkeiten ab. Aber alles geschah eher zufällig. Er war schlau wie ein Fuchs und handelte rasch. Doch seine Verstecke suchte er nicht explizit für das jeweilige Opfer aus. Nein, er kannte sich einfach viel zu gut in der Gegend um Berlin aus. Er war ein passionierter Streuner. Er hatte früher nur ein Fahrrad gehabt, keine Freunde und zu viel Freizeit.

Seine Finger lockerten sich wieder. Die weiß hervortretenden Knöchel schmerzten. Doch seine Finger erinnerten sich immer noch an die weiche Haut des Mädchens und kribbelten angenehm an den Spitzen, nur sein linker Daumen blieb taub.

Der Kampf hatte keine drei Minuten gedauert, das war der einzige Wermutstropfen. Hanna war keine Kämpferin. Irgendwann sackte sie einfach in sich zusammen und zappelte nicht mehr. Er hatte diesen Moment des Sterbens viel länger auskosten wollen, aber er kam trotzdem zu seinem Höhepunkt.

„Bitte, lass mich nach Hause gehen, ich mag keine Kätzchen mehr anschauen", ertönte wie aus dem Nichts die leise Stimme in seinem Kopf. Er genoss diesen Augenblick erneut. Hanna hatte geweint und am ganzen Körper gezittert, als ob sie fröre. Derart extreme körperliche Reaktionen konnte niemand, nicht einmal der beste Hollywood-Star, überzeugend vortäuschen, das, was vor weniger als einer Stunde passiert war, war echt.

„Ich lass dich nicht gehen, Hanna", flüsterte er wie in Trance, seine Stimme wurde trocken, dann plötzlich ging die Beifahrertür auf, und er schreckte hoch. Er zupfte kurz an der Hose, um seine Erregung zu kaschieren, schnappte nach seinem Handy und legte es sich auf den Schoß.

„Hallo, Schatz, tut mir leid, dass du so lange auf mich warten musstest“, entschuldigte sich seine Freundin und setzte sich in den Sitz.

„Was hast du da in den Taschen?“, bemühte er sich um einen gelangweilt wirkenden Tonfall.

„Frauensachen“, winkte sie ab und schnallte sich an. „Ich habe Hunger, wollen wir vielleicht eine Kleinigkeit essen gehen?“

Er zuckte nur mit den Schultern und drehte den Schlüssel im Zündschloss um. Der Wagen sprang sofort an. Im Radio sang eine Frau von Liebe und Freundschaft, er schwelgte jedoch immer noch in seinen Erinnerungen und dachte an das kleine Mädchen, das unter Zweigen und trockenem Laub von ihm versteckt wurde. Vielleicht würde er sie heute noch einmal aufsuchen.

#7

Die von der Verzweiflung gepeinigte Mutter sank in ihre kläglich gebeugte Haltung zurück. Sie schniefte, zuckte zusammen und schluchzte wieder. Ihr stummes Weinen glich dem kaum hörbaren Winseln eines verletzten Tieres. Ihre Lippen waren fahl.

„Bitte, Frau Arnold, erfahrungsgemäß tauchen die meisten Ausreißer selbst nach achtundvierzig Stunden wieder auf", bemühte sich eine Polizistin um einen sanften Ton und fühlte sich selbst dabei mehr als unwohl, weil sie wusste, dass dies nur in den seltensten Fällen zutraf, wenn man das Alter des Mädchens berücksichtigte. Hanna war erst sechs, eine düstere Ahnung hatte die Polizistin beschlichen. Gleichzeitig musste sie daran denken, was sie in so einer Situation getan hätte. Wie hilflos man doch eigentlich dem Schicksal gegenüber war. „Sie haben Ihre elterlichen Pflichten in keinster Weise verletzt", sprach die Beamtin weiter in beruhigendem Tonfall und suchte nach passenden Argumenten, die Frau Arnold daran hindern sollten, sich im Zustand des Deliriums zu verschließen. Sollte ich das Kriseninterventionsteam verständigen, oder einen Psychologen damit beauftragen, der die verzweifelte Mutter professionell unterstützten konnte, damit sie während des Wartens nicht verrückt wurde vor Sorge? Saskia Kirschmann war ein Neuling, erst letztes Jahr hatte sie die Polizeiakademie verlassen. Jetzt fuhr sie mit ihrem Kollegen Streife. Sie hatte schon immer eine leichte Neigung zum Anderssein, die sie dazu antrieb, gegen den Strom zu schwimmen. Sie war als Kind schon immer ein Rebell gewesen. Und bewunderte Menschen, die bei den Demos gegen die Polizei marschierten, aber nur solange, bis sie ihrer ersten Leiche begegnet war, danach relativierte sich die Sympathie zu den handgreiflichen Auseinandersetzungen, die von Aufrührern angezettelt wurden. Nach der Geburt ihres Kindes bereute sie sogar den Schritt, zur Polizei gegangen zu sein, aber ihr Mann hatte sie stets dabei unterstützt und ihr den Rücken gestärkt. Jetzt lag es in ihrer Hand, dieser ihr bis heute völlig fremden Frau zur Seite zu stehen. „Frau Arnold, wo war Hanna zu der Zeit, während sie zu Hause waren? Hat sie etwas zu Ihnen gesagt, das Sie leicht überhört haben könnten?"

Iris Arnold saß zusammengesunken auf einem Stuhl in der Küche und hielt sich krampfhaft an einem Taschentuch fest, so als wäre es der sogenannte seidene Faden, an dem sie sich festklammerte. Rote Schwellungen unter ihren Augen ließen sie um Jahre älter ausschauen. „Ich wollte doch nur schnell die Wäsche aufhängen. Im Keller ist es immer so düster, und Hanna hat Angst, dorthin zu gehen, weil ein Nachbar sie da einmal so sehr erschreckt hat ..."

Die Polizistin wurde hellhörig, gleich mehrere Alarmglocken gingen an. Auch ihr Kollege wandte sich nun vom Fenster ab und konzentrierte seine ganze Aufmerksamkeit auf die Worte der Frau.

„Sie wollte damals ihr Fahrrad holen, und in dem Moment ließ Herr Birkenmayer etwas fallen. Es war eine Schaufel oder ähnliches, auf jeden Fall muss es laut gescheppert haben. Hanna schrie das ganze Haus zusammen ..."

„Dieser Herr Birkenmayer ...", die Polizistin ging in die Hocke und legte ihre Hand auf die Hände von Iris Arnold und sah sie sanftmütig an, „... können Sie ihn vielleicht näher beschreiben, bevor wir bei ihm an der Tür klingeln?"

Frau Arnold wackelte energisch mit dem Kopf. „Ich weiß, worauf Sie mit Ihrer Frage hinauswollen. Da hätte ich schon selbst längst nachgefragt. Aber Herr Birkenmayer ist letzten Monat verstorben, und nein, er hatte keinen Sohn oder sonstige Verwandte."

„Wen kannte Hanna noch, den sie an sich heran ließ - dem sie vertraute?" Die Polizistin sprach leise und langsam. Mitfühlend strich sie mit ihrer Hand über den Unterarm von Iris Arnold, weil auch Saskia einen kleinen Sohn hatte und so den Schmerz nachempfinden konnte. „Wem hat sich Ihre Tochter anvertrauen können? Wem war Hanna arg- und wehrlos gegenüber? Haben Sie vielleicht ein Verhältnis zu einem anderen Mann, das rein platonisch sein kann?"

„Nein, wir waren immer eine glückliche Familie, und Hanna war unser Wunschkind, schon immer wollte ich eine Tochter haben, und mein Mann auch." Plötzlich brach alles aus ihr heraus. Alle aufgestauten Emotionen brachen wie ein Wasserfall über eine Bergklippe und konnten nicht mehr aufgehalten werden, bis die Quelle versiegt war. Iris Arnold war einem Nervenzusammenbruch nahe. Ein Krankenwagen wurde angefordert.

Herr Arnold war erneut auf die Suche nach seiner Tochter gegangen und befand sich nicht mehr in der Wohnung. Die Polizistin gab sich alle Mühe, die von Zweifeln geplagte Mutter zu beruhigen, zumindest solange, bis die Sanitäter eingetroffen waren.

Schritte im Flur ließen die beiden Frauen ihre Blicke auf die Tür richten. Die erdrückende Atmosphäre ließ den Raum kleiner werden, und es wurde fühlbar kälter. Totenstille legte sich über den Raum, der immer dunkler wurde. Als die Polizistin sich aufgerichtet und vollends zur Tür umgedreht hatte, sah sie dort eine Gestalt stehen.

Herr Arnold stand mit gesenktem Kopf im Türrahmen und machte keinen Schritt weiter. Sein Gesicht aschfahl, die Augen ausdruckslos. In seiner rechten Hand hielt er das Kleid einer Puppe, das schmutzig war. Frau Arnold rutschte nach vorne und fiel auf den Boden. Ihr Weinkrampf löste sich in einem erstickten Schrei auf.

#8

Karls Privatleben hatte sich in der letzten Zeit mit zunehmendem Erfolg und ziemlich rasant zum katastrophalen Desaster entwickelt, darum brauchte er seinen Job mehr denn je. Sonst wäre er irgendwann total von der Rolle und mit ziemlicher Sicherheit irgendwann in der Klapse landen. Auf Beruhigungsmittel und ein Sabberlätzchen konnte er wirklich verzichten.

Er stand jetzt allein in dem kleinen Badezimmer und begutachtete die Tote, ohne sie dabei zu berühren. Er wollte den Tatort nicht verfälschen und unnötig verunreinigen, auch wenn der Fotograf und die Männer von der Spurensicherung ihre Arbeit vorläufig beendet hatten. Karl Breuer versuchte sich in die Situation hinein zu versetzen, in der sich der Mörder befunden hatte. Karl war schon oft Zeuge unzähliger Tatorte, daher war ihm keine Variation des Massakers fremd. Er wusste, zu was ein Mensch fähig war. Auch war ihm bekannt, dass kein Mörder ohne Mitwisser agierte, ob vor oder nach dem Übergriff dürstet es die meisten Täter, sich nach der Tat jemandem anzuvertrauen, sich zu öffnen.

Karl konzentrierte sich auf die Einstiche und trat näher, dabei schaltete er alles um sich herum aus.

Das emsige Treiben der Beamten verursachte noch andere Geräusche, hier und da wurde eine Tür geöffnet oder ein Gegenstand verschoben, doch Karl ignorierte alles und fokussierte sich auf den verwesenden Leichnam. „Du hast deinen Mörder sehr verärgert. Was hast du zu ihm gesagt? Bist du ihm etwa fremdgegangen oder hast du ihn verlassen wollen? Stimmt die Aussage deiner Tochter überhaupt, dass du frigide warst?", sprach er zu der Toten, ohne seine Vermutungen laut auszusprechen. „Dein Mörder muss sich hier ausgekannt haben. Auch hat er sich freien Zutritt in die Wohnung verschafft, weil die Jungs keine Einbruchsspuren feststellen konnten. Hast du ihm die Tür geöffnet, oder verfügte er über einen Zweitschlüssel? Wart ihr ein Paar, war er ein heimlicher Verehrer, oder hat dir das dein eifersüchtiger Mann angetan?"

Karls Funkgerät knisterte und übertönte die Stimmen, die aus den anderen Zimmern drangen, auch sein Gedankenfluss wurde dadurch unterbrochen.

„Was ist?", brummte Karl.

Die Informationen, die über den Äther geschickt wurden, waren nicht wirklich erfreulich. Der Ehemann wäre nicht zu Hause, lautete die kurze Meldung.

Karl griff zu seinem Diensttelefon und wählte eine Nummer. Er wartete kurz.

„Wenn er da ist, durchsucht seine Wohnung", gab Karl knappe Anweisungen an die Männer.

„Aber ohne einen richterlichen Beschluss ..."

„Nichts aber, bei Gefahr im Verzug benötigen wir den Beschluss für eine Hausdurchsuchung nicht. Je kürzer der Zeitabschnitt zu der Tat ist, umso weniger Zeit bleibt dem Mörder, seine Spuren zu verwischen und sich neu zu organisieren, wir können nicht tatenlos zusehen, wie er seinen Vorsprung ausdehnt, wir werden in alle Richtungen ermitteln, verstanden? Zudem dürfen wir nicht zulassen, dass er den emotionalen Abstand zu dem heutigen Vergehen noch mehr vergrößert. Sein aufgebrachtes Gemüt darf nicht abkühlen, habe ich mich deutlich genug ausgedrückt? Postiert euch vor dem Haus, aber so, dass er beim Eintreffen nicht sofort Lunte riecht. Wartet solange, bis er seine Wohnung betritt. Erst dann dürft ihr ihn euch vorknöpfen, aber bleibt sachlich. Wir dürfen nichts überstürzen", fügte er schnell hinzu und beendete das Gespräch, ohne sich zu verabschieden.

Karl Breuer brauchte einen Moment, um sich wieder zu konzentrieren. *War dein Freund unnatürlich, ein Introvertierter?* Der grüblerische Polizeihauptkommissar stellte sich einen nach innen gekehrten Mann vor, der vor allen Nachbarn als hilfsbereit und apart galt. Das sind die Schlimmsten: weltabgewandt und total unauffällig, sie verhalten sich normal, aber nur solange, bis sie von ihren Emotionen übermannt werden und der scheinbar harmlose Streit in einem Massaker endet.

Karl stand, den Oberkörper leicht nach vorne gebeugt, über der Toten und schaute nach unten. Ihre Beine waren angewinkelt. Frau Giebel war nicht groß, vielleicht eins sechzig, und wog bestimmt keine sechzig Kilo. Sonderlich kräftig musste der Mörder ja nicht sein, um sie zu überwältigen.

Gab es Schleifspuren, oder hast du sie auf den Händen getragen?, spann Karl den Gedankenfaden weiter und nahm den Rest des weiß gefliesten Raumes in Augenschein. Dabei musste er seine Atemfrequenz noch mehr verlangsamen, weil der süßlich-bittere Gestank sich an seinen Nasenschleimhäuten absetzte. Ich werde den Leichengeruch noch die restlichen Tage dieser Woche mit mir herumtragen, ärgerte er sich und öffnete eine Tür des kleinen Spiegelschrankes. Der Inhalt war überschaubar.

„Wir haben die zweite Tochter ausfindig gemacht", hörte Karl Lars' Stimme hinter sich. Auch er hielt sich ein Tuch vor den Mund. Der junge Kommissar war jedoch nicht so abgebrüht wie Breuer und rang bei jedem Wort nach Atem.

Karl hörte seinen Kollegen würgen.

„Wie hältst du das bloß aus, Karl?", nuschelte Lars und warf einen schiefen Blick auf die Leiche. Karl hielt seinen Blick auf eine verpackte Zahnbürste, eine Zahnpastatube, die zur Hälfte ausgequetscht war, und weitere Pflege-Utensilien, die allesamt preiswert und aus demselben Discounter zu stammen schienen. Auch hier war nichts Verdächtiges, stellte Karl mit steinerner Miene fest. „Ich habe früher, als ich noch ein Bursche von vierzehn Jahren war", Karl räusperte sich, „da habe ich einen ganzen Sommer lang auf dem Schlachthof gearbeitet, weil ich mir ein Fahrrad kaufen wollte. Dort war der Gestank noch tausend Mal schlimmer, und es war laut. Seitdem, immer dann, wenn ich einen Leichengeruch inhaliere, sehe ich vor meinem geistigen Auge ein neues Fahrrad und spüre diese latente Vorfreude in meiner Brust, dieses Gefühl habe ich einfach mit dem spezifischen Geruch verinnerlicht."

„Du verarschst mich?", entgegnete Lars ungläubig und wandte den Blick von der Toten ab.

„Natürlich tue ich das. Dauernd, wenn ich ein rotes Fahrrad sehe, muss ich an tote Schweine denken, an das laute Quieken und den bestialischen Gestank, das war der schlimmste Sommer meines Lebens, und ich werde die nächsten Tage nicht mehr viel essen können. Tut sicherlich meinem Cholesterinspiegel gut."

„Völlerei ist eine Sünde", bemühte Lars sich durch einen einfallslosen Witz abzulenken. Er war kein Mann mit viel Humor, aber Michaela, seine Freundin, störte das nicht, *ich brauche keinen Clown*, hatte sie einmal gesagt, nachdem jemand dieses Thema beim Abendessen angeschnitten hatte.

Karl lachte kurz auf, was eher wie ein Husten klang, dann holte er einen Bleistift aus seiner Brusttasche. Er trug eine schwarze Lederjacke, die an den Ellenbogen hellere Flecken vom häufigen Tragen aufwies. Dann hob er mit der Spitze des Bleistiftes das Handtuch hoch. „Ich werde bestimmt nie an Völlerei sterben, aber wenn ich den Gürtel etwas enger schnallen kann, wäre ich Gott Vater dankbar dafür. Noch lieber würde ich meinen Gürtel diesem Schwein um den Hals legen und zuziehen, solange, bis seine Halswirbel brechen und seine Augen aus dem Schädel springen." Karl war nicht fett, er war ein Schrank von einem Mann und hatte einen massigen Körper. Darum brauchte er seine Kontrahenten nur selten mit Gegenargumenten überzeugen, allein seine Erscheinung flößte genug Respekt ein und brachte seine Kollegen zum Schweigen. Nur einer ließ sich nicht einschüchtern, das war der Psychologe Doktor Hornoff.

Lars konzentrierte sich wieder auf die Spitze des Bleistiftes.

Karl runzelte die Stirn und murmelte etwas, seine tiefe Stimme wurde leiser, er kniff die Augen zu schmalen Schlitzen zusammen und fokussierte seinen Blick. Vorsichtig hob er einen muffigen, verschrumpelten Waschlappen an, der an einem kleinen Haken an der

Wand neben dem Waschbecken hing, und schnalzte einmal mit der Zunge. „Was haben wir denn hier? Sieht ganz nach einem Schamhaar aus“, sagte Karl. „Frau Giebel ist blond, auch von Natur aus ist ihr Haar hell, das sehe ich an ihrem Ansatz. Sie hat sich die Haare selbst blondiert. Von dem Zeug steht noch eine Packung samt Einweghandschuhen im Schränkchen. Auch hat sie sich erst vor kurzem die Scham rasiert. Zwischen den Klingen des Rasierers stecken noch einige Haarreste, aber die sind gerade und nicht so gekräuselt wie dieses hier, welches sich hierher verirrt hat. Ein schwarzes, etwa zwei Zentimeter langes Schamhaar.“ Karl winkte Lars mit einer knappen Kopfbewegung zu sich. Dieser verstand, was sein Kollege von ihm haben wollte.

„Bin gleich wieder da“, sagte er beinahe erleichtert und verschwand für wenige Augenblicke aus dem Zimmer. Kurz darauf kam er mit einer Pinzette, einer durchsichtigen Tüte und einer Atemmaske auf dem Gesicht zurück.

Karl tütete alles ein.

„Wir müssen herausfinden, wem diese Hinterlassenschaften gehören. Im Wäschekorb ...“, Karl warf erneut einen Blick in den grob geflochtenen Behälter und sah dann zu Lars, „... da liegen eine männliche Unterhose und einige Damenslips, die nicht wirklich sexy und einige Nummern zu weit für die Verstorbene sind. Scheint nicht alles aus dem Repertoire von Frau Giebel zu stammen. Hier müsste noch eine Frau gewohnt haben, die mindestens zwanzig Kilo mehr auf die Waage bringt.“

Lars kräuselte die Stirn und überzeugte sich selbst davon. „Diese Schlüpfer hätte Ursula Giebel als Fallschirm benutzen können“, rutsche Lars die unanständige Bemerkung durch die Lippen. Sofort wurden seine Ohren knallrot.

„Da magst du nicht ganz unrecht haben“, erwiderte Karl ohne einen Deut jeglicher Emotion. „Schau mal her. Du bist etwa eins achtzig groß und kein Schwächling, ich bin etwas größer und einige Jahre älter, darum der Bauch.“ Karl positionierte sich breitbeinig vor der Badewanne und beugte sich leicht nach vorne. „Wenn ich die Tote auf den Händen getragen hätte, würde ich sie so in die Wanne legen.“ Karl demonstrierte, was er meinte. „Doch dafür reicht mir der Platz nicht. Dieses Regal hier ...“ Er wies mit der rechten Hand auf eine Ablagefläche aus dickem Milchglas, die einen Meter über der Wanne hing, auf der diverse bunte Fläschchen aufgereiht waren. „Ich würde mir dabei den Kopf anschlagen, was wiederum bedeutet, entweder muss der Täter viel kleiner sein, oder er hat sie hinter sich hergeschleppt, dafür fehlen uns aber die charakteristischen Schleifspuren auf dem Boden. Auch hat er die Frau nicht in die Badewanne gelegt. Er hat sie über den Rand gehievt, die Füße kamen zum Schluss. Siehst du dieses Geschmiere hier, welches bis zu den Fersen reicht?“

Lars nickte nur und kämpfte gegen seinen nun lautstark rebellierenden Magen an, dabei stellte er sich ein rotes Fahrrad vor, was überhaupt nicht gegen die anbahnende Übelkeit half, trotzdem blieb er standhaft, trat sogar näher an die Tote und beäugte zwei Schlieren. „Ihr fehlt eine Socke“, keuchte Lars und schluckte die bittere Galle hinunter.

„Die liegt unter ihrem Fuß. Ich denke, unser Täter ist viel kleiner, aber er ist kein Skelett von einem Mann. Er muss kein Muskelprotz sein, aber er kann kräftig zupacken, der Adrenalinschub hat ihm zusätzliche Power verliehen. Jetzt lass uns hier rausgehen, sonst muss ich wirklich kotzen", brummte Karl und lief in den schwach erleuchteten Flur. „Da ist auch unser Forensiker. Schön, dich zu sehen, Edgar", begrüßte Karl einen seiner besten Mitarbeiter mit einem Kopfnicken und einem frechen Lächeln.

Edgar war der gleiche Jahrgang wie Lars Böhm, und Karl hätte schwören können, dass sein Freund Professor Doktor Hornoff einen unehelichen Sohn in die Welt gesetzt hatte. Edgar war groß, schlank, hatte dunkles Haar, das er stets akkurat gekämmt und gescheitelt trug. Seine gerade Nase, seine schlauen Augen und der zwanghafte Drang zu pedantischer Akribie waren alles Attribute, die vom Psychologen Johannes Hornoff vererbt worden sein konnten. Aber Johannes liebte seine Sonja viel zu sehr, als dass er sie wegen fünf Minuten Sex betrügen würde, wusste Karl.

Edgar sah den Polizeihauptkommissar unschlüssig an und wusste nicht recht, was er darauf erwidern sollte, diese Eigenschaft unterschied die beiden Männer dann doch zu sehr voneinander. Johannes nahm nie ein Blatt vor den Mund, seine Bemerkungen waren prägnant. „Dort drüben wartet eine Dame auf dich, Edgar", ergriff Karl die Initiative, „auf die du ein Auge werfen solltest, bevor sie in einen Leichensack eingepackt wird. Hast du heute schon zu Abend gegessen? Wenn ja, dann tätest du gut daran, dich vorher in eine Mülltüte zu übergeben. Ansonsten wird Doktor Braunschweig ziemlich sauer sein, wenn du ihm seine Obduktionsarbeit zusätzlich erschwerst und die Tote mit deinem Mageninhalt verunreinigst.“ Ohne ein weiteres Wort begab sich Karl ins Wohnzimmer. Dort wurden die Arbeiten abgeschlossen, nur der Fotograf schoss noch zwei letzte Fotos und verstaute seine Ausrüstung in einem Aluminiumkoffer.

#9

Hanna machte einen tiefen Atemzug und riss die Augen auf. Sie hustete, weil ihr Hals weh tat und kratzte. Wie aus einem Alptraum wachte sie mit laut pochendem Herzen auf und versuchte zu begreifen, was mit ihr geschehen war. Sie wollte schlucken und musste erneut heftig husten. Dabei tat ihr Hals noch mehr weh, sodass sie zu weinen begann. Sie wollte aufstehen, doch dazu fehlte ihr die Kraft. Sie fror. Ihr Rücken brannte, es pikste am Po, und etwas krabbelte über ihren Bauch.

Das zu Tode verängstigte Kind hob vorsichtig den rechten Arm, sie lag unter einem Berg von Blättern begraben. Aber warum? Einmal hatte sie mit Tahani verstecken gespielt, damals hatte sie sich auch im Laub versteckt. Aber jetzt war es überhaupt nicht witzig. Hannas Beine waren immer noch taub. Sie wackelte mit den Zehen und hob jetzt auch den linken Arm an. Die großen Blätter rutschten zur Seite.

Eine kühle Windböe erfasste das welke Laub und fegte es vollends von Hannas Gesicht.

Hanna blinzelte und starte zum Himmel. Sie sah den Mond, der langsam von den Wolken verschluckt wurde. Der Himmel wurde jetzt komplett schwarz.

Hanna konnte sich zuerst an gar nichts erinnern. Doch dann tauchten langsam die hässlichen Bilder wieder auf. Und erfüllten sie erneut mit unbändiger Angst. Sie winselte leise, ihre Augen brannten wie Feuer. Auf ihrem Gesicht lagen nur wenige Blätter, aber auch Zweige. Sie wischte sie zur Seite.

Langsam erhob sie sich.

Wo sind meine Sachen, wo ist mein Kleid?, fragte sich das kleine Mädchen und versuchte erneut zu schlucken. Ihr Hals tat so arg weh wie im letzten Winter, als sie mit Angina ins Krankenhaus eingeliefert werden musste, weil sie nicht genug getrunken und über Nacht sehr hohes Fieber bekommen hatte. Sie befühlte vorsichtig die Stirn, sie war kalt, also hatte sie kein Fieber und war nicht krank. Das war der Mann, der ihren Hals feste zugedrückt hatte, so fest, dass sie nicht mehr atmen und sprechen konnte. Er hatte gesagt, sie müsse still sein, sonst würden die Kätzchen weglaufen.

Die trockenen Zweige brachen unter ihr, während sie sich mit beiden Ellenbogen vom Boden wegdrückte. Hanna blinzelte erneut und sah sich um. Überall war es dunkel, wie in ihrem Zimmer, wenn Mama vergaß, die Rollläden ein Stück hochzuziehen. „Du musst sie wieder hochziehen, Mami!“, hörte sie ihre Stimme im Kopf. „Aber nur so viel, dass das Licht von der Laterne durch die kleinen Schlitze durchdringen kann, ansonsten ist es nicht sehr klug, wenn dein Fenster nicht geschützt ist, wir möchten doch keine Einbrecher in unserem Haus haben“, hatte ihre Mama einmal gesagt und Hanna damit eine Heidenangst eingejagt. In dieser Nacht konnte sie nicht einschlafen. Sie hatte ununterbrochen auf ihr Fenster gestarrt und auf die winzigen Punkte, die wie kleine Glühwürmchen leuchteten. „Das war ein sehr dummer, dummer Witz von mir“, entschuldigte sich ihre Mami am nächsten Morgen, nahm sie in den Arm und küsste sie zärtlich auf die Wange. Bei der Erinnerung begann Hanna zu weinen. Die Tränen brannten heiß auf ihren Wangen, dort, wo Mama sie immer geküsst hatte. Hanna rappelte sich vollends auf die Beine und stellte fest, dass selbst ihr Höschen nicht mehr da war. Sie hatte Angst vor der Dunkelheit und der Schimpfe von Papa. „Eine Tracht Prügel hat schließlich noch niemandem geschadet", hatte er zu ihrer Mutter gesagt, nachdem Hanna unerlaubt bei ihrer Freundin Tahani im Garten gespielt und dabei komplett die Zeit vergessen hatte. Aber noch mehr fürchtete sie sich vor dem Mann, der sie wieder schnappen und bei den Kätzchen einsperren könnte.

Hanna zitterte am ganzen Körper und wusste nicht, was sie jetzt machen sollte. Wohin sollte sie jetzt gehen? Ich kann doch überhaupt nichts sehen, dachte sie und blickte sich mit von Tränen benetzten Augen um. Ein Paar leuchtender Augen starrte sie durch das Dickicht an. Irgendwo über ihr knackte ein Zweig und fiel zu Boden. Hanna wollte aufschreien. Doch der stechende Schmerz und das Weinen erstickten ihren Schrei. Flügelschläge und weiteres Rascheln von trockenem Laub verscheuchten die gespenstische Stille. Erst jetzt nahm Hanna das monotone Rauschen wahr.

„Autos", flüsterte sie kaum hörbar und ging in die Richtung, aus der das unaufhörliche Motorengeräusch zu vernehmen war. Wie vom Donner gerührt blieb sie stehen. Dorthin kann ich nicht zurückgehen, dachte sie und schlug die entgegengesetzte Richtung ein. Ihre nackten Füße krümmten sich bei jedem Schritt, weil die Erde klumpig und die kleinen Steine scharfkantig waren. Auch die Pflanzen stachen mit ihren Zweigen in ihre Fersen und Zehen. Ihre Haut brannte, weil sie in die Brennnesseln geraten war.

In der Ferne sah sie endlich ein gelbes Licht. Es war eine Laterne. Hanna rannte schneller, weil sie jetzt auf weichem Rasen lief. Aus dem fahlen Licht der Laterne löste sich eine schemenhafte Gestalt. Dann wurde Hanna von einem grellen Lichtstrahl geblendet. Zuerst war es nur ein Punkt, dann traf der helle Kegel auf ihre Augen und raubte ihr die Sicht.

Wie versteinert blieb das Kind stehen. Was mache ich jetzt? Und wenn das wieder der böse Mann ist? Sie schluckte und verzog schmerzerfüllt ihr verschmiertes Gesicht. Etwas Warmes floss an ihren Beinen hinab. Ich habe mich bepinkelt, schoss ihr der beschämende Gedanke durch den Kopf. „Mama, wo bist du? Ich möchte zurück nach Hause", hauchte sie diesen einen Satz aus und verlor das Bewusstsein. Ihr erschlaffter Körper fiel in sich zusammen. Sie lag erneut auf der Erde, ganz allein. Alles um sie herum wurde wieder zu undurchdringlicher Finsternis. Sie hörte nicht, wie ein Mann sich ihr näherte. Sie nahm nicht das dumpfe Stampfen seiner Schuhe wahr. Auch konnte sie seinen faulen Atem nicht riechen. Sie spürte nicht, wie er seine Hand auf ihren Brustkorb legte. Ihr Atem ging flach. Sie lag auf dem Rücken, die Hände zu beiden Seiten ausgebreitet, die Beine eingeknickt. Ihr Körper war von roten Pusteln übersät und mit Erde beschmiert. Am linken Fuß blutete sie heftig, doch all das störte den Mann nicht. Er sah sich hastig um, schob seine Hände unter ihren schmächtigen Körper und sah zu, dass er hier wegkam. Hannas Arme und Beine hingen schlaff herunter. Ihr Kopf war zur Seite gedreht. Ihre Augenlider zuckten, durch die schmalen Schlitze sah sie Lichter, die heller, und Stimmen, die lauter wurden, dabei schien sie zu schweben. Ich bin ein Engel, ich kann fliegen, dachte sie und schloss ihre Augen wieder.

#10

Karl war schon vor allen anderen im Präsidium und nippte an seinem zweiten Kaffee. Er stand am Fenster in seinem Büro und sinnierte. Heute würde er noch einmal in die Wohnung der getöteten Frau Giebel fahren und den Tatort auf mögliche Hinweise durchsuchen, die bei dem gestrigen Durcheinander womöglich übersehen wurden. Sein Handy klingelte, er ging sofort ran. Es war Edgar.

„Ich habe die Haarprobe sowie auch die Unterwäsche gestern sofort ins Labor geschickt. Die Ergebnisse liegen uns noch nicht vor. Es dauert eine Weile, aber ich habe einige der Proben durch den Gaschromatographen gejagt. Die von dem Massenspektrometer liegen auch vor mir. Ich bin zu folgenden Ergebnissen gekommen: Die Unterwäsche sowie das Haar stammen tatsächlich von dem Schwiegersohn, sprich von dem Lebensgefährten der jüngeren Tochter. Und der große Schlüpfer von der Tochter selbst."

„Du hast mir gerade eben den ganzen Tag versaut, Edgar", brummte Karl mit einem gespielten Ton der Entrüstung.

„Tut mir leid, das war nicht meine Absicht", entschuldigte sich der junge Forensiker ohne eine Spur von Ironie in seiner Stimme. Er war gegen jegliche Art von Sarkasmus resistent. Auch das unterschied Edgar von seinem Idol. Johannes hätte so etwas erwidert wie: *Kauf dir einen Lutscher und zieh dir einen Liebesfilm rein.* „Das war nur ein Scherz, Edgar“, brummte Karl in den Hörer und schlürfte an seinem Kaffee. „Hast du noch irgendwas?“

„Nein, im Moment ist das alles, was ich habe. Darf ich Sie später anrufen, wenn die Ergebnisse aus dem Labor ...“

Noch bevor Karl seine Zustimmung bekunden konnte, klopfte es an der Tür. „Ja!“, rief er und hörte, wie Edgar sich am anderen Ende der Leitung eilig verabschiedete. Karl schüttelte nur den Kopf und rief erneut, jetzt etwas lauter: „Wer ist da, verdammt nochmal?“

Lars lugte durch den Spalt.

„Sag mal, warum klopfst du an? Das hier ist auch dein Arbeitsplatz. Oder wurdest du seit gestern befördert?“, grummelte Karl und stieß sich von der Wand weg.

„Ich dachte nur, hier ist jemand ...“

„Wenn du erneut anfängst, mich zu siezen, werde ich dir beweisen, dass der frische Kaffee auch nach der äußerlichen Anwendung eine sehr aufmunternde Wirkung hat.“

„Im Vernehmungszimmer warten Frau Giebel und Herr ...“, Lars griff hastig in die Hosentasche und hielt einen kleinen Zettel in der Hand, „... Herr Betz.“

Karl warf einen prüfenden Blick zur Tür. Darüber hing eine Wanduhr. „Um diese Zeit?“

„Herr Betz hat ein Vorstellungsgespräch, darum haben die beiden bisher bei Marions Mutter gelebt. Erst letzte Woche ist das Paar ausgezogen, weil Heinrich Betz eine Arbeitsstelle gefunden hat, die den beiden ermöglicht, endlich eine eigene Mietwohnung zu beziehen.“

Karl kratzte sich nachdenklich am Hinterkopf. „Hat man nicht zuerst ein Vorstellungsgespräch, bevor man einen Arbeitsvertrag unterschreibt?"

„Er ist bei einer Zeitarbeitsfirma untergekommen ..."

„Ach, verstehe, bei den Aasgeiern, die unseren Politikern erlauben, die Arbeitslosen-Zahlen schön unten zu halten. Manipulative Politikführung auf höchstem Niveau, die von den niedrigen Löhnen der armen Schlucker finanziert wird. Wie dem auch sei. Lass uns die beiden unter die Lupe nehmen. Wie hat die Tochter auf den Tod ihrer Mutter reagiert, braucht sie psychologische Unterstützung, um ..."

Lars winkte ab und schüttelte kurz mit dem Kopf. „Sie war, so ist bei mir der Eindruck entstanden, sogar darüber erleichtert. Sie verstünde sich mit ihrer Mutter schon seit ihrer Pubertät nicht mehr. Nach ihrem Tod bräuchten die beiden jetzt doch nicht umziehen. Alles, was die Tochter zu beschäftigen scheint, ist die Frage, wann wir die Wohnung freigeben werden."

„Und der Kerl?"

„Ein undurchschaubarer Typ. Scheint ein waschechter Pantoffelheld zu sein." Karl leerte den Becher, goss sich noch mehr von der schwarzen Brühe aus der Kanne ein und ging zur Tür. „Weil du so fleißig warst, kannst du dir auch einen genehmigen", sagte Karl und ging in den Flur. Lars schnappte nach seiner Tasse, die auf seinem ordentlich aufgeräumten Tisch stand, machte sie bis zum Rand voll und folgte schnell seinem launischen Kollegen, den er seit Kurzem duzen musste.

Vor dem Zimmer, in dem das ungleiche Paar auf zwei hölzernen Stühlen auf ihre Vernehmung warteten, zu der sie als Zeugen eingeladen wurden, blieben Karl und Lars stehen. Neben den beiden erblickte Karl Breuer eine junge Frau mit einem schlafenden Kind auf dem Schoß. Lars hörte seinen Kollegen leise fluchen. Die junge Mutter war Jana Breuer, Karls Tochter aus einer seiner vier Ehen.

„Lars, du beginnst ohne mich mit der Befragung. Katja müsste jeden Moment kommen, sie schreibt alles auf, ich komme gleich nach“, sagte Karl mit emotionsloser Miene und lief, ohne die beiden Zeugen zu grüßen, auf seine Tochter zu.

Lars stellte sich zuerst der stark übergewichtigen Frau, dann ihrem Partner vor. Marion Giebel und ihr Freund Heinrich Betz, der nicht nur viel schmächtiger, sondern auch mindestens zehn Jahre älter war, fühlten sich nicht wohl in ihrer Haut. Das sah Lars den beiden an und versuchte, durch sein freundliches Auftreten den beiden die Anspannung zu nehmen. Sein Bemühen sollte sich später bei der Befragung positiv auswirken, hoffte er. Lars klärte sie kurz über ihre Rechte auf, er sprach klar und deutlich, dabei blieb er die ganze Zeit über stets ruhig. Bevor sie den Vernehmungsraum betraten, warf er einen kurzen Blick zu Karl Breuer. Ein Schatten huschte über das von Müdigkeit durchzogene Gesicht des ruppigen Mannes. Auch fiel Lars auf, dass Karls Tochter unter ihrem rechten Auge ein Veilchen hatte.

#11

Polizeihauptkommissar Breuer stand vor seiner Tochter aus erster Ehe und hörte ihr mit zusammengebissenen Zähnen zu. Jana war sein einziges Kind, das noch Kontakt zu ihm hatte. Sie sprach leise und sah sich immer wieder um. Sie war das Ergebnis einer anfangs glücklichen Beziehung, die nach zehn Jahren zu Bruch gegangen war. Seine Exfrau hatte sich von ihm vernachlässigt gefühlt, weil er die Arbeit seiner Familie vorzog. Er musterte Jana mit besorgtem Blick. Anja saß in seiner Armbeuge und betrachtete die vernarbte Haut seiner linken Gesichtshälfte. Karl kämpfte gegen eine heftig und unvermittelt auftretende Wut an, die sein Herz zum Rasen brachte. Allein die Vorstellung, dass jemand seinem Kind wehgetan hatte, lähmte ihn vor Entsetzen.

„Wo war Anja während eurer Auseinandersetzung? Durfte sie mit anschauen, wie ihrer Mutter vom eigenen Vater Manieren beigebracht wurden, oder gab es einen triftigeren Grund für das hier? War das Essen nicht warm genug? Oder hat es dem Herrn einfach nicht geschmeckt?"

Jana schwieg und sah ihren Vater mit trauriger Miene an. Ihre Augen glänzten, doch sie weinte nicht.

„Dass es in einer Ehe mal zwischendurch knistert oder auch raucht, das ist normal, jeder hat mal einen schlechten Tag oder gibt seine Meinung lautstark kund, aber die Hand gegen eine Frau zu heben ..." Er ließ den Satz unausgesprochen im Raum hängen.

„Wenn die Nachbarn nicht wären, hätte niemand davon etwas erfahren müssen ..."

„Ach, jetzt sind es die Nachbarn, die an eurer Misere schuld sind. Habt ihr etwa zu laut darüber diskutiert, warum dein Auge so angeschwollen ist und deswegen die Polizei informiert?"

„Mama ist die Treppe runtergefallen", mischte sich Anja in das Gespräch mit ein. Sie war sechs und ging in die zweite Klasse, weil sie schon mit fünf Jahren eingeschult wurde. Mit ihren beiden Händen fuhr sie über Karls Wangen und fügte hinzu: „Danach ist die Polizei gekommen, ich war in meinem Zimmer, Papa war dann nicht mehr da, weil er in den Keller musste oder so. Die Polizisten waren nett, besonders die Frau. Sie meinte, sie kennt dich und fragte uns beide, ob wir nicht zu dir möchten, Opa. Ich habe mich riesig gefreut, jetzt warten wir hier auf dich, und plötzlich bist du da. Du pikst, Opa, hast du etwa einen Igel zum Frühstück gehabt?" Sie lächelte ihren Opa keck an und fuhr ihm erneut über die Bartstoppeln.

„Wo mein Büro ist, wisst ihr ja, dort bleibt ihr, bis ich wieder da bin, ich fahre euch später in meine Wohnung."

„Oh ja", freute sich Anja und drückte Karl fest an sich. Ihre Arme umschlossen seinen bulligen Hals. Er roch an ihrem Haar. Anja war sein ein und alles, aber auch für seine Tochter würde er aus jedem die Seele herausklopfen, genau das hatte er auch mit seinem Schwiegersohn vor. Aber vorerst musste er sich abkühlen.

„Ist Ferdinand immer noch so dick? Und hat er jetzt vielleicht ein Glasauge?"

Karl lächelte seine Enkeltochter warmherzig an und drückte ihr einen Schmatzer auf die Wange.

„Ihhh, Opa, du stinkst nach Rauch und Kaffee, bäh.“ Sie streckte mit angeekeltem Gesicht die Zunge raus und fuhr sich mit dem Ärmel über die Wange. Er ließ die zappelnde Anja auf den Boden. Jana kam einen Schritt auf ihn zu und nahm ihren Vater, was sie seit der Scheidung ihrer Eltern bisher noch nie getan hatte, in den Arm. „Ich möchte mich von Sebastian trennen, geheiratet haben wir ja zum Glück nie. Er lässt mich jedoch nicht gehen, aber ich möchte auch nicht, dass du ihn umbringst“, flüsterte sie ihm ins Ohr. Ihre sanfte Stimme jagte ihm eine Gänsehaut ein. Seine Nackenhaare standen zu Berge. „Deine Überredungskunst kenne ich nur zu gut. Du hast immer zwei Argumente, das weiß ich auch.“ Sie ließ von ihm ab und wischte sich hastig über die feuchten Augen. Ein zaghaftes Lächeln umspielte ihren Mund. Anja schmiegte sich an ihre Mutter und sah zu den beiden hoch. Das Kind begriff, dass es jetzt lieber schweigen sollte, stellte Karl mit einem leisen Stechen in der Brust fest, und fuhr Anja mit seiner rechten Hand über ihr blondes Haar.

„Du siehst wie deine Mama aus, als sie so klein war.“ Karl räusperte sich, weil er merkte, wie sich Anjas Gesicht verdunkelte. „So groß wie du war“, korrigierte er sich schnell.

Das Gewicht der Verantwortung für die beiden lastete schwer auf seinen Schultern. Er ging kurz in die Hocke und sah Anja in ihre schlauen Augen. „Kannst du bitte, solange ich weg bin, auf deine Mama und Ferdinand aufpassen?“

Anja nickte eifrig. Karl fuhr mit der rechten Hand in die Innentasche seiner Jacke, holte eine metallene Dose heraus und nahm den Deckel ab. „Du kannst dir zwei nehmen.“ Er bot seiner Enkeltochter die bunten Pastillen an.

„Nein, vor dem Essen darf ich nichts Süßes nehmen“, flüsterte sie ihrem Opa verschwörerisch zu.

„Dann nimmst du jetzt die ganze Dose, aber du darfst damit nicht den Ferdinand füttern.“ Karl stand wieder auf und wandte sich erneut an seine Tochter. „Die Kantine hat in einer Stunde auf. Das Essen schmeckt dort sehr passabel.“ Noch bevor Jana etwas sagen konnte, holte er aus seinem Portemonnaie mehrere Scheine und steckte sie in ihre Hand. „Ihr geht jetzt in mein Büro, ich habe noch Kaffee und Limo. Auch Stifte zum Malen, die stehen auf dem aufgeräumten Tisch. Der gehört meinem Kollegen, also bedient euch. Wir sehen uns dann später.“

Jana nahm ihre Tochter bei der Hand. „Ach, Jana, hat Anja denn keine Schule heute?“

Anjas Augen huschten zwischen den beiden hin und her. „Sie darf heute zuhause bleiben ...“

„Mein Schulranzen ist daheim, und meine schönen Sachen auch. Mama sagt, in der Wohnung leckt Gas, darum mussten wir mit den Polizisten zu dir kommen.“

„Gib mir bitte die Schlüssel zu deiner Wohnung, ich hole Anjas Sachen, damit sie heute doch noch in die Schule kann.“ Er schaute kurz auf seine Uhr. „Könnte zwar knapp werden ...“

„Die Wohnung gehört Sebastian“, erwiderte Jana knapp.

„Also hast du keine Schlüssel?“

Sie schüttelte nur den Kopf. „Sebastian ist eigentlich immer zuhause gewesen.“

„Nur dumme Leute gehen arbeiten“, mischte sich Anja wieder besserwisserisch ein.

„Nein, dumme Leute hocken zuhause ...“

„Aber meine Mama ...“

„Nein, deine Mama ist nicht dumm, sie muss schließlich alles machen, was zuhause so anfällt“, nahm Karl seine Tochter in Schutz. „Geht jetzt einfach in mein Büro, ich werde bald bei euch sein“, sagte er dann knapp, gab seinen halb vollen Becher Jana und wandte sich zum Gehen. „Und bringt mir ja nichts durcheinander“, sagte er über die Schulter. „Guten Morgen, Katja“, begrüßte er die betagte Dame freundlich, die auf dem Weg zum Vernehmungsraum war.

Sie nickte knapp und setzte ihren Weg fort. Auch ihr musste heute früh eine Laus über die Leber gelaufen sein, dachte Karl und beeilte sich. Lars musste jetzt ohne ihn klarkommen. Die Personenbeweise beruhten stets auf Wiedergabe- und Erinnerungsbeweisen und waren meist weniger objektiv. Erfahrungsgemäß waren die Auffassungsgaben der Zeugen, die der Tat beigewohnt hatten, auch unterschiedlich und manchmal kontraproduktiv, wenn die Menschen anfingen, etwas in das Gesehene mit hinein zu interpretieren. Daher war die Fehleranfälligkeit bei den Sachbeweisen weit tiefer anzusetzen als bei einer Personenbefragung. Darum erwartete Karl nicht wirklich viel von dieser Befragung.

Zuerst musste er jedoch ein ganz dringliches Verlangen stillen, um sich überhaupt weiter auf den Fall konzentrieren zu können. Seine rechte Hand, die er zu einer Faust geballt hatte, juckte ununterbrochen.

„Hoffentlich bist du jetzt zuhause, du Schlappschwanz", knurrte Karl und ignorierte zwei verdutzt dreinschauende Polizisten, die zur Seite sprangen, als Karl zwischen ihnen wie ein Eisbrecher hindurch marschierte.

#12

Saskia stand in der Küche und machte sich Kaffee. Der gestrige Tag war für sie sehr anstrengend gewesen. Plötzlich klingelte ihr Diensthandy. „Oh nein“, flüsterte sie und beeilte sich ranzugehen, weil sie nicht wollte, dass ihre Tochter geweckt wurde. „Saskia Kirschmann, Henry, bist du das etwa?“

„Zieh dir was an, ich warte unten vor der Tür, wollte nicht deine ganze Familie aus dem Bett klingeln“, sagte ihr Kollege mit schlaftrunkener Stimme. Saskia lief zurück in die Küche und sah aus dem Fenster. Dort stand ein Polizeiwagen. „Und nimm auch für mich einen Kaffee mit, sonst werde ich den ganzen Tag wie ein Zombie rumlaufen.“

„Was ist passiert?“, fragte Saskia und holte zwei Thermobecher aus dem Schrank. Die Kaffeemaschine dampfte und blubberte.

„Eine Schlägerei im Park. Wir müssen zur Verstärkung ausrücken. Mehrere Jugendliche sollen sich geprügelt haben oder so ähnlich, das Übliche halt. Aber die Kollegen scheinen alles im Griff haben, wir müssen uns also nicht wirklich beeilen, nur den Ort absuchen, ordnungshalber.“

„Guten Morgen“, hörte Saskia die vom Schlaf raue Stimme ihres Mannes. Sein rabenschwarzes Haar stand zu allen Seiten ab, welches er mit den Fingern grob zurecht strich und sich den Mund mit dem linken Handrücken zudeckte und ausgiebig gähnte. „Musst du jetzt schon los?“, gähnte Thorsten immer noch und streckte sich. „Ist kaum sechs Uhr“, sagte er mit belegter Stimme und sah mit zusammengekniffenen Augen prüfend auf die Digitalanzeige vom Backofen.

„Ich kann verstehen, dass du aufgebracht bist“, flüsterte sie, weil sie von Schuldgefühlen geplagt war.

Thorsten ging auf sie zu, umarmte Saskia und drückte sie fest an sich. Er roch nach Weichspüler und ihrem gemeinsamen Sohn, nachdem er erneut die Nacht in Lukas‘ Bett verbracht hatte, weil ihr Sohn wie so oft in den letzten Tagen nicht einschlafen konnte. „Warum sollte ich das?“ Thorsten drückte sie ein Stück von sich weg, sodass er ihr in die Augen schauen konnte, dann küsste er sie zärtlich auf die Stirn. „Nur ein bisschen mehr Sex wäre nicht schlecht, ansonsten kann ich damit leben, dass meine Frau ein Bulle ist, oder muss ich Bullerin sagen? Bei dem ganzen Genderquatsch komme ich oft durcheinander.“

Beide lächelten, dann schälte sich Saskia aus seiner Umarmung und streckte ihm die Zunge raus. „Ich muss jetzt los, sonst wird Henry ungeduldig“, sagte sie und verschloss die beiden Becher. „Da gab es eine Prügelei von Jugendlichen. Wir wurden um Verstärkung gebeten. Was macht ihr heute noch so ohne mich?“ Saskia lief ins Schlafzimmer und zog sich schnell um.

Thorsten folgte ihr und sah seine Frau mit gierigem Blick an. „Wenn dein Kollege nicht so hässlich und alt wäre, könnte ich glatt auf ihn eifersüchtig werden“, murmelte er. Saskia zwängte sich an ihm vorbei und knuffte ihn in die Schulter. „Er ist nicht alt.“ Jetzt lachten beide.

„Ich schreibe heute noch ein paar Seiten. Selfpublishing ist eine feine Sache. Wenn du den

Verbrechern nicht mehr hinterherjagen willst, kannst du ja meine Thriller lesen“, flüsterte Thorsten und wartete vor der Tür auf seine Frau, weil er sie noch einmal umarmen wollte. Saskia ließ sogar zu, dass Thorsten sie in den Po kneifen durfte. „Heute Abend werde ich dir, du weißt schon, außerdem, wer würde dir sonst diese ganzen spannenden Szenen für deine Bücher liefern?“, sagte sie schnell und lief die Treppe nach unten.

„Deine Schilderungen reichen nicht einmal für einen Softporno.“

„Du bist ein Dummkopf, Thorsten, damit habe ich meine Polizeiarbeit gemeint.“

„Ich auch, der Sex mit dir ist prima.“

„Sei leise, die Nachbarn könnten das hören“, rief sie mit gedämpfter Stimme von unten.

„Na und, sollen die doch neidisch werden“, rief er ihr nach und ging zurück in die warme Wohnung.

Saskia stieg in den Wagen und reichte ihrem Kollegen den Becher. „Guten Morgen, Kollegin“, grüßte Charly sie erneut, steckte den Becher in die dafür vorgesehene Halterung und fuhr los, dabei schaltete er nur die Lichtsirene ein. Die blauen Stroboskoplichter durchschnitten das Morgengrauen. Die grellen Leuchtkegel der Scheinwerfer wiesen den beiden von zu wenig Schlaf müden Polizisten den Weg. Saskia schlürfte schweigend an ihrem heißen Kaffee.

„Mach dich auf etwas gefasst. Gerade kam eine Meldung durch, dass aus der harmlosen Schlägerei eine Messerstecherei geworden ist. Wir werden nicht die einzigen vor Ort sein. Noch mehr Kollegen sind unterwegs. Berlin ist zu einer Drehscheibe der Gewalt unter Jugendlichen geworden.“

Saskia sah mit starrem Blick durch die Windschutzscheibe.

„Das Schlimmste dabei ist ...“, Henry machte eine kurze Pause, weil er in die Hauptstraße abbog, das Relais des Blinkers klackte trocken in der kurzen Stille, „... später werden wir keinen Schuldigen finden, und nach dieser Schlägerei kommt die nächste, meist mit denselben Kerlen, die wir heute festnehmen werden. Es sind zu viele Männer auf einem Haufen.

Männer, die keinen Sex haben und keiner sinnvollen Beschäftigung nachgehen können, werden zu hirnlosen Bestien, die nur von ihren Trieben gelenkt werden. Dabei spielen die Nationalität sowie die Religion nur eine untergeordnete bis überhaupt keine Rolle. Wir männlichen Wesen sind nun mal so - und zwar alle.“ Henry hob ostentativ den rechten Zeigefinger in die Luft: „Und ich bin kein Rassist, ein Misanthrop bin ich auch nicht, ich bin ein Realist, das ist alles, die Gesellschaft verkommt, und das macht mir Angst.“ Beide schwiegen eine Weile. Saskia musste erneut an ihren Sohn denken. Ein kalter Schauer der Scham kroch über ihren Rücken, weil sie ihre Familie in der letzten Zeit sehr oft vernachlässigt hatte.

„Die Jungs, die genau in diesem Augenblick versuchen, sich gegenseitig die Bäuche aufzuschlitzen“, ertönte Henrys Stimme und ließ Saskia kurz aufschrecken, sodass sie etwas von ihrem Kaffee verschüttete und vor Schreck die Luft zwischen den Zähnen einsog, doch Henry bemerkte von all dem nichts, er sprach einfach weiter, „sie werden sich später nach allen Kräften gemeinsam darum bemühen, ihre Schuld auf die anderen zu schieben, zum Beispiel auf uns, oder die, die weggelaufen sind. Alle werden sich von der Tat distanzieren und werden alles von sich abwälzen. Die abgebrühtesten von ihnen werden versuchen, die Schwere ihrer Taten zu relativieren. Das übliche Prozedere eben, wir nehmen sie fest, die wenigsten werden vernommen, die meisten, wenn nicht sogar alle, werden kurze Zeit später wegen Mangel an Beweisen wieder frei gelassen. Danach beginnt dieses Spiel von neuem. Das sage ich dir nur, damit du später nicht zu sehr enttäuscht wirst, wenn du bei deinem nächsten Einsatz denselben Tätern die Handschellen anlegen und dir anhören musst, dass du eigentlich nichts zu sagen hast, als Frau und überhaupt."

„Hast du schon jemals einen Mörder gefasst, Henry?", fragte Saskia. Diese Frage kam so plötzlich, dass der Polizist einen Augenblick lang schwieg, bevor er zu einer Antwort ansetzte. Er strich sich mit der linken Hand über das nicht mehr dunkle Haar, welches von grauen Strähnen durchzogen und akkurat gescheitelt war.

„Einen Mörder? Hm, ich habe eine Frau in ihrer eigenen Wohnung festnehmen müssen. Sie war von Kopf bis Fuß mit dem dunklen Blut ihres toten Mannes besudelt. Sie stand in einer Blutlache und bewegte sich nicht. Sie hatte schlimme Zeiten durchlebt, hatte drei Fehlgeburten hinter sich und zehn Jahre Martyrium, die ihr Mann als Ehe bezeichnet hatte. Von Mord spricht man eigentlich nur dann, wenn man einem Menschen bewusst handelnd das Leben nimmt. Ob die Frau bei klarem Verstand gewesen ist, während sie auf ihren Lebenspartner mehr als zehn Mal eingestochen hat, wage ich ganz stark zu bezweifeln. Nachdem wir eingetroffen sind, hat ihr Ehegatte noch gelebt. Er keuchte, spuckte Blut und machte sich dabei in die Hose. Ein sehr schlimmer Abgang, wenn man bedenkt, dass er eigentlich ein sehr angesehener Mann war. Er arbeitete zehn Jahre lang als Bankdirektor in einer kleinen Filiale in einem sehr idyllischen Ort. Ein kleines Dorf mit weniger als dreitausend Seelen." Henry holte tief Luft und gab erneut Gas, nachdem er einen LKW überholt hatte. Der Motor heulte auf. Saskia wurde stärker in den Sitz gepresst. „Diesen Tag werde ich mein Lebtag nicht vergessen", sagte Henry etwas lauter, um das Motorengeräusch zu übertönen.

„Weißt du, was aus der Frau ... War sie nicht das eigentliche Opfer?" Saskias Stimme versagte, weil sie sich das Bild vor Augen gezerrt hatte und in der Frau ihr sehr vertrautes Gesicht erkannte, nämlich sich selbst, obwohl diese Vorstellung ganz absurd war, weil sie Thorsten liebte. Was konnte einen Menschen dazu bringen, so etwas zu tun?, überlegte sie schweigend.

„Der Begriff ‚potenzielles Opfer' sollte sehr behutsam angewandt und interpretiert werden. Man darf nicht sofort Partei für den körperlich Schwächeren ergreifen. Die Frau ist immer noch in der Psychiatrie, ist nie wieder darüber weggekommen. Ihrer Handlung, den eigenen Gatten zu töten, lag nicht nur eine Ursache zu Grunde, sondern ein ganzes Bündel. Es hat sich über Jahre angesammelt, um dann in einem Desaster zu enden und wie bei einem Vulkan aus ihr auszubrechen. Jetzt jedoch musst du dich mental auf aggressive, bewaffnete Männer einstellen. In uns Polizisten sehen sie den gemeinsamen Gegner und werden ab jetzt wie eine Einheit agieren." Das Knistern der Funkanlage übertönte seine Stimme und brachte ihn dazu, das Gespräch zu unterbrechen. Die

Anweisungen, die über den Äther geschickt wurden, verstand Saskia nicht ganz. Die Polizisten verwendeten eine Unmenge an Abkürzungen, die sie noch nicht alle auswendig gelernt hatte. Sie war neu bei der Polizei, ihr stand noch vieles bevor.

„Verstanden“, sprach Henry und bog scharf nach links ab. „Wir haben einen Toten“, setzte er seine Partnerin in Kenntnis. „Du musst deine Schutzweste enger anlegen, und bleib die ganze Zeit dicht bei mir. Ich möchte später keinen Ärger mit deinem Mann haben, weil ich nicht auf dich aufgepasst habe. Meine Tochter ist unbedeutend jünger. Da spricht der Vater in mir etwas lauter als der verantwortungsvolle Kollege. Hast du mich verstanden?“ Er sah sie freundlich an und zwinkerte ihr zu. „Keine Eigeninitiative und keine Alleingänge.“

Saskia nickte. Der Wagen kam quer vor einer Baumreihe mit den Reifen quietschend zum Stehen. Saskia kannte diese Gegend nicht. Aber in dem fahlen Licht der Straßenbeleuchtung erkannte sie einige Spielgeräte, und hinter den Bäumen ragten einheitlich wirkende Hochhäuser auf. Lichter von Taschenlampen huschten zwischen Schaukeln und Rutschen hin und her. Selbst die Spielplätze wurden zu Orten, an denen Blut floss, dachte sie mit einem flauen Gefühl im Magen und stieg aus. Zu den Bildern gesellten sich nun auch Geräusche. Sie hörte Schreie, Rufe und Schüsse.

#13

Karl schnaufte, nachdem er den dritten Stock erreicht hatte. Doch für sein Alter war er noch gut in Form. Unten bei dem Haupteingang hatte er auf alle Knöpfe gleichzeitig gedrückt, bis auf den von Sebastians Wohnung, und es wurde ihm tatsächlich geöffnet.

Als der immer noch bis zur Weißglut erzürnte Polizeihauptkommissar wieder flach atmen konnte, ging er auf die Tür zu, hinter der seine Tochter verprügelt worden war, und bedeckte mit seiner Hand den Spion. Danach drückte er auf die Klingel, zwei Mal, wie der Postbote. In der Wohnung hörte er mechanische Stimmen. Sebastian sieht also fern, dachte er bei sich und hielt seinen Finger etwas länger auf dem Klingelknopf.

„Wer ist da?“, vernahm Karl eine gedämpfte Stimme, in der er keinen Argwohn ausmachen konnte. Also schöpfte der Trottel keinen Verdacht, daraus zog Kommissar Breuer eine einzig logische Schlussfolgerung - das Arschloch hatte Jana nicht zum ersten Mal geschlagen. Jana meinte, wenn die Nachbarn nicht gewesen wären ...

„Hier ist ein Paket für Sie“, sprach Karl um Fassung ringend mit leicht verstellter Stimme.

„Stellen Sie es einfach vor der Tür ab.“

Karl nahm ein Rascheln wahr. Sebastian späte durch den Spion und sah nichts als Schwärze. „Ich brauche aber Ihre Unterschrift, ansonsten werden Sie das Teil von der Paketstation abholen müssen, und zwar erst morgen.

Hier steht, es wäre zerbrechlich, ich werde das Teil ganz bestimmt nicht die Treppe runterschleppen, der Aufzug ist hinüber."

Endlich erklang ein metallisches Klackern. Er hatte tatsächlich abgeschlossen. Noch bevor die Tür einen Spalt breit aufgehen konnte, flog sie nach Karls heftigem Faustschlag in die Wohnung und fegte den überrumpelten Mann von den Füßen. Sebastian sprang jedoch sofort auf. Er war kein kleiner Mann und trug nur eine Sporthose. Die Muskeln an seinem Oberkörper spannten sich, aber all das imponierte Karl nicht die Bohne.

„Sie sollen sich nicht in unsere familiären Angelegenheiten einmischen", knurrte Sebastian und ballte die Hände zu Fäusten. Er war dumm, aber nicht blöd, er hatte schnell erfasst, dass Karl hier nicht zu einem Kaffeekränzchen aufgetaucht war. Auch Karl war nicht nach einem Plausch zumute.

„Hast du in der Schule etwa nicht aufgepasst?", brummte Polizeihauptkommissar Breuer, trat in die Wohnung und ließ die Tür scheppernd ins Schloss fallen. Sebastian runzelte die Stirn. Sein kahl rasierter Schädel war auf einmal von winzigen Schweißperlen bedeckt. Er sah sich kurz um und wollte flüchten, entschied sich jedoch anders, weil ihn etwas davon abhielt. Aus dem Wohnzimmer drangen stöhnende Laute. Er zog sich gerade einen Porno rein, der Geruch nach Haschisch schwängerte die stickige Luft der kleinen Wohnung und zwang Karl zu einem bösen Grinsen.

„Wovon reden Sie?", stammelte Sebastian und verzog den Mund zu einem weißen Strich.

„Hebelwirkung“, entgegnete Karl und machte zwei schnelle Schritte.

„Was?“ Nun war Sebastian völlig überfordert.

„Ich bin Polizist, darum sitze ich in unserem Rechtsstaat am längeren Hebel.“ Noch bevor Sebastian etwas erwidern konnte, stand Karl direkt vor seinem Kontrahenten. „Jana ist meine Tochter, nicht deine Eroberung oder deine Frau, sie ist mein Kind!“ Karl betonte jedes Wort, so als wäre Sebastian schwer von Begriff. Sebastians Kiefermuskeln spannten sich, weil er mit einem Angriff rechnete, und er bereitete sich auf den Schlag vor. „Schau mal, ein Vogel“, sagte Karl mit heiterer Stimme und deutet kurz nach rechts ins Wohnzimmer. Sebastian folgte seiner Geste. Zu spät bemerkte der junge Mann seinen Fehler. „Dämlich bist du auch noch“, knurrte Karl und ließ seine Faust fliegen. Krachend traf sie den kantigen Unterkiefer.

Taumelnd sah Sebastian zu, dass er hier schleunigst wegkam. Er lief wie ein Matrose auf hoher See ins Wohnzimmer. Karl folgte ihm und rieb sich die Faust. Auf dem kleinen Tisch neben einem wuchtigen Sofa stand eine Wasserpfeife, auf einem riesigen Flachbildschirm lutschte eine dunkelhäutige Frau an dem riesigen Schwanz eines kleinwüchsigen Mannes. Karl knurrte und packte seinen Nichtschwiegersohn am Arm. Dieser riss sich aus seinem Griff los.

„Lass mich in Ruhe, du Arschloch. Willst du mich etwa umbringen?“, nuschelte Sebastian mit weinerlicher Stimme.

„Deine Fragen fangen an, mich zu nerven“, entgegnete Karl. Seine linke Faust landete im Solarplexus. Sebastian gab einen würgenden Laut von sich und krümmte sich zusammen. Karl nahm ihn in den Schwitzkasten, ohne Vorwarnung tauchten Bilder vor seinem inneren Auge auf. Karl Breuer stand plötzlich in einer anderen Wohnung. Er blendete alles aus, die keuchenden Laute aus dem Fernseher wie auch die blubbernde Wasserpfeife, und konzentrierte sich nur noch auf den Tatort von gestern. Als Sebastian zu zappeln begann und versuchte, sich aus dem Würgegriff zu befreien, beruhigte ihn Karl mit einem heftigen Hieb gegen die muskulöse Brust. Dann beugte er sich leicht nach vorne und schnappte nach der Fernbedienung. Karl holte aus und vollführte drei schnelle Bewegungen. Die Fernbedienung traf Sebastian in die Rippen, jedoch nicht sonderlich stark. Der Widerstand löste sich dennoch.

Karl bewegte sich vorwärts. Auf weichen Beinen folgte Sebastian seinem Gegner.

„So war das“, flüsterte Karl gedankenverloren und ging weiter.

„Lass mich los, du Arschloch“, krächzte Sebastian und bekam dafür noch zwei weitere Schläge.

Karl lief in den Flur und bog nach links ab. So, wie der Mörder es getan hatte.

„Was willst du, was hast du vor?“, murmelte Sebastian mit rotem Gesicht nach Luft ringend. Speichel vermischt mit Blut troff zwischen seinen Lippen.

Karls Blick klärte sich. Er stand plötzlich im Schlafzimmer, weil die Wohnung ja nicht die gleiche war.

„Willst du mich etwa dafür ficken, du perverses Schwein?!“ Panik brachte die verzweifelt klingende Stimme zum Vibrieren. Sebastian zitterte am ganzen Körper.

„Ich habe mich schon immer gefragt, warum ich so oft geschieden war", entgegnete Karl immer noch gedankenverloren. So hat er die Frau bis ins Badezimmer bekommen, sie war schwer verletzt, aber sie folgte ihm auf ihren eigenen Füßen, darum gab es auch keine Schleifspuren, und der Mörder musste nur etwas kräftiger sein als die Frau, vielleicht aber auch nicht. Falls er sie vorher schlimm verletzt hatte, war sie geschwächt und somit ein leichtes Opfer.

„Was laberst du da die ganze Zeit, du Scheißbulle?!"

Endlich ließ Karl von seinem Nichtschwiegersohn ab und verpasste ihm einen weiteren Hieb, der ihn aufs zerklüftete Bett warf. „Wenn du dich Jana oder Anja auf weniger als zwanzig Meter näherst, nein, auch wenn du die beiden nur anschaust, reiße ich dir deinen Pimmel ab und werde behaupten, du bist so auf die Welt gekommen, hast du mich verstanden? Ich habe von Jana die Lizenz zum Töten bekommen, noch einmal lasse ich meine Tochter nicht im Stich."

Sebastian starrte ihn mit blutunterlaufenen Augen böse an. Karl warf mit der Fernbedienung nach ihm. Das schmale Geschoß traf ihn an der Stirn. „Wo sind Anjas Schulsachen?" Ohne eine Antwort abzuwarten, ging Karl ins Kinderzimmer, sammelte alles ein, was nach Schulsachen aussah, packte Bücher, Hefte, Stifte und einen Farbkasten in den Schulranzen. Erst danach stürmte er aus der Wohnung, weil ihm diese Idee gekommen war, die ihn in dem neuen Fall weiterbringen konnte.

#14

„Wo sind die alle? Ich höre nichts mehr“, fragte Saskia, während sie in gebückter Haltung ihrem Kollegen dichtauf folgte.

„Wir greifen aus dem Hinterhalt an. Hörst du die Stimmen?“

„Ja.“

„Mach dich bereit. Auf drei!“ Dann, ohne weitere Vorwarnung, schrie Henry laut: „Polizei, keine Bewegung, Hände hinter den Kopf.“ Zwei junge Männer, die sich durchs Gebüsch gezwängt hatten, blieben für einen kurzen Moment wie vom Donner gerührt stehen. Der eine nahm Reißaus und stieß seinen Kumpanen direkt auf Henry. Die beiden Männer fielen zu Boden. Henry rappelte sich auf, saß plötzlich rittlings auf dem Mann und ließ mit mechanischen Handgriffen die Handschellen zuschnappen. „Saskia, mach keinen Scheiß“, knurrte er, weil er an ihrer Körperhaltung erahnen konnte, was sie vorhatte.

In ihrem Kopf rauschte das Blut wie ein Wasserfall. Sie hörte die warnenden Worte ihres Kollegen wie durch ein Kissen und nahm die Verfolgung auf.

Nach einer Ewigkeit sah sie die Silhouette des jungen Mannes, der weich in den Knien wie auf Sprungfedern über den Zaun sprang und in der Morgendämmerung zu verschwinden drohte. Der Himmel färbte sich langsam.

Gelb und rot dominierten und besprenkelten das graue Firmament am Horizont. Doch Saskia fokussierte ihre ganze Aufmerksamkeit auf den drahtigen Mann. Irgendwo in der Ferne hörte sie Stimmen. Plötzlich traf sie etwas am Kopf, kurz nachdem auch sie über den Zaun gesprungen war. Der heftige Hieb warf sie von den Füßen. Sie sprang sofort wieder auf und packte nach dem ausgestreckten Arm, der nach ihr griff, und warf den viel größeren Angreifer über die Schulter. Ein lange eingeübter Griff, den sie immer noch aus dem Effeff beherrschte. Sie war die beste Ringerin ihres Jahrgangs und wusste sich gegen männliche Sparringspartner sehr wohl zu behaupten. Das warme Blut, das ihr aus dem Hinterkopf entlang des Halses in den Kragen lief, ignorierte sie geflissentlich. Jedes Manöver birgt Kollateralschäden in sich, pflegte ihr Vater stets zu sagen, er war Kapitän auf einem U-Boot. „Keine Bewegung“, brüllte sie und fesselte den Mann mit den Handschellen.

#15

Karl ging schnellen Schrittes den langen Korridor entlang. Er kam zu spät zu der Befragung, aber Lars war auch kein Anfänger mehr. Es waren nur Eventualitäten, die schriftlich erfasst werden mussten, wusste Hauptkommissar Breuer. Noch bevor er den Vernehmungsraum erreicht hatte, ging die Tür auf.

Lars kam heraus und sah seinen Kollegen mit einem Anflug leiser Missbilligung an. „War unsere Abmachung nicht die, dass wir das Private und das Geschäftliche immer trennen und die beruflichen Unannehmlichkeiten den familiären vorziehen?“

„Stimmt nur zur Hälfte, damals haben wir über dich gesprochen und nicht über mich. Das musst du auch strikt voneinander trennen“, entgegnete Karl und blieb vor seinem jüngeren Partner stehen. „Was hat das Gespräch denn Schönes ergeben?“

„Nicht viel, aber wir haben noch einen, den wir unter die Lupe nehmen müssen. Er streifte um das Haus wie ein hungriger Kater um eine heiße Bratwurst.“

„Hast du den Scheiß von unserem Psychologen aufgeschnappt? Seine Metaphern gehen mir oft auf den Sack, also lass das lieber bleiben und rede Klartext mit mir.“

„Gottfried Stang, stämmig, Ende vierzig, behauptet, die Tote näher zu kennen. Er ist schon einige Male mit ihr ausgegangen, aber dann wollte sie plötzlich die

Beziehung beenden. Er befindet sich in Raum Nummer drei. Wartet auch schon eine Weile. Er weiß nicht, dass Ursula Giebel tot ist, habe ich zumindest den Eindruck."

Schweigend betraten sie den karg eingerichteten Raum. Graue Wände wurden von keinen Bildern oder sonstigen Gegenständen verunziert. Ein einziges Fenster auf der rechten Seite war von schlichten Vorhängen verdeckt. Nichts sollte den Befragten ablenken. Selbst die Möbel waren schlicht. Ein alter Tisch mit vier Stühlen. Ein Computer und ein Aufnahmegerät, mehr war da nicht.

„Guten Tag, mein Name ist Polizeihauptkommissar Breuer, meinen Kollegen kennen Sie ja bereits", begann Karl und lenkte die ganze Aufmerksamkeit auf sich, ohne dabei gebieterisch zu erscheinen. Seine Stimme klang sachlich und ruhig.

Gottfried Stang wusste nicht, ob er nun aufstehen und dem großen Mann die Hand geben oder einfach auf dem Stuhl sitzen bleiben sollte. Sein Kopf war kahl, bis auf einen grauen Kranz. Er trug auch einen buschigen Schnauzer, der eine operierte Hasenscharte verdeckte.

„Bleiben Sie einfach sitzen", nahm Karl dem Mann die Entscheidung ab und ging auf die andere Seite des Tisches zu den beiden freien Stühlen. Lars setzte sich wortlos neben seinen Partner. „Wir haben ja schon ein wenig miteinander gesprochen. Können Sie vielleicht nochmal wiederholen, wie Ihr Verhältnis zu Frau Giebel gewesen ist? Können Sie es bitte in knappen Worten wiedergeben, damit auch Herr Breuer uns folgen und sich selbst ein Bild machen kann?" Lars bezweckte mit dieser Frage folgendes: Er wollte wissen ob dieser Kerl tatsächlich die Wahrheit gesagt hatte und sich bei der Wiederholung seiner vorigen Schilderung nicht in

Widersprüche verstrickte. Karl lobte seinen Kollegen im Stillen und zog ein leeres Blatt aus einem Stapel, welches er direkt vor sich hinlegte und in der Mitte faltete.

Lars' Arme ruhten auf der Tischkante.

Karl hörte den leisen Worten des Mannes zu und sah in seine wässrigen Augen. Herr Stang konnte dem durchdringenden Blick nicht länger standhalten und senkte das Haupt, plötzlich geriet er ins Stocken und verstummte. „Ich möchte nicht mehr darüber reden", flüsterte er mit belegter Stimme. Seine Hände ruhten zuerst flach auf der dunklen Tischplatte. Dann wurde er stetig unruhiger, begann die Finger zu kneten und kratzte sich am Nagelbett seines rechten Daumens.

„Ich kann verstehen, dass Sie aufgeregt sind. Lassen Sie sich einfach Zeit", sprach Karl in gemächlichem, aber konzentriertem Ton, wie es für einen verantwortungsvollen Ermittler nicht anders zu erwarten war. „Gehen Sie einfach in sich. Sie können dabei auch gern die Augen schließen, um sich besser auf die Bilder in Ihrem Kopf konzentrieren zu können. Das hier ist keine Vernehmung, wir schreiben nichts auf. Sehen Sie, selbst dieses Blatt hier ist leer." Karl deutete auf das Blatt Papier, welches immer noch vor ihm lag.

Schweigen senkte sich auf sie herab. Nur das leise Poltern vorbeilaufender Menschen störte die gespenstische Ruhe.

„Ich kann mich nicht an alles erinnern. Manchmal, wenn ich getrunken habe, da ist nichts mehr ...", durchbrach Gottfried Stang die Stille und wischte sich energisch mit Daumen und Zeigefinger über die feuchten Augen.

Karl nickte und wartete wieder, er ließ seinem Gegenüber Zeit, auch Lars schwieg. Hier stand nicht das eiskalte Kalkül im Vordergrund, sondern ein Motiv, welches den Mörder dazu bewegt hatte, die Frau zu massakrieren, überlegte Karl. Übertöten wäre hier die beste Beschreibung. Emotionen, schrieb er auf das leere Blatt, in Klammern fügte er ein weiteres Wort hinzu. (Eifersucht?) Karl bemerkte, wie Herr Stang auf das Blatt starrte und kaum merklich den Kopf schüttelte. „Haben Sie sie geliebt?“, wollte Karl wissen. Er sprach so, als würde er über das Wetter plaudern.

Voller Niedergeschlagenheit nahm Herr Stang erneut das Gespräch auf. „Ursula ist tot, nicht wahr? Ich wusste es von Anfang an. Sie kam nie zu spät und war immer höflich auf der Arbeit. Ich habe bis zuletzt gehofft, dass der Grund ihres Nichterscheinens ein plausibler ist, etwas ganz banales.“ Seine Stimme überschlug sich, wurde stumpf und kratzig. „Mit ihrem Tod habe ich alles verloren, was ich mir sehnlichst gewünscht habe. Ich werde das Gefühl nicht los, so töricht es auch klingen mag, aber irgendwie glaube ich, etwas Dummes angestellt zu haben.“

Jetzt wurden beide Beamten hellhörig.

Herr Stang rieb sich am Kinn. Seine Augen starrten auf das Blatt Papier. „Wir haben gestritten. Sie wollte sich nicht mehr mit mir treffen, weil ich zu anhänglich wäre. Aber ich bin gar nicht so dominant, ich hatte nur panische Angst, sie zu verlieren.“ Das fliehende Kinn des Mannes bebte, er kämpfte gegen die Tränen an.

„Wo waren Sie eigentlich letzten Mittwoch?“, fragte Lars ruhig.

Gottfried Stang runzelte die Stirn. Sein Blick löste sich von dem Blatt und wanderte langsam nach oben zu Lars. Sein Blick war dümmlich. „Letzten Mittwoch?“, wiederholte der Mann die Frage und machte ein Gesicht, als hätte er in etwas Saures gebissen.

„Und bitte, speisen Sie uns nicht mit einer Lüge ab.“ Karl schrieb wieder etwas auf: Lüge? „Ich wiederhole es noch einmal, noch sind Sie als Zeuge vorgeladen, was so viel bedeutet, dass Sie nicht lügen dürfen. Sie können schweigen, aber Sie dürfen uns keine Unwahrheiten auftischen. Nur wenn Sie den Status eines Verdächtigen erlangt haben, worüber wir Sie gern und rechtzeitig informieren werden, erst dann dürfen Sie so viel lügen wie Pinocchio. Jetzt sagen Sie uns doch bitte, was Sie am Dienstag, den 16. November, und am Tag darauf gemacht haben. Fangen Sie am besten damit an, wo Sie aufgewacht sind. Und keine Lügen, ja?“ Er unterstrich das Wort auf dem Blatt.

Der Mann war im Begriff aufzufahren, das sah Karl ihm an. Seine Schultern strafften sich, der Mund wurde zu einem schmalen Strich. „Ich glaube ich gehe jetzt lieber“, flüsterte er. „Ich will jetzt gehen“, sagte er lauter und bemaß Karl mit einem unsteten Blick.

„Wir wollen ja nur das Beste für uns alle.“ Mit sanftem Tadel in der Stimme wollte Karl die angeheizte Situation vor einer Eskalation bewahren.

Herr Stang schwieg beharrlich. Sein Atem ging stoßweise, er klopfte mit den Fingern gegen die Tischplatte.

„Herr Stang, wo waren Sie in den letzten Tagen? Gehen Sie einer täglichen Arbeit nach?“

Der Mann kaute stumm auf seiner Unterlippe und wiegte seinen Oberkörper vor und zurück.

„Wenn Sie meinem Ansinnen nicht nachzukommen gedenken, so sehe ich mich wirklich gezwungen, zu anderen Maßnahmen überzugehen“, warnte Karl Breuer den Mann vor, der jedoch auf seine Worte keine verräterische Regung zeigte.

„Kommissar Böhm“, wandte sich Karl an seinen jüngeren Kollegen.

Plötzlich räusperte sich Gottfried Stang vernehmlich und drückte seinen Rücken gerade. Der Stuhl unter ihm kratzte mit den Füßen über den Boden. „Ich war die ganze Zeit in einem Swingerclub, dort habe ich auch Ursula kennengelernt.“

„Kann das jemand bezeugen?“ Karls rasender Puls wurde langsamer, der Blutdruck senkte sich wieder. „Ich würde ab jetzt das Gespräch aufnehmen wollen“, fügte Karl noch hinzu und wartete auf die Zustimmung.

„Von mir aus“, murmelte Gottfried und trommelte mit den Fingern gegen die Tischplatte.

Karl taxierte den Mann und schrieb alles auf. Allein die Tatsache seines auffälligen Kratzens am Daumennagel der linken Hand war für Polizeihauptkommissar Breuer ein deutliches Zeichen für eine innere Diskrepanz. Noch waren es alles Indizien und keine handfesten Beweise, wusste Karl, und stellte weitere Fragen. Nach einer einstündigen Befragung, wurde Gottfried Stang von einem heftigen Weinkrampf erfasst. Er zuckte heftig zusammen und fiel seitlich zu Boden. Dabei schlug er mit dem Kopf ungebremst auf dem Boden auf und begann aus einer tiefen Platzwunde heftig zu bluten. Karl sah sich gezwungen, einen Notarzt zu holen und das Gespräch auf später zu verlegen.

Erst nach einer Spritze löste sich der Krampf des Mannes in einem lauten Schrei auf. „Ich habe Ursula nichts Schlimmes getan, sagen Sie ihr, dass ich sie liebe, und es tut mir schrecklich leid, dass ich so schlecht im Bett bin, aber sie hat mir keine zweite Chance gegeben. Und bitte erzählen Sie das niemandem, sonst verliere ich meinen Job. Meine Mutter braucht das Geld. Und Ursula war selbst daran schuld, sie hätte nicht so knappe Röcke tragen dürfen und mir Avancen machen. Sie ist eine Hure, und ich war einfach zu naiv. Wo bin ich jetzt? Wer sind Sie, verdammt? Wo fahren Sie mich hin? Ich bin unschuldig. Lassen Sie mich sofort los!“, schrie er zwei Beamte an, die ihn in einen Rollstuhl setzten und festschnallten. „Was ist mit Ursula passiert, da waren Polizisten, überall waren sie, ihr muss etwas Schlimmes widerfahren sein, sonst war sie immer pünktlich. Hat sie sich etwa umgebracht?“ Nackte Angst spiegelte sich auf seiner erstarrten Miene.

Karl wurde bewusst, dass er jetzt in einer Sackgasse steckte, und genau das hatte er eigentlich vermeiden wollen.

Gottfried Stang litt eindeutig unter einer tiefgründigen Bewusstseinsstörung, aber diese Tatsache machte ihn noch lange nicht zu einem Mörder, ärgerte sich Karl und stampfte in sein Büro. Auch hat dieser Mann den Tod von Ursula Giebel nicht wirklich akzeptiert, schoss der Gedanke durch Karls Kopf. Entweder war er ein sehr guter Schauspieler, oder dieser Mann war tatsächlich unschuldig.

Karl Breuer brauchte eine Pause, aber er hatte keine Zeit, um zu verschnaufen. Er musste erneut den Tatort untersuchen, und zwar heute noch.

#16

„Hallo, ihr beiden“, bemühte sich Karl um einen sanften Ton, nachdem er sein Büro betreten hatte. Anja sah hoch und lächelte. Sie saß auf Janas Schoß und malte. „Hier sind die Schlüssel zu meiner Wohnung“, sagte Karl und ging näher an die beiden heran. „Und zwei Scheine.“ Er legte einen Schlüssel und zwanzig Euro auf den Tisch. „Ferdinand braucht seine Tabletten, und er darf nichts Süßes“, ermahnte er seine Enkeltochter mit gespieltem Ernst, indem er die Augenbrauen zusammenzog und die Stirn furchte. Anja lachte schallend. „Du siehst dabei wie eine niedliche Bulldogge aus, Opa, die ganz alt und schrullig ist“, grinste sie und hielt ihm dann eine Zeichnung vor die Nase. „Das bist du!“

Karl konnte darauf nur ein Strichmännchen erkennen. „Schön ist es geworden. Und das? Ist das ein Auto?“

„Nein, du Doofi, das ist Ferdinand“, kicherte Anja und zog nachdenklich einen Mundwinkel nach oben. „Nein, das ist ein Bett, das da ist Ferdinand“, grinste sie.

Karl griff in seine Jacke, holte ein Etui heraus und klappte es auf. Nachdem er die Brille auf seine fleischige Nase geschoben hatte, kniff er die Augen zusammen und tat so, als würde er das Bild angestrengt inspizieren. „Jetzt sehe ich das auch“, murmelte er und tippte Anja auf ihre kleine Nase.

„Jetzt siehst du aus wie ein Weihnachtsmann mit Glatze“, lachte Anja das perlende, unbekümmerte Lachen eines Kindes.

„Meine Wohnung ist gut mit der Bahn zu erreichen. Geht vorher etwas essen. Und keine ChupaChups für

Ferdinand. Ich werde an seiner Schnauze schnuppern, und wehe, er riecht nach Karamell, dann wirst du sein Katzenfutter aufessen müssen. Fischpastete mit Lebertran", sagte Karl und sah Anja finster an.

„Bäh", machte das Mädchen, sprang vom Schoß seiner Mutter und lief zur Tür.

„Komm Mami, ich habe Hunger", sagte sie und winkte hastig mit der Hand.

„Danke, Papa", sagte Jana und gab ihrem Vater einen Kuss auf die Wange.

„Bevor du das Präsidium verlässt, frag den Pförtner nach den Schulsachen. Charles weiß Bescheid, Anja darf heute in die Schule, wenn sie mag."

„Ach nö", nörgelte der Wuschelkopf, kreuzte aufmüpfig die Arme vor der Brust und zog einen Flunsch. Ihre Augen funkelten, dann stapfte sie auf ihren Opa zu, riss ihm das Blatt aus der Hand und stampfte zurück zur Tür. „Ich habe Bauchweh", sagte sie mit weinerlicher Stimme und drückte sich die rechte Hand auf den Bauch.

„Vielleicht morgen", sagte Jana beschwichtigend und nahm ihre Tochter an der Hand. Schon hellte sich das kleine Gesicht auf. Dann gingen die beiden. Karl durchmaß den kleinen Raum mit wenigen Schritten und blieb vor seinem Tisch stehen. Schon klingelte das Telefon.

„Breuer", meldete sich Karl.

„Hier ist Maximilian Tremmel, ich bin von der Spurensicherung. Wir haben das Corpus Delicti, eine mögliche Tatwaffe, die noch nach Fingerabdrücken und weiteren Spuren untersucht werden muss. Womöglich hat sich das Opfer damit gewehrt oder hat es im Kampf dem Mörder aus der Hand geschlagen. Das Messer lag hinter einem Heizkörper. Weitere Details bekommen Sie später von uns."

„Danke, Max", brummte Karl und legte auf. Ein weiterer Puzzlestein in diesem Mosaik, dachte Karl und schüttelte die Thermosflasche. Sie war leer. Auch das noch, dachte er und stieß beinahe mit Lars zusammen, als der die Tür aufriss, um sich frischen Kaffee zu holen. Beide machten erstaunte Gesichter und einen Schritt nach hinten.

„Ich habe ein Telefonat mit der Vermisstenabteilung geführt, sie haben einen Anruf aus der Charité erhalten. Dort wurde ein Mädchen eingeliefert. Sie ist verstört, aber bei Bewusstsein. Sie wurde von einem Mann entführt, sagte die Frau am Telefon."

„Ich fahre sofort hin, und du, Lars, du kümmerst dich derweil darum, dass der Exmann der Toten sobald als möglich ausfindig gemacht wird", sagte Karl und beeilte sich, nach unten zu kommen. Hoffentlich hat der Mädchen-Killer, wie der Serienmörder von den Medien genannt wurde, nicht erneut zugeschlagen, dachte Karl und beschleunigte seine Schritte. Sein Handy klingelte, Karl ignorierte das enervierende Geräusch und kramte stattdessen die Zigarettenschachtel hervor. Erst beim dritten Klingeln und zwei tiefen Zügen ging er ran. Der Anrufer war noch sturer als er, ärgerte sich Karl und blaffte: „Was ist?!"

„Karl, die aus dem Krankenhaus haben sich erneut gemeldet. Das Mädchen ist zwar bei Bewusstsein, aber noch zu schwach. Sie kann nicht vernommen werden", sagte Lars kleinlaut. Karl blieb stehen und machte einen langen Lungenzug. Der blaue Dunst stieg durch seine Nase und umnebelte sein Gesicht.

„Die sollen bei ihr Abstriche machen. Ich weiß, sie ist ein Kind, aber wir brauchen jeden Fussel. Du verstehst, was ich meine, ich muss nicht ins Detail gehen."

„Ja", entgegnete Lars trocken.

„Das Kind und seine Eltern tun mir wirklich leid, aber ..." Karl rang nach Worten, weil er vor seinem geistigen Auge seine Anja sah und sie immer noch lachen hörte.

„Ich werde alles Nötige veranlassen. Auch werde ich die Ärzte bitten, einen Genitalabstrich zu machen ..."

„Lars", sagte Karl schnell. „Ich brauche Fotos von ihrem Nacken. Der Mädchen-Killer hat seine bisherigen Opfer von hinten gepackt und erwürgt. Sie sollen den Nacken des Kindes mit einem Klebeband ..." Ein lautes Rauschen unterbrach das Gespräch, Karl verzog das Gesicht.

„Ich weiß, Karl. Wir brauchen jeden Fussel", hörte er Lars' Stimme, die immer wieder von einem knisternden Geräusch in der Leitung überlagert wurde.

Karl legte auf und beschloss, zu der Wohnung zu fahren und den Tatort erneut in Augenschein zu nehmen. Doch vorher wählte er eine Nummer und lauschte.

„Johannes Hornoff."

„Schön, dich zu hören, Doc", sprach Karl in den Hörer, zog ein letztes Mal an seiner Zigarette und zertrat die Kippe mit dem Schuh.

„Karl, hast du dich schon mal professionell untersuchen lassen? Du hast da oben eine Störung. Du musst mal dein Speicherorgan defragmentieren oder resetten. Dein Langzeitgedächtnis hat einen Aussetzer. Hatte ich mich etwa nicht klar und deutlich ..."

„Dein Levitenlesen kannst du für jemanden wie Lars aufsparen, Doc. Hier geht es um ein Kind. Das Mädchen ist in demselben Alter wie deine Nichte Cristina." Das saß, überlegte Karl, weil er genau wusste, mit welchem Geschütz er auffahren musste.

Professor Doktor Johannes Hornoff schnaufte einen Augenblick lang, ohne ein Wort zu sagen. „Du bist ein guter Polizist, aber ein mieser Freund, leider kann ich dich nicht aus meiner Liste streichen."

„Weil sie danach komplett leer ist", konterte Karl und grinste matt.

„Ich bin ganz Ohr", hörte Karl Johannes' angenehme Stimme, die für einen Psychologen typisch war.

„Wird deine Frau nichts dagegen haben?"

„Sonja und ich haben eine Abmachung, und Jack Brown muss Gassi."

„Du willst doch nicht mit deiner Bulldogge ..."

„Karl, komm auf den Punkt, ansonsten sehe ich mich gezwungen, das Gespräch zu beenden, weil du mich ..."

„Ist schon gut. Ein Mädchen wurde gerade eben in der Charité eingeliefert. Wir wissen noch nicht, wie das Kind heißt, bereite dich einfach auf das Gespräch vor, ich hole dich in etwa zwei Stunden ab."

„Was soll ich deiner Meinung nach in diesen zwei Stunden machen, Karl? Du weißt, wie ungeduldig ich manchmal sein kann. Und Neustadt ist ein kleiner Ort, es fällt auf, wenn ich zwei Stunden lang herumlaufe wie ein Irrer, der ständig sein Handy überprüft und zehn Mal an seinem Haus vorbeiläuft, um sich zu vergewissern, ob der Herr Kommissar vielleicht schon da ist."

„Ich hole dich vor deiner Haustür ab." Karl legte einfach auf.

#17

Saskias Hinterkopf pochte genauso schnell und laut wie eine Lokomotive. Ihr saß die Angst immer noch im Nacken, schlimmer noch als bei der Aufnahmeprüfung in der Polizeiakademie. Ihr Körper war verkrampft. Sie spürte auch das leichte, taube Zucken an ihrer Kopfhaut.

„So, das hätten wir jetzt, nicht schön, aber selten, würde ich sagen“, ertönte die melodische Stimme eines Arztes, der ihr die Wunde mit zehn Stichen verschlossen hatte. Er drückte sich mit den Füßen vom Boden weg und drehte sich um, um ein passendes Pflaster auf ihre frisch rasierte Kopfhaut zu kleben. „Ich weiß nicht, ob Sie das interessiert - wahrscheinlich war es Ihnen zu diesem Zeitpunkt egal wie sonst was -, aber hätte der Mann eine Rohrstange und nicht bloß morsches Holz zur Hand gehabt, würden Sie jetzt höchstwahrscheinlich bei den Engeln sein, oder ab heute nur noch vor sich hin sabbern“, sprach der Mann mit etwas ernsterem Ton und legte Saskia einen Verband an. „Sie haben den Dealern ihr Geschäft vermasselt ...“

„Was ist mit dem Toten?“, wandte sich Saskia mit zerknirschter Miene an den Mann, während er das lose Ende der weißen Mullbinde mit zwei dünnen Leukoplasten fixierte. Dunkle, freundlich fragende Augen sahen sie einen Moment lang an. „Er war ein Junkie und hat sich einen letzten Schuss gesetzt. Es war kein Mord. Manche werfen ihr Leben einfach so weg, die anderen wiederum kämpfen gegen Krebs oder andere Krankheiten, leiden oft Jahre und verlieren den ungleichen Kampf dann doch. Schrecklich ungerecht. Das

Schicksal ist wie ein Würfelspiel, entweder hat man ein glückliches Händchen oder auch nicht. Sie haben dieses Mal gewonnen, aber beim nächsten Mal müssen Sie etwas mehr Obacht geben." Er drückte seine randlose Brille mit dem Knöchel die schmale Nase hoch. Er hatte einen asiatischen Touch, auch sein Name klang zu exotisch, als dass Saskia ihn einfach so aussprechen konnte. „Sie können Tschan zu mir sagen, das machen alle." Er zwinkerte ihr zu, zog die blauen OP-Handschuhe ab und warf sie in einen dafür vorgesehenen Behälter.

„Danke, Herr Tschan ..."

„Nein, einfach nur Tschan, ich mag das europäische Sie nicht, außerdem kann niemand meinen Familiennamen aussprechen, nicht mal Google." Beide lachten ein lautloses Lachen.

Saskia stand auf, wartete, bis sich der Boden unter ihren Füßen nicht mehr drehte, und ging zum Wartebereich. Henry wartete dort auf sie. Sein Kinn ruhte auf der Brust. Er döste vor sich hin. Plötzlich schrie jemand. Dann fiel etwas scheppernd zu Boden. Henry schreckte hoch und starrte mit verschlafenem Blick den breiten Korridor entlang. Saskia taumelte los. Wieder schlittere ich in ein Desaster, dachte sie und lief dennoch weiter, auf die mahnenden Rufe ihres Kollegen achtete sie nicht mehr. Du erinnerst mich an den römischen Gott Janus, hörte sie die Stimme ihres Mannes im Hinterkopf, du bist oft ernst, aber auch infantil, manchmal bist du belastbar, ein anderes Mal so verletzlich wie eine Blume, du bist echt ein Phänomen. Wie auch jetzt, dachte Saskia, sie konnte kaum das Gleichgewicht halten, dennoch fühlte sie sich für eine Auseinandersetzung mehr als bereit. Endlich wurde sie von Henry eingeholt. „Hey, was geht hier vor?“, brüllte er einen jungen Mann an, der sich lautstark äußerte, ohne bei all dem Krach handgreiflich zu werden.

„Wir haben den Typen gestellt, und der da will uns weismachen, dass der Typ es nicht verdient hat“, schrie er Henry an, ohne sich umzublicken. Ein zweiter klopfte seinem Kumpel auf die Schulter. Dieser wischte die Hand seines Kumpans einfach weg. „Lass mich in Ruhe, Digga“, zischte der Störenfried.

„Da sind Bullen“, raunte der Mollige, der trotz seiner jungen Jahre jetzt schon lichtes Haar hatte und von derselben Statur war wie Danny DeVito.

Der Schreihals verstummte und traute sich nicht, sich umzudrehen.

„Was veranstaltet ihr hier für einen Krach?“, wollte Henry mit forderndem Ton wissen, ohne dabei ausfallend zu werden. Der ältere Herr im weißen Kittel zupfte am Revers und streckte seinen Rücken gerade. „Diese beiden Herrschaften haben einen Mann zusammengeschlagen ...“

„Weil er ein Mädchen vergewaltigt hat ...“

Bei diesen Worten lief es Saskia kalt über den Rücken.

„Und warum laufen sie noch frei herum?“, hakte Henry nach.

„Weil es ein pädophiles Arschloch war. Das Kind war nackt.“ Der Schmächtigere mit rot gefärbtem Haar, das an einer Seite kahlgeschoren war, wurde wieder lauter. „Wir haben ihn im Park dabei erwischt, er trug das Kind auf den Armen, Sie hätten seinen Blick sehen müssen.“

„Wo ist das Mädchen?“, wollte Saskia wissen. Ihre Stimme bebte leicht vor Aufregung.

„Sie wird medizinisch versorgt. Die zuständigen Behörden wurden in Kenntnis gesetzt, nur wissen wir leider nicht, wie das Mädchen heißt. Sie ist apathisch und braucht Schlaf. Und dieser Herr gibt einfach keine Ruhe."

„Ich habe auch eine Schwester, sie ist neun, und wurde von einem Penner auf dem Schulweg dumm angemacht. Ich wollte ihn einfach nochmal bei Tageslicht sehen." Der Rothaarige ballte die Hände zu Fäusten zusammen. Einer seiner Knöchel hatte eine frische Wunde. „Und ja, wir wurden vernommen. Euer Kollege hat uns laufen lassen, weil wir alles richtig gemacht haben. Wir hätten aber den Typen nicht ins Koma schlagen sollen", fügte er nicht mehr so prahlerisch hinzu. Er war kein Bad Boy, wusste Saskia. Da war mehr Schein als Sein. Ihm fehlte ein gutes Stück der nötigen Abgebrühtheit, auch war er innerlich nicht so verroht, wie er es zu zeigen versuchte.

„Ich kenne vielleicht die Eltern, ich möchte das Kind sehen, ich habe sogar ein Foto bei mir", sprach Saskia schnell, als ihr einfiel, dass sie eines dabei hatte. Sie nestelte an der Gesäßtasche. Eine hochexplosive Gefühlsmixtur brodelte in ihrer Brust. „Bitte", fügte sie hinzu und sah den Arzt flehentlich an, ohne dabei unterwürfig zu wirken.

„Und was passiert mit den beiden?", fragte der Arzt an Henry gewandt.

„Entweder ihr geht etwas essen, oder ich nehme euch gerne mit. Wir haben bei der Polizei eine nette Kantine."

„Wir haben keinen Hunger", blaffte der Rothaarige und sah zu, dass er hier wegkam, sein molliger Kumpel folgte ihm brav.

„Ich warte dort auf dich“, murmelte Henry und gähnte. „Nein, wartet, Jungs, könnt ihr mir eventuell die Stelle zeigen?“

„Das hatten wir bereits, aber für einen Zwanziger ...“

Henry legte seine Hand auf die Pistole.

„Schon gut, aber Sie bezahlen das Essen in der Kantine“, sagte der dicke Junge.

„Versprochen“, ging Henry auf die Forderung ein. „Ruf mich an, wenn du hier fertig bist, Saskia“, verabschiedete sich Henry von ihr und ging mit den beiden Halbstarken Richtung Ausgang.

„Ist gut. Lassen Sie uns gehen“, sprach sie schnell und rieb an der glatten Oberfläche des kleinen Fotos, auf dem ein blondes Mädchen lächelte.

„Hier lang“, zeigte der Arzt nach rechts und lief ihr voraus.

#18

Karl versuchte alle unnötigen Sinneseindrücke zu unterdrücken. Er ignorierte die dumpfen Stimmen der Nachbarn und das monotone Rauschen der vorbeifahrenden Fahrzeuge, selbst das leise Ticken der Uhr hörte er nicht. Er konzentrierte sich auf das Wesentliche. Karl bemühte sich, sich in Gedanken auf das Geschehene zu fokussieren, auf den Zeitraum der Tat. Was hast du hier gemacht?, fragte er den Mörder und stand mit dem Rücken zur Tür im Wohnzimmer.

Kein ausführlich und präzise erstelltes Täterprofil, selbst das der besten Profiler, die es gibt, könnte jemals die Komplexität jener Kreaturen detailgetreu beschreiben, die einen Menschen auf so eine bestialische Weise töten. Darum war es sehr wichtig, sich in sie hineinversetzen zu können.

Das Messer drang jedes Mal bis zum Schaft ins Fleisch. Das hatte der Gerichtsmediziner mehr als nur einmal bestätigen können. An den Wunden konnte Doktor Braunschweig Quetschungen des Gewebes feststellen, die durch die Einwirkung eines stumpfen Gegenstandes entstanden waren. Der Killer war in Rage und tat es womöglich nicht zum ersten Mal. Haben wir es hier mit einem Serientäter zu tun?, fragte sich Karl und machte einen kleinen Schritt. Unter seinem Schuh knirschte Glas. Er ging in die Hocke und bemaß den Boden mit prüfendem Blick. Dann hob er den rechten Fuß an und stellte fest, dass er erneut auf eine Glasscherbe getreten war.

„Das ist ein Glassplitter von einer Vase“, riss ihn die raue Stimme eines Kettenrauchers aus seinen Gedanken. „Auf einem der Fotos sieht man den Gegenstand im Hintergrund. Sie stand auf dem Couchtisch. Sehen Sie den runden Abdruck?“ Karl holte tief Luft, er hatte ganz vergessen, dass Joseph Stiefmayer noch in der Wohnung geblieben war, um sämtliche Zimmer noch einmal in Ruhe auf sachdienliche Spuren zu untersuchen. Ein pensionierter Beamter, der dennoch immer wieder zu Tatorten gerufen wurde, die den Spurensicherern alles abverlangten. Der betagte Beamte streckte seine behandschuhte Hand aus und deutete auf die besagte Stelle. Auf der gläsernen Tischplatte konnte Karl tatsächlich einen milchigen Kreis ausmachen. „Ging wohl im Eifer des Gefechts zu Bruch“, sprach der Mann weiter und zuckte mit den Schultern. Er steckte in einem weißen Schutzanzug. Auch sein Gesicht war verdeckt, sodass Karl nur die Augen sehen konnte. „Wir haben unsere Arbeiten soweit abgeschlossen und können den Tatort freigeben“, sagte er noch, hob die Hand und ging in den Flur.

Die Mörder erinnern uns stets daran, dass das Böse niemals allzu weit von uns entfernt ist. Wenn wir sie aber jagen, müssen wir ihre Denkweise und die Ursachen ihres Tuns verstehen lernen, hörte Karl die Stimme seines Lehrers. Um das Verständnis zu erlangen, müsst ihr lernen, euch gegen die bloße Faszination zu wappnen, eine gute Waffe dabei ist das rationale Denken. Ihr dürft niemals mit dem Herzen denken, lasst es nicht zu nah an euch ran, sonst geht ihr dabei kaputt.

Karl schob die Erinnerungen beiseite und tütete die Glasscherbe ein. Der Eindruck der stillen Endlichkeit wurde von einer verwelkten Rose, die in einer Glasvitrine neben mehreren Bildern lag, mehr als verdeutlicht. Die Wohnwand war wie alles hier billig und gebraucht. Ursula Giebel war keine reiche Frau, was einen Raubmord vorerst ausschloss. Die Tür war verschlossen gewesen, sagte die Tochter. Die Wohnung befand sich aber im dritten Stock, die Balkontür stand jedoch sperrangelweit offen. Karl schritt das kleine Wohnzimmer ab und sah sich um. Im Türrahmen blieb er stehen und richtete seinen Blick auf den Heizkörper, unter dem das Messer gefunden wurde. Es war ein Brotmesser mit einer gewellten Schneide, dieses Merkmal entspreche jedoch nicht den Wundrändern und den Abschabungen, die an den Rippen der Toten festgestellt wurden. Die Klinge, mit der die Frau tödlich verletzt wurde, hatte einen glatten Schliff. Erneut musterte Karl den Teppich.

Hier habt ihr gekämpft, das Messer flog Ursula aus der Hand, sie fiel zu Boden und griff nach der Vase, vielleicht hat Ursula sie aber auch nur mit der Hand umgestoßen, während sie sich hochrappelte und nach Halt suchte. Aber warum hast du sie getötet? Oder hast du die Vase aus Versehen umgestoßen, nachdem du den Teppich ausgetauscht hast? Diese Vorstellung entsprach eher der Wahrheit, konstatierte der Kommissar und notierte sich auch das in seinen Gedanken. Hast du dich nach dem Mord übergeben? Das machen viele. Karl lief ins Bad, er sah am Spülkasten Spuren von grauem Pulver. Er betätigte die Spülung, das Wasser sprudelte geräuschvoll und verschwand wieder. Dann ging Karl zum Gäste-WC, das sich auf der linken Seite neben der Wohnungstür befand. Auch hier sah er die Pulverreste. Wieder legte Karl seine Hand auf den Hebel, doch dann verharrte er mitten in der Bewegung. Der Wasserstand war höher als der normale Pegel. Der gelbliche Rand befand sich unter dem Wasserspiegel. Hast du etwas runtergespült und das Klo verstopft? Karls Kehle wurde eng. Hatte er hier vielleicht eine Spur gefunden, die nicht fingiert war?

„Hey, Sepp“, rief er den pensionierten Beamten der Spurensicherung herbei, der dabei war, seine Sachen zu packen.

„Was ist?“ Joseph Stiefmayer klang nicht sonderlich freundlich, weil er sich eigentlich auf das wohlverdiente Mittagessen gefreut hatte, wusste Karl.

„Komm bitte schnell her und lass das Zeug einfach liegen.“

„Aber“, wollte Joseph aufbegehren, doch dann sah er Karls ernste Miene, die mehr als verdeutlichte, dass der Polizeihauptkommissar keine Widerrede akzeptieren würde.

Joseph, viel kleiner als der Kommissar, war ein Spezialist auf seinem Gebiet, aber er wusste auch, wer hier das Sagen hatte, darum wartete er stumm auf weitere Anweisungen. „Einen Pömpel habe ich leider nicht dabei“, sagte Joseph sarkastisch und nahm die Atemschutzmaske herunter. Sein Mund war von zwei tiefen Falten umrundet.

„Einen was?“, fragte Karl entgeistert.

„Saugglocke“, verbesserte sich Joseph und bedachte Karl mit einem müden Blick.

„Wir werden eine Klempnerfirma damit beauftragen müssen, den Abfluss mit einem Gerät nach möglichen Fremdkörpern abzusuchen.“

„Was stellst du dir bitteschön unter einem Fremdkörper in einem Toilettenabfluss vor?“

„Nach einem harten Stuhlgang suche ich dort bestimmt nicht", fuhr Karl dem Mann schneidend ins Wort und griff zum Telefon.

#19

„Hallo, Hanna“, sagte Saskia leise und freundlich, nachdem sie ein helles Zimmer betreten hatte und ein blondes, schüchtern wirkendes Mädchen sah, in dem sie sofort die vermisste Hanna erkannte.

Hanna bedachte sie mit einem prüfenden Blick. Ein Anflug von Skepsis huschte über ihre vom Weinen geröteten Augen.

„Ich heiße Saskia. Deine Mama hat mich hierhergeschickt“, flüsterte die Polizistin und kam näher. Das Mädchen zog die Decke bis zum Kinn. Der obere Teil des Bettes war ein gutes Stück nach oben ausgefahren, sodass Hanna mit dem Rücken beinahe senkrecht saß - die Knie an die Brust gepresst, in ihrer linken Armbeuge klebte ein Pflaster.

„Wo ist meine Mama?“ Die piepsige Stimme war nichts als ein flüchtiges Flüstern.

„Sie kommen auch gleich. Deine Mama und dein Papa sind schon unterwegs“, log Saskia und gab einer jungen Schwester ein Zeichen, die Saskia kurz zuvor über ihr weiteres Vorgehen instruiert hatte. Die dunkelhaarige Frau nickte knapp und ging aus dem Zimmer, um ein Taxi für die Eltern zu bestellen.

Noch ein Schritt. Ein Atemzug, dann noch einer.

Hanna wandte den Blick ab.

Noch zwei Schritte, nun stand Saskia direkt vor dem frisch bezogenen Bett.

Hanna blickte mit schräg gelegtem Kopf in die entgegengesetzte Richtung.

„Draußen scheint die Sonne", sagte Saskia, sich um Wärme bemühend. Sie sprach mit dem Mädchen so, wie sie mit Lukas, ihrem Sohn sprechen würde, wenn er Angst hätte.

„Erzählst du meiner Mama, dass ich weggelaufen bin?", wollte Hanna wissen, ohne den Blick vom Fenster zu nehmen.

„Nein, natürlich nicht", beeilte sich Saskia und schluckte, weil ihr die Worte des Mädchens die Luft abschnürten. „Außerdem brauchst du dir wegen des Mannes keine Sorgen zu machen. Er schläft jetzt ganz tief. Die Polizei hat ihn verhaftet."

Hanna drehte sich langsam um. Neugier, vermischt mit Angst, Hoffnung und nackter Panik, brachten die blauen Augen des Kindes zum Funkeln. „Wirklich?", hauchte sie das eine Wort durch die Lippen aus und blinzelte. Eine einzige Träne kullerte über ihre linke Wange und hinterließ ein schmales Rinnsal. Ihre Unterlippe war rissig, der linke Mundwinkel dunkel vom geronnenen Blut, die Wange darüber war angeschwollen und hatte einen gelblichen Schimmer angenommen.

Saskia konnte nicht anders, als sich aufs Bett zu setzen und das Mädchen in den Arm zu nehmen. Zwei kleine Arme umschlangen sie. Auch Saskia weinte stumm, heiße Tränen rannen über ihr Gesicht und brannten auf der Haut. Das schnelle Pochen des kleinen Herzens bewegte sie dazu, Hanna über den Kopf zu streicheln, das kleine Mädchen hatte immer noch Angst, aber jetzt konnte ihr nichts mehr passieren. Ihr Peiniger lag im Koma und würde hoffentlich nie wieder erwachen, hoffte

Saskia im Stillen und stimmte ein Kinderlied ein. Saskia wusste nicht, wie lange sie dagesessen und wie oft sie das Lied wiederholt hatte, das war ihr zu diesem Zeitpunkt egal. Die Melodie wiegte Hanna in den Schlaf. Erst nachdem Saskias Kehle staubtrocken wurde und die Stimmbänder keinen Klang mehr hervorbrachten, hörte sie mit dem Singen auf. Ein gleichmäßiges Schnaufen und die kraftlose Umarmung verrieten ihr, dass Hanna endlich eingeschlafen war. Obwohl Saskias Rücken vor Anspannung brannte, blieb sie einfach in dieser unbequemen Position sitzen und richtete ihren Blick zum Fenster. Der blaue Himmel war von weißen Wolken bedeckt. Ihre Lider wurden schwerer. Irgendwann verlor auch sie den Kampf gegen den Schlaf und nickte ein.

#20

„Es ist keine Denunziation, wenn man der Polizei solche wichtigen Hinweise mitteilt, um dadurch womöglich ein unschuldiges Leben zu retten und einen Verbrecher hinter Gitter zu bringen“, sprach Karl um Fassung bemüht in den Hörer. „Wo sind Sie, und wie ist Ihr Name?“ Der Mann am anderen Ende nuschelte und sprach mit einem starken indischen Akzent, sodass Karl ihn nur bruchstückhaft verstehen konnte. Manche Worte verstand er überhaupt nicht. Johannes wird mir den Kopf abreißen, dachte der Polizeihauptkommissar gleichzeitig, weil die zwei Stunden schon längst verstrichen waren.

Karl stand auf dem Trottoir vor dem mehrstöckigen Haus, in dem Frau Giebel umgebracht wurde. Er rauchte und hörte angestrengt zu. Der kühle Wind riss am Kragen seiner Jacke. Welcher Idiot hat mich mit dem Inder verbunden?, fragte er sich und sagte: „Welche Straße? Was? Container?“ Der verzweifelte Kommissar lief auf und ab, den Blick zu Boden gesenkt. Dann hob er den Kopf, als er einen Mann auf der anderen Seite der Straße vorbeigehen sah. „Verstehst du indisch?“, rief er dem Passanten zu. Dieser verneinte, indem er mit dem Kopf wackelte und den Gang beschleunigte.

„Ich bin Turkmene“, entgegnete der verdutzte Mann und legte einen Zahn zu.

„Bitte sprechen Sie langsam“, sprach Karl in den Hörer, laut und jedes Wort betonend. „Was für ein Depp ... Ah ...“ Jetzt erst begriff Karl, was der Mann sagte. „Ein Teppich voll mit Blut“, wiederholte er das Gesagte und griff nach seinem kleinen Block und dem Kugelschreiber. „Lich ... ten ... rade - weiter“, drängelte er und wartete ungeduldig. „Hinter dem S-Bahnhof, ja, ich weiß, wo das ist. Wie?“ Dieses Wort verlangte dem armen Mann die ganze Zungenakrobatik ab, Karl hörte, wie sich der Mann abmühte. „Buchstabieren Sie einfach“, half er dem Fremden. „Schichau ... weg. Vielen Dank. Ich schicke meine Kollegen. Ach, da sind schon welche vor Ort? Danke, bleiben Sie trotzdem dort, ich komme so schnell wie möglich. Ja, in einer halben Stunde bin ich bei Ihnen. Vielen Dank, Herr ...“ Dann legte Karl auf. „Was für ein beschissener Tag“, murmelte er und sah, wie ein kleiner VW-Bus vor dem Haus zum Stehen kam. „Pünktlich wie der Maurer, der Klempner“, flüsterte Karl und ging auf einen betagten Kerl im Blaumann und gelben Gummistiefeln zu.

„Haben Sie mich angerufen?“, wandte sich der Mann an Karl und rückte seine Schirmmütze zurecht.

„Ja, haben Sie auch einen sauberen Behälter dabei?“, entgegnete Karl und zündete eine weitere Zigarette an.

„Ja, ein Fass mit zehn Liter Volumen müsste wohl reichen?“ Der Satz klang wie eine Frage.

„Aber bitte nur die Wohnung im dritten Stock leer saugen, nicht vom ganzen Haus.“ Karl deutete mit einer ausladenden Geste auf das Haus.

„Ich bin vielleicht kein Professor, aber so blöd bin ich nun auch wieder nicht. Und wer übernimmt die Rechnung?“, kam der Mann sofort auf das Wichtigste.

„Polizeihauptkommissar Kraut. Und schreiben Sie als Betreff KOT rein, alles in Großbuchstaben. So, jetzt muss ich weiter. Oben wartet ein gewisser Herr Joseph Stiefmayer auf Sie, er erklärt Ihnen alles Weitere, auch können Sie ihm später die Rechnung in die Hand drücken. Auf Wiedersehen“, sagte Karl und lief schnellen Schrittes zu seinem Wagen, dabei riss er den Zettel mit der kurz zuvor aufgeschriebenen Adresse aus dem Block und wählte eine Nummer.

„Hallo, Edgar, ich habe da einen kleinen Auftrag für dich, hast du was zum Schreiben da?“

„Ja“, entgegnete Edgar matt.

„Du brauchst aber einen größeren Wagen, es geht um einen Teppich, der auf Spuren untersucht werden soll. Ich möchte, dass du ihn später gründlich durchsaugst. Und vergiss nicht, den Ort auf der Karte zu markieren. Unser Mann hat ein Auto, und wenn der Teppich ganz ist, ich meine, wenn er ihn nicht in kleine Teile zerschnitten hat, hat er sogar ein ziemlich großes Auto oder einen Dachgepäckträger, was ich jedoch bezweifle. Hast du das alles notiert?“

„Natürlich.“

„Jetzt schreib dir die Adresse auf, ich fahre zu meinem Kumpel. Richte Lars schöne Grüße aus, er soll mit dir fahren.“

„Mache ich.“

„Irgendwelche Neuigkeiten?“

„Ja, wir haben nichts in der Hand, was uns weiter bringt.“

„Du auch noch, ihr solltet weniger mit Doktor Hornoff verkehren, seine Witze sind nicht lustig. Es bestätigt sich immer wieder, dass blöde Klugheiten und andere dumme Sprüche nichts mit dem Bildungsstand eines jeden zu tun haben“, sagte Karl, schnippte die Zigarette in den Gully und stieg in seinen BMW. „Wir treffen uns heute Abend im Präsidium. Kraut möchte morgen eine Pressekonferenz einberufen, da brauchen wir etwas, das er in die Kamera sagen kann."

„Ich habe die mir von Ihnen zugeteilte Aufgaben nach besten Wissen und Gewissen erledigt ..."

„Jetzt langweile mich nicht mit deinem Strebergelaber, Edgar, wir sehen uns heute Abend. Ihr beide steht mit mehr Informationen auf dem Parkett, ich hole solange unseren Psychologen ins Boot", brummte Karl in den Hörer, legte auf und startete den Wagen. Außergewöhnliche Umstände erfordern außergewöhnliche Maßnahmen, sagte Karl zu sich selbst und umschlang den Beifahrersitz, weil er rückwärts aus der Parklücke fuhr. Unter Stress neigte so mancher zu Wutausbrüchen oder bekam Sodbrennen, Karl dagegen verspürte immer ein mordsmäßiges Hungergefühl, so wie jetzt. Sein Magen grummelte wie zur Bestätigung, aber dafür hatte er noch keine Zeit gehabt. Die Räder drehten durch, der BMW schoss nach vorne und hinterließ eine blaue Rauchwolke, die nach verbranntem Gummi stank.

#21

Saskia wurde von einem erstickten Schrei unsanft aus ihrem unruhigen Schlaf gerissen. Ihr Schädel pochte, und sie brauchte einen Augenblick, bis sich ihr Blick und ihr Verstand geklärt hatten und sie begreifen konnte, was gerade eben mit ihr geschah. Der Raum und die Personen, die in der Tür standen, drehten sich noch. Sie blinzelte. Die Konturen wurden allmählich schärfer, die Geräusche deutlicher.

„Was macht diese verletzte Frau bei meiner Tochter?“, drang eine hysterische Frauenstimme wie durch ein Kissen bis zu Saskia hindurch. In ihren Armen wachte jetzt auch Hanna auf und rief: „Mami!“ Dann brach das aufgeschreckte Kind in Tränen aus. Die Frau stürmte auf ihre Tochter zu und fiel vor der Bettkante auf die Knie.

Nur mit viel Mühe und Selbstbeherrschung konnte Saskia die Tränen zurückhalten. Der Arzt, der die Eltern begleitet hatte, quittierte die herzzerreißende Szenerie mit einem sanftmütigen Lächeln. „Ihrer Tochter geht es den Umständen entsprechend gut“, sagte er und half dem Ehemann, die weinende Frau auf einen Stuhl zu setzen. Saskia nutzte den Augenblick und rutschte vom Bett. „Tut mir leid, aber ich dachte, Ihre Tochter könnte ein bisschen Schlaf gebrauchen“, sagte sie mit brüchiger Stimme und strich mit schnellen Bewegungen ihre Uniform glatt. Der Vater verzog seine Mundwinkel zur Andeutung eines Lächelns und ignorierte Saskia ganz, sein Blick glitt an ihr vorbei zu seinem Kind. Er ging auf seine Tochter zu, setzte sich auf die Bettkante und nahm Hanna in den Arm. Die Tochter schmiegte sich an seine Brust und weinte stumme Tränen. „Es wird alles wieder gut", flüsterte der Mann und strich seiner Hanna über das blonde Haar.

„Ich geh dann wohl", murmelte Saskia und wandte sich zum Gehen.

„Bitte bleiben Sie einen Augenblick", erklang die vom Weinen zittrige Stimme der Mutter. „Ich fühle mich in Ihrem Beisein wohler, Sie sind wie eine Art seelischer Schutz für mich", flüsterte Frau Arnold und sah auf einen leeren Stuhl neben sich.

Saskia blickte zum Arzt, er nickte und begab sich näher an das Bett. „Na, wie geht es dir, Hanna? Ich würde dich gern abtasten, meine Hände sind warm", sprach er freundlich lächelnd und rieb die Handflächen aneinander. „Ich habe meine Hände extra für dich die ganze Zeit über eine Feuerstelle gehalten, damit du nicht frieren musst", sagte er lächelnd. „Fühl mal." Er legte seine rechte Hand auf Hannas dünnen Unterarm. Sie berührte ihn vorsichtig mit ihrer freien Hand. „Mensch, hast du kalte Finger", scherzte er. Das Kind schmunzelte und drückte sich fester an seinen Vater. „Ich werde zuerst deinen Nacken anschauen", fuhr der Arzt fort und strich dem Kind die Haare zur Seite. Sein Blick wurde ernst, sobald seine Augen auf die des Vaters trafen, dann konzentrierte er sich auf seine Arbeit. Dabei redete er über lustige Ameisen und Käfer. Hanna gab kichernde Laute von sich und ließ die Prozedur ohne Widerstand über sich ergehen.

Das kompetente Auftreten des eloquenten Kinderarztes, der weit über fünfzig war, schätzte Saskia, sprach dafür, dass der betagte Mann mit dem grauen Haar und einem bunten Brillengestell seiner Arbeit gern nachging und sich im Umgang mit den Kindern sehr gut auskannte.

„Danke, dass Sie bei meiner Tochter geblieben sind“, bedankte sich die Mutter. „Ich habe Sie zuerst gar nicht erkannt. Wegen dem hier.“ Frau Arnold deutete auf Saskias Verband. „Haben Sie sich verletzt? Was für eine dumme Frage, entschuldigen Sie mich bitte, wenn ich so ein unnützes Zeug von mir gebe, ich bin nur ganz durcheinander“, unterbrach sich die Frau und lachte humorlos auf. „Wird Hanna ...“, sie schluckte, „... wird mein Kind, was meinen Sie, wird sie keine geistigen Schäden davontragen?“ Eigentlich wollte die Mutter noch mehr fragen, doch hatte sie Angst vor der Wahrheit.

„Hanna war traumatisiert, die nächste Zeit wird sie jedem Fremden misstrauisch entgegentreten und extremst vorsichtig sein, aber ich glaube, sie wird darüber hinwegkommen, wenn Sie sie dabei unterstützen, wovon ich ganz stark ausgehe.“ Saskia wählte die Worte mit Bedacht und legte ihre linke Hand der Frau auf die Hände, die auf den Knien ruhten und zitterten, so als ob Frau Arnold fröre. Saskia schämte sich dafür, die Frau anlügen zu müssen, weil sie genau wusste, dass das Kind für sein Leben lang gezeichnet war und den Alptraum niemals ganz vergessen würde.

„Jetzt machst du ‚Ahhh‘, und ich darf dir mit diesem Zauberstab in den Mund leuchten“, ertönte die angenehme Stimme des Kinderarztes. Er demonstrierte dem Kind, dass er nicht log, und knipste das Licht an. Die Taschenlampe glich tatsächlich einem Zauberstab.

Hanna lächelte und machte den Mund ganz weit auf. Mit einem Stäbchen schob er ihre Lippen und Wangen von den Zähnen weg und konzentrierte sich auf die Schleimhäute, dann richtete er sich auf und griff in die Tasche seines Mantels. Diskret holte er ein Diktiergerät heraus und begab sich zum großen Fenster. „Die Mama darf ihr Kind auch in den Arm nehmen, sie ist eine tapfere Kriegerin aus der Welt der mächtigen Wesen, die für das Gute kämpfen, habe ich recht, Hanna?“, fragte er noch und sah nach draußen, dabei hielt er sich das Gerät dicht an die Lippen. Hanna schmunzelte und breitete die Arme aus, während Frau Arnold auf der anderen Seite des Bettes Platz nahm.

Saskia konzentrierte sich auf die Worte des Arztes, die nicht viel lauter als ein monotones Flüstern waren. „In den Wangenregionen, Augenlidern sowie Augenbindehäuten konnten zahlreiche Petechien diagnostiziert werden.“ Petechien sind Punktblutungen, wusste Saskia, und strengte sich weiter an, die Kopfschmerzen meldeten sich wieder. „Venöse Stauungen ... das Kind wurde gewürgt. Des Weiteren konnten im Halsbereich Blutergüsse, die auf die Druckausübung beider Daumen des Täters zurückzuführen sind, festgestellt werden. Stopp“, der Arzt verstummte, „einem Daumen“, verbesserte er sich. „Weitere Untersuchungen, die noch bevorstehen, können mehr Aufschluss geben. Um über die Art und Weise sowie auf die Identität der Gewaltart, die auf das Kind ausgeübt wurde, eine Aussage zu treffen, bedarf es weiterer Informationen“, sagte der Arzt und steckte das Diktiergerät zurück in die Tasche.

„Ich lasse euch jetzt allein und komme in einer guten Stunde wieder. Wollen Sie auch hierbleiben, oder möchten Sie vielleicht einen Kaffee zu sich nehmen?“, sprach der Mann mit gedämpfter Stimme zu Saskia. „Ich wäre Ihnen zu Dank verpflichtet, wenn Sie noch ein wenig dableiben könnten. Die Familie braucht jemanden, bei dem sie sich geschützt fühlt. Ich kann Ihnen eine Kanne Kaffee organisieren lassen und etwas zu essen. Eine Butterbrezel?“

Saskia überlegte nicht lange und sagte: „Das wäre sehr nett.“

Der Arzt nickte knapp und verließ das Zimmer, die Tür klackte leise.

#22

„Na, Doc, bereit für eine Spritztour?“, begrüßte der erstaunlich gut gelaunte Polizeihauptkommissar den Psychologen, der es sich auf dem Beifahrersitz bequem machte und sich anschnallte.

„Hier, der ist für dich“, sagte Doktor Hornoff statt einer Begrüßung und reichte dem großen Mann eine Tupperdose, die Karl sofort öffnete. Bei dem Anblick lief ihm das Wasser im Mund zusammen. Karl Breuer biss herzhaft in den Wrap, mit vollem Mund sagte er: „Deine Frau ist echt ein Schatz, hat sie den extra für mich gemacht?“

„Der große Hund verträgt den Vollkornteig nicht“, entgegnete der Doktor matt und wartete die Situation ab.

Dem Kommissar fiel die Kinnlade herunter. Er kaute nicht mehr. Dann sah er, wie der Doktor schelmisch zu lächeln begann. „Lass uns fahren.“

„Du bist ein Arschloch, Johannes“, grummelte Karl und nahm einen weiteren Bissen, verschloss die Dose und verstaute sie im Handschuhfach. „Den Rest esse ich später auf. Apropos Hund, wo ist deine Dogge eigentlich, wolltest du mit dem Köter nicht einen Spaziergang machen?“

„So pünktlich wie du bist, in der Zeit habe ich mehr als drei Runden gedreht, lass uns einfach fahren. Ich möchte mit dem Kind reden. Ich befürchte, das Kind wurde psychisch beeinflusst.“

„Was? Kannst du das konkretisieren?“, wollte Karl - immer noch kauend - wissen.

„Das Mädchen hatte nach dem Überfall Kontakt mit Menschen, die unabsichtlich ihre Erinnerungen manipuliert haben. Durch Fragen und beruhigende Worte haben sie ihr schreckliches Ergebnis verzerrt. Das Mädchen wird sich zwar an manches erinnern können, doch wird sie zu der eigentlichen Wahrheit ihre eigene hinzu interpretieren. In anderen Worten, das Kind erfindet etwas dazu, das überhaupt nicht stattgefunden hat. Das Mädchen versetzt sich mental in eine schönere, sicherere Welt. Was ich sehr gut nachvollziehen kann, darum ist Eile geboten, mit der Geschädigten so schnell wie nur möglich in Kontakt zu treten.“

Daraufhin trat Karl das Gaspedal durch und jagte mit mehr als siebzig Sachen durch die Straßen.

Doktor Hornoff schmeckte Blut, weil er sich auf die Lippe gebissen hatte. Seine Hand lag auf der Brust und klopfte ununterbrochen. Er versuchte sich zu beruhigen. „Karl, fahr langsamer“, sagte er mit tonloser Stimme.

„Verzeihung, ich vergaß, unser Psychologe hat seine Phobien“, entgegnete Karl und warf dem Doktor einen hastigen Blick zu. Seinen Mund umspielte ein böses Lächeln, dabei sah der Kommissar so aus, als hätte er einen Bleistift zwischen den Lippen eingeklemmt. Doch er wurde tatsächlich langsamer.

„Wir können die Fahrzeit ausnutzen und möglicherweise verkürzen, indem du mich in den Verlauf des Falles einweihst“, sprach Doktor Hornoff ruhig und hielt seinen Blick auf die Mittelkonsole gerichtet.

„Du wirst nicht in den Fall involviert, Doc, du kümmerst dich nur um das Mädchen, das habe ich deiner

Frau hoch und heilig versprochen. Ich möchte nicht, dass sie mir beim nächsten Wrap Glasscherben einmischt."

„Ich schmeckte erneut die Soße auf meiner Zunge", murmelte Karl.

„Dieses Phänomen lässt sich auf das olfaktorische Wunschdenken zurückführen", klärte ihn Johannes Hornoff ohne jeglichen Sarkasmus in der Stimme auf.

Karl schluckte laut, dann lachte er kurz auf. Olfaktorisch, dachte er über das Wort nach und schüttelte den Kopf.

Doktor Hornoff kaute weiter auf seiner Unterlippe, die jetzt noch stärker blutete. Er schwitzte. Die Bäume, die an ihnen vorbeirauschten, wurden zu einer grauen Mauer. „Warum hat er das Mädchen nicht getötet wie die anderen Kinder zuvor?", begann der Psychologe und griff in die Innentasche seines Zweiteilers. Er hielt einen kleinen Ball, den er langsam zwischen seinen Fingern zu kneten begann.

„Das ist jetzt aber keine Fangfrage, oder, Doc?"

„Nein, ich denke nur laut, das hilft mir, die Welt um mich herum auszublenden."

„Du bist echt verrückt, manchmal werde ich den Eindruck nicht los, dass du da oben nicht nur einen Riss, sondern einen ganzen Krater hast." Karl klopfte sich gegen die rechte Schläfe und grinste.

„Viele Psychologen sind an den Schilderungen ihrer Patienten kaputtgegangen und wurden später selbst krank. Ich bin eigentlich ein Psychopath, der es geschafft hat, einen Doktortitel zu bekommen, darum kann ich mich auch so gut in die Täter hineinversetzen", entgegnete der Psychologe. „Entweder", griff er erneut den Faden auf, „wurde er von jemandem dabei gestört, oder er hat das Mädchen im Glauben, sie getötet zu haben, einfach liegen gelassen."

„Ein guter Ansatz", murmelte Karl, beugte sich nach rechts zum Handschuhfach und fischte die Dose heraus. Ohne zu lenken öffnete er den Deckel, fingerte den Wrap heraus und biss erneut rein. Ein zufriedenes „Mhh" entrang sich seiner Kehle. „Für ein kühles Weizen würde ich meine Seele verkaufen", sprach er mit vollem Mund und drückte die Dose seinem Begleiter gegen die Brust. „Warum bekommen solche Typen wie du immer die besten Frauen?", schmatzte Karl und bog scharf nach links ab. Johannes Hornoff krallte sich mit der rechten Hand am Türgriff fest, mit der linken hielt er die Dose.

„Weil ich beim Essen nicht schmatze", konterte Johannes Hornoff und schloss die Augen, weil Karl einem LKW die Vorfahrt genommen hatte.

„Pass auf, wo du hinfährst", schnauzte Karl den Brummifahrer an und lenkte seinen PS-starken BMW auf die Landstraße. Nachdem sie das Ortsschild der kleinen Stadt, in der Doktor Hornoff lebte, passiert hatten, trat Karl das Gaspedal bis zum Boden durch. „Lass die Augen ruhig zu, Doc. Wir sind gleich da, du hast selbst gesagt, wir dürfen das Mädchen nicht länger manipulieren lassen, sonst können uns wichtige Informationen durch die Finger gleiten", rief Karl und stieß seine Zähne erneut in den Wrap und ließ sich das Essen schmecken. „Wenn du diese Fahrt nicht überleben solltest, heirate ich Sonja", zog der Hauptkommissar den Doktor auf und strich sich die Soße grob mit einer Serviette ab, in die der Wrap eingewickelt war. Der BMW überholte jedes Fahrzeug. Karls Fahrstil passte nicht unbedingt zu einem verantwortungsvollen Polizisten, aber er achtete dennoch darauf, niemanden dabei zu bedrängen oder durch seine Manöver in Gefahr zu bringen, bis auf den LKW von vorhin. Ihnen rann einfach die Zeit davon, und Karl gab sich Mühe, sie wieder einzuholen.

#23

Er beobachtete sein nächstes Opfer, er sah sie hinter seinen verschlossenen Lidern. Die Frau wurde zu einer Gefahr für ihn. Ihm gelang es, seine Wut zu zügeln, beinahe hätte er sie im Beisein einiger Menschen frontal angegriffen. Zum Glück gewann sein rationales Denken die Oberhand, die Emotionen wurden zurückgedrängt. Er saß in seinem Auto und hielt die Augen geschlossen. Er versuchte an nichts zu denken, was ein aussichtsloses Unterfangen war. Schlaf ist einer der gängigsten Zustände unserer Bewusstlosigkeit. Ob der Tod genauso erholsam ist für unsere Seele?, fragte er sich in Gedanken und konzentrierte sich auf seinen Atem. Er hörte die Stimme der Frau, die er vor wenigen Tagen umgebracht hatte, sie weinte und schrie ihn an. Er wäre an allem schuld, er war derjenige, der die Situation ausgenutzt hatte, in der sie ihm völlig ausgeliefert war, weil ihre Sinne von zu viel Alkohol und Liebeskummer berauscht waren. Ihre von Zorn geschwängerte Schuldzuweisung hatte tiefe Schnitte in seiner Seele hinterlassen. Ausgefranste, blutige Wundränder, die niemals wieder heilen würden, waren alles, was ihm nach diesem Gespräch geblieben war, und die Erinnerung daran, was er dabei empfunden hatte, während er auf sie eingestochen hatte, dann das Zucken zwischen seinen Fingern. Das Zappeln ihrer Kehle, die Würgegeräusche, das Schlagen der Hände, das Poltern der nackten Füße gegen die emaillierte, kalte Badewanne. Die Blutspuren auf der glatten, schneeweißen Oberfläche. Der starre

Blick. Die gebrochenen Augen. Das letzte Ausatmen. Dann das Brennen zwischen seinen Lenden. Sein Keuchen, sein unterdrücktes Stöhnen. Und die Entspannung seiner Glieder. Er hörte sich erneut stoßweise atmen. Die Gedanken erregten ihn aufs Neue. Er blinzelte und warf einen schrägen Blick durch die Seitenscheibe. Er war schon wieder erregt. Er richtete sich im Sitz auf und sah sich im Rückspiegel an. Seine imaginäre Maske, die ihn davor schützen sollte, sein wahres Gesicht zu zeigen, bekam tiefe Risse und begann zu bröckeln. Das Unwesen, welches nach unzähligen Sitzungen erfolgreich in seinem Innersten in die dunkelste Ecke seines Geistes eingesperrt war, war nie wirklich weg gewesen, es kroch immer wieder heraus und verlangte nach Blut. Das Untier frönte der Fleischeslust. Der Psychiater hatte damals ganze Arbeit geleistet und ihn dennoch nicht geheilt, nun, es war wieder da, die Zeit des Tötens war wiedergekommen. Das Monster dürstete nach Blut und kindlichen Seelen.

„Mein Name ist Blade“, formte er mit den Lippen und lauschte dem Nachhall seiner Worte. Erneut rauschten Bilder vor seinem geistigen Auge vorbei. Er betrachtete sich von oben, wie er in einem weichen Sessel kauerte, eingeschüchtert und völlig verängstigt. Der alte Doktor saß ihm direkt gegenüber, den Oberkörper leicht nach vorne gebeugt. Sich mit den Unterarmen an den Knien abstützend betrachtete Doktor Glasmann seinen Patienten. Jetzt sah er den alten Mann mit den Augen seines jüngeren Ichs, alles wurde wieder real. Die wässrigen Augen bereiteten dem jungen Mann Angst. Der hagere Psychiater holte rasselnd Luft und atmete schwer aus. Seine Lunge pfiff dabei leise. Der schale

Atem des alten Mannes roch nach Kaffee, Gummibärchen und irgendwelchen Kräutern. Er hüstelte in das schneeweiße Taschentuch aus feiner Baumwolle, räusperte sich und sagte: „Das ist aber ein sehr ungewöhnlicher Name. Weißt du auch, was er bedeutet?“ Die roten Flecken auf seinem hageren Gesicht wurden dunkler. Ein grauer Schatten lag unter seinen von unzähligen feinen Fältchen umsäumten Augen. Seine Stimme klang dabei leise und fühlte sich warm an, wie eine Decke, die jedoch sofort zu kratzen begann, sobald man darunter einzuschlafen versuchte. Ein latentes Gefühl des Unbehagens kroch unter seine Haut und jagte ihm einen kalten Schauer über den Rücken. Er drückte seinen Hinterkopf gegen die Kopflehne und versetzte sich wieder in die Vergangenheit. Er nahm erneut den flüchtigen Geruch nach Rosen und kaltem Rauch wahr. Spürte die Sprungfedern in seinem Rücken und den Teddybären in seiner Hand, die diesen an der Pfote festhielt.

„Blade bedeutet ...“, begann Doktor Glasmann, weil sein Patient geschwiegen hatte.

„Das hat nichts mit einer Rasierklinge zu tun“, sprudelte es aus dem Jungen heraus. Seine Augen wurden zu schmalen Schlitzen. „Das bedeutet, ich bin blöde. Mein Papa nannte mich immer so. Du bisch bleed wia Kobbfsalad, hat er immer geschimpft, aber ich bin nicht blöd. Ich habe meinen Vater immer dafür gehasst, selbst nach seinem Tod! Alle Kinder nannten mich später Bläd, auch wenn sie nicht wussten, was das eigentlich bedeutete, hier in Berlin war ich immer ein Außenseiter, ich werde alle töten, die mir blöd kommen, so wie Blade die Vampire getötet hat“, begehrte der Junge auf und zog mit beiden Händen fest an dem Teddybären, welchen ihm der Doktor vor der Sitzung in die Hände gedrückt hatte. Die Nähte knarzten gefährlich, der Stoff war bis zum Zerreißen gespannt, genauso wie die Sehnen in den kleinen Armen des Jungen.

„Natürlich bist du nicht blöd“, versuchte der Psychiater seinen jungen Patienten zu beruhigen und fuhr sich mit der Zunge über die dünne Oberlippe, die rissig und kaum sichtbar war. Der Anblick des Mannes, sein hageres Gesicht, der faltige Mund und die wie Pergament trockene Haut ließen den Jungen unweigerlich an eine alte Schildkröte denken.

„Aber alle nennen mich jetzt Blade, obwohl sie gar nicht wissen, was das bedeutet.“

„Kommt dein Papa ursprünglich aus dem Süden des ...“

„Früher haben wir in Schwäbisch Hall gelebt, bis wir nach Berlin umgezogen sind. Mein Papa baute gern Häuser, große Häuser. Er hatte nicht nur einen Bagger, er hatte viele Maschinen und Männer, die für ihn bauten. Er war der Boss, der Anführer, jeder musste sich seinen Befehlen beugen, selbst die Mama. Ja, er war ein strenger Vater. Er sagte, wo es langging und wie weit der Weg war.“

„Du bist aber ziemlich wortgewandt für einen Jungen von zwölf Jahren. Dein Wortschatz ist beträchtlich.“

„Ich habe die Bibel zweimal gelesen. Das musste ich, weil Papa es so gewollt hat.“ Mit entrücktem, vor Zorn beinahe glühendem Gesicht knetete der Junge weiter an dem Spielzeug. In Erwartung einer Unterstellung, dass er nicht so war wie die anderen Kinder, verkrampften sich seine Finger zu Klauen, doch der Doktor sagte nichts dergleichen, er behandelte ihn wie einen Menschen. Blade hasste es, wenn einer ihn als einen Außenseiter betrachtete, egal in welcher Hinsicht.

„Die einfachsten Erklärungen sind immer die naheliegendsten. Das Lesen hat noch keinem geschadet, auch ich habe als Kind oft gelesen", lautete die Antwort Doktor Grasmanns, nachdem er eine Sekunde lang geschwiegen hatte. „Was ist mit deinem Papa passiert?"

„Er ist gestorben."

„Es tut mir wirklich von ganzem Herzen leid", flüsterte der Psychiater. Auf einmal war die sonst so feste Stimme des Mannes von Mitgefühl erfüllt, obwohl der Junge wusste, dass der Doktor von seiner Mama über den Tod seines Vaters in Kenntnis gesetzt wurde. Er hatte nämlich die beiden bei ihrem Gespräch belauscht.

„Warst du dabei, als sich der tragische Unfall ereignete?", wollte der Doktor wissen und tupfte sich mit dem Taschentuch die geröteten Augen ab. Dann rutschte er ein Stück näher an den Jungen. „Du kannst mir alles anvertrauen. Wie darf ich dich nennen?"

„Blade!", entgegnete der Junge mit zornigem Blick und presste die Lippen zusammen. Er zog noch fester an dem Bären und bekam die rechte Pfote aus dem kleinen Körper des Plüschtieres gerissen. Gelbe Watte quoll aus dem Loch.

„Das macht nichts, Rafael, so heißt der Bär, ist schon ganz alt. Meine Frau näht ihn später wieder dran. Magst du mir jetzt von dem Tag erzählen?"

Er blinzelte wieder und richtete den Blick gegen die Decke seines Wagens. Er hörte seine kindliche Stimme und zerrte die Vergangenheit vor sein inneres Auge. Zuerst flackerten die Bilder wie ein alter Schwarz-weiß-

Film auf einer faltigen Leinwand. Doch mit jedem Atemzug wurden die Konturen schärfer. Die Luft roch nach nasser Erde und dem dichten Rauch der schweren Baumaschinen. Er hörte das laute Dröhnen der Motoren. Die hydraulischen Schläuche des Baggers brachten die Schaufel in Bewegung, das hatte ihm sein Vater erzählt. Die Ketten ratterten über den Matsch. Dann ertönte die laute Stimme eines Mannes und brachte das schwere Gerät zum Stehen.

„Giuseppe, bist du eigentlich schwer von Begriff?!“, schrie sein Vater den Baggerführer an. Der Mann in der Kabine runzelte nur die Stirn und fuhr sich mit einem schmutzigen Tuch über die Glatze, sein buschiger Schnurrbart verdeckte seinen Mund. Giuseppe starrte seinen Arbeitgeber finster an und deutete wild gestikulierend auf die Grube. Auch Blades Vater bedeutete dem Mann gestenreich, dass das, was er machte, falsch sei. „Ihr Spaghettifresser könnt nur eure Pizzas backen, zu allem anderen seid ihr einfach nicht fähig!“, schrie sein Vater und trat näher an den Rand. Der erzürnte Baggerfahrer fuhr sich mit der Hand über den grauen Schnurrbart, schlug die Tür zu und ließ eine dicke, schwarze Qualmwolke gen Himmel steigen. Die Schaufel fuhr nach oben. Sein Vater schrie und tobte. Mit nach oben gestreckten Armen spie er die Beleidigung aus und zwang den zur Weißglut erzürnten Italiener dazu, durchzudrehen. „Du bist gefeuert, steig aus und verpiss dich einfach. Auch kannst du deinen Lohn vergessen, so wie du dich aufführst. Fahr einfach zurück, dorthin, wo du hergekommen bist“, brüllte er sich heiser. Dann passierte das, womit keiner gerechnet hatte. Auch der Mann in der Kabine nicht. Selbst viele Jahre nach der

Tragödie wollte oder konnte sich Giuseppe nicht an die eine Minute erinnern, erfuhr Blade aus einer Reportage, die im Fernsehen ausgestrahlt wurde. Die Schaufel fuhr ruckartig nach unten und begrub den Bauleiter unter sich. Das Kind schrie und lief zu seinem Vater. Die Erde unter seinen Füßen schmatzte. Dabei verlor der zu Tode erschrockene Junge einen seiner Schuhe, ohne es zu merken. Als er bei seinem Papa ankam, lebte der noch. Der Matsch war zu weich, sodass die Schaufel ihn nicht ganz zerquetscht hatte. Sein Oberkörper lugte zwischen den zerschrammten Schaufelzähnen hervor. Blut quoll ihm aus Mund und Nase. Die schartigen Fingernägel waren auch blutig. Er streckte die Hand aus und strich seinem Sohn über die Wange. Blade ergriff die raue Hand und wollte seinen Vater auf die Füße ziehen, doch sein Papa verzog nur das Gesicht.

„Du tust mir weh, Junge“, keuchte der Mann.

Das Kind weinte bittere Tränen. Jemand versuchte den verzweifelten Jungen wegzuzerren. Aber er wehrte sich nach Kräften und schrie laut, bis seine Stimme brach. Dann hörte er die Worte seines sterbenden Vaters. „Merk dir eins, mein Sohn, sie alle wollen nur dein Geld.“

Ein leises Klopfen gegen die Scheibe riss Blade aus seiner traurigen Erinnerung. Ein Mann hielt sein Gesicht ganz dicht vor das Fenster und sagte: „Sie stehen im Parkverbot, und ich muss hier raus. Fahren Sie doch bitte auf einen Parkplatz, wenn Sie vorhaben, weiterzuschlafen, oder fühlen Sie sich nicht gut? Soll ich einen Krankenwagen ...“

„Nein, ist schon gut. Ich bin nur etwas müde von der Nachtschicht“, beschwichtigte er den übereifrigen Fremden und hob die Hand. Seine Reaktion auf Panik war nie dieselbe, manchmal wurde er aufbrausend, ein anderes Mal blieb er ruhig wie jetzt. Blade verspürte keinen Drang, den Mann kaputt zu machen. Er war ihm sogar dankbar dafür, dass er ihn aus dem Zustand des Deliriums zurück in die Gegenwart geholt hatte. Obwohl sein Herz immer noch hart gegen die Brust schlug, atmete Blade wieder gleichmäßig. Der Motor sprang sofort an, er navigierte den Wagen vom Bordstein auf die Straße und fuhr davon. Im Rückspiegel sah er, wie der Mann ihm einen Moment lang nachblickte, ohne sich dabei zu rühren. Blade betätigte kurz die Warnleuchten, wie auf ein Signal wartend hob der Mann die Hand, drehte sich um und schickte sich zum Gehen. Kurz bevor er aus Blades Blickwinkel verschwunden war, sah sich der Fremde noch einmal um.

Die Welle des Verlangens, jemanden zu töten, hatte ihren Zenit erreicht, zog sich jedoch langsam wieder zurück und hinterließ dabei ein Gefühl unsäglicher Leere in Blades Körper. Das Relais des Blinkers klackte mehrmals. Er stand unschlüssig einfach nur da und überlegte, was er als Nächstes tun sollte. Er erschauerte und zitterte am ganzen Körper, als er erneut an sein nächstes Opfer dachte, aber er musste sehr vorsichtig sein. Ein falscher Schritt, und die Bullen würden ihn schnappen. Sein ganzes Leben war er darauf konditioniert gewesen, Streitigkeiten aus dem Weg zu gehen. „Der Klügere gibt nach - lieber fünf Minuten ein Feigling sein als ein Leben lang ein Krüppel - den Letzten beißen die Hunde ...“ All diese Devisen und Lebensweisheiten, die ihm nach dem Tod seines Vaters von seiner Mama eingetrichtert wurden, gingen ihm seit

Langem auf die Eier. Er war kein Feigling, er war ein Macher, genauso wie sein Vater.

Keiner hatte über das zu bestimmen, was er zu tun hatte. Er war sein eigener Herr. Hinter ihm hupte ein Volvo und blendete ihn mit einer Lichthupe. Er war versucht, aus dem Wagen zu steigen, nach hinten zu gehen und dem Mann seine Faust ins Gesicht zu rammen, er wollte ihm die Nase samt Hirn zu Brei schlagen, aber er beherrschte sich, legte den Gang ein und fuhr in die entgegengesetzte Richtung. Der Volvofahrer zeigte ihm einen Vogel, weil der Blinker immer noch betätigt war. Aber das war Blade egal. Er frönte jetzt schon der Lust und suhlte sich in Gedanken, in denen er vor der Frau stand, ihr eine Schlinge um den Hals legte und zuzog. Er sah ihre weit aufgerissenen Augen. Er hörte sie röcheln, schmeckte ihren Atem, spürte das Zittern in seinen Händen, die gurgelnden Laute klangen wie Musik in seinen Ohren. Wie im Vollrausch navigierte er den Wagen und blendete die Welt um sich herum aus. „Ja, ich werde sie töten müssen“, flüsterte er. Sein Mund verzog sich zu einem zufriedenen Lächeln.

#24

„Man muss sich ja nicht unbedingt den Kopf abhacken lassen, um den Schmerz des zum Tode Verurteilten nachempfinden zu können“, sagte Doktor Hornoff, während sich die beiden Männer zum Empfang des Krankenhauses bewegten.

Für einen Moment fragte sich der Kommissar, ob der Psychologe sich wieder einen seiner Witze erlaubt hatte, doch Hornoffs Miene blieb ernst. Dennoch schnitt diese dumme Bemerkung wie ein Fallbeil in sein Fleisch – rums, schon sah Karl Breuer seinen Kopf vom Schafott über knorrige Bretter in einen Korb rollen. „Was sollte das

gerade eben für ein Vergleich gewesen sein?“, fragte Breuer und taxierte seinen Begleiter mit einem irritierten Blick. Die Frau hinter dem Empfang ignorierte er dabei geflissentlich.

„Du hast mich gefragt, wie es möglich sein kann, sich eine fremde Haut überzuziehen und das nachzuempfinden, was die Opfer durchlebt haben.“

„Aber das war vor einer halben Stunde“, entgegnete Karl, der immer noch verwirrt war.

„Nein, das war kurz danach, als du beinahe von dem Taxi überfahren wurdest. Das Rauchen bringt dich irgendwann um, Karl“, erwiderte Doktor Hornoff ruhig, was Karl Breuer noch mehr auf die Palme brachte.

„Und das, was sollte diese Anspielung schon wieder?“

„Als du dir die Zigarette angesteckt hast, und zwar mitten auf der Straße, da hieltest du deinen Kopf gesenkt.“

„Das war ...“ Karl verbiss sich eine bissige Bemerkung. „Der Taxifahrer war zu schnell. Hier ist Schrittgeschwindigkeit ...“

„Ja, das weiß ich, sonst würdest du schon bei den Engeln weilen.“

„Guten Tag“, ertönte eine kratzige Frauenstimme und riss die beiden Männer aus ihrem Dialog. „Der Herr im Anzug hat recht, und wenn Sie noch lauter reden, werden wir alle zusammen nach unten gehen müssen, um die Toten wieder zu beruhigen. Sie sind in einem Krankenhaus, nicht bei der Börse“, fügte sie schnippisch hinzu und beäugte die beiden Herren abwechselnd.

„Sind Sie nur deswegen so unfreundlich, weil sie sich erst vor Kurzem haben scheiden lassen, oder weil Ihr Mann Sie nicht mehr so attraktiv findet wie noch einige Jahre zuvor?“, ergriff Doktor Hornoff das Wort und brachte die Frau zum Verstummen. „Sie drehen mit den Fingerkuppen an dem Ring, den Sie erst vor wenigen Tagen abgenommen haben. Die Einschnürung und der helle Streifen an Ihrem Ringfinger haben es mir verraten. Ihr Kleid ist Ihnen eine Nummer zu klein, und ist nicht mehr en vogue, oder bevorzugen Sie lieber das englische unschöne Wort ‚in‘? Das Kleid haben Sie an dem Tag getragen, als Sie sich das Ja-Wort gegeben haben und einen Blumenstrauß aus Rosen und Lilien in den Händen gehalten haben.“

Nun war die Frau nicht mehr überrascht, sondern schockiert. „Was sind Sie denn für einer?“, stotterte sie und begann, hektisch ihre Frisur zu richten. Das rot gewellte Haar, das ihr bis an die Schultern reichte, war mit zwei Dosen Haarspray fixiert und glänzte matt im grellen Licht der Beleuchtung der drei Lampen, die über der korpulenten Frau hingen.

„Niemand kann in einen Menschen hineinschauen, es sei denn, er ist ein Gerichtsmediziner oder er heißt Professor Doktor Hornoff. Er steht gerade vor Ihnen, gnädige Frau, und möchte wissen, wo sich Hanna Arnold befindet", sagte Karl mit gespielter Freundlichkeit und nickte knapp, seine Augen streiften das Foto, auf welchem die Frau und ihr Exmann glücklich in die Kamera lächelten. Das eingerahmte Bild stand neben einem Becher. Genau diese Momentaufnahme hatte dem gewieften Doktor so viel über die Frau verraten, um sie aus der Fassung zu bringen und sie gleichzeitig in die Schranken zu weisen, konstatierte Kommissar Breuer und verzog ob solch scharfer Beobachtungsgabe anerkennend den linken Mundwinkel.

Die Frau war immer noch wie vom Donner gerührt und starrte den Polizeihauptkommissar einen Augenblick lang verdattert an.

„Haben Sie auch beobachten können, wie mich der Taxifahrer beinahe überfahren hätte, wäre ich nicht zur Seite gesprungen?"

„Ja, wir haben mehrere Kameras, und ich konnte im Augenwinkel beobachten, wie er an Ihnen vorbeigerauscht ist."

„Ha! Vorbeigerauscht", hob Karl die Stimme und seinen rechten Zeigefinger. „Hast du es gehört, Doc? Vorbeigerauscht", wiederholte er das Wort und trennte es in Silben. „Und wenn Sie schon dabei sind, Gnädigste", kokettierte Karl immer noch freundlich und deutete mit dem Kinn auf den Monitor, „schauen Sie bitte gleich nach, in welchem Zimmer ich die Frau Giebel ... Emily heißt die Gute mit Vornamen, wo ich Frau Emily Giebel finde. Hier werden unsere Wege sich trennen, Doc." Karl klopfte Doktor Hornoff auf die Schulter.

Die Finger der Empfangsdame huschten flink über die Tastatur. Sie ist um die Fünfzig, trotz ihrer Fülle sieht sie ziemlich attraktiv aus, überlegte Karl und scannte auch den Rest ihres Erscheinungsbildes ab.

„Das Mädchen liegt auf der Kinderstation, und Frau Giebel ..." Die Frau hinter dem Tresen verengte ihre Augen zu schmalen Schlitzen und kaute auf ihrer vollen Unterlippe. „Sie wurde auf eigenen Wunsch entlassen", murmelte sie und sah vom Bildschirm zu den beiden Herren auf.

„Verdammt. Und wann?", fragte Karl schnell.

„Das ..."

„Und kommen Sie mir nicht mit Ihrer ärztlichen Schweigepflicht daher", schnitt er ihr das Wort barscher ab als beabsichtigt.

„Nein, ich kann das aus einem simplen Grund nicht, weil die Adresse nicht in dem System, auf das ich zugreifen darf, abgespeichert ist", entgegnete die Frau schlicht.

Doktor Hornoff griff in rechte Hosentasche und holte sein Smartphone heraus.

„Was hast du vor, Doc?"

„Naja, für dich die Adresse herausfinden."

„Und wie?", grummelte Karl und trommelte ungeduldig mit den Fingern auf der glänzenden Fläche des Tresens.

„Mister Google weiß alles, ich weiß zum Beispiel, dass du dich in der Charité befindest, ohne deine genauen Koordinaten zu kennen“, murmelte Doktor Hornoff.

„Sehr witzig.“

„Nein, Karl, wir denken manchmal so komplex, dass wir die naheliegendsten Lösungen einfach übersehen. Sie ist im Telefonbuch aufgelistet. Stell dir das nur vor“, murmelte Doktor Hornoff konzentriert. „Hast du was zum Schreiben da?“, fragte er ruhig und hielt dem großen Mann das Handy vor die Nase. Karl beeilte sich, die Adresse in seinem Block zu notieren.

„Wann hat Frau Giebel denn das Krankenhaus verlassen?“ Diese Frage galt der Frau.

„Erst vor Kurzem, sie wurde mit einem Taxi abgeholt.“

Karl schaute kurz auf, senkte den Blick, schrieb die Adresse vollends ab und steckte den kleinen Block energisch in die Innentasche seiner Lederjacke.

„Wir müssen uns leider trennen, Doc, den Weg zurück in dein Gefilde findest du wohl allein.“

„Ich bin schon groß, Karl, und kann mir ein Taxi leisten.“

„Diese Frau dort kann Ihnen den Weg zeigen“, ertönte die kratzige Stimme der Frau hinter ihnen. Beide Männer folgen dem ausgestreckten Arm der Empfangsdame. Sie sahen eine junge Polizistin mit bandagiertem Kopf, die sich vor einem Kaffeeautomaten postiert hatte und nach Kleingeld kramte.

„Ich wünsche dir viel Glück, Professor Doktor Hornoff“, murmelte Karl und verpasste dem Doktor einen leichten Seitenhieb.

„Warte, Karl. Die Theorie“, begann Doktor Hornoff und zog Karl ein Stück von der Dame weg, sodass sie die beiden nicht belauschen konnte. Die rechte Hand des Professors ruhte dabei auf der Brust, die Finger klopften sanft gegen die Rippen. Karl war dieses Klopfen, das dem Psychologen lediglich zur Konzentration diente, sehr wohl bekannt, darum schenkte er dem gleichmäßigen Zucken der schmalen Finger keine Beachtung.

„Die Theorie, die besagt, dass die Mörder zum Tatort zurückkehren oder der Zeremonie der Beisetzung beiwohnen, halten viele für suspekt und für nicht ausreichend bewiesen, ich jedoch möchte das nicht ganz ausschließen. Darum würde ich vorschlagen, dass ihr bei der morgigen Pressekonferenz folgendes verkündet: Hanna Arnold ist ihren Verletzungen erlegen. Sie starb, ohne der Polizei etwas über ihren Mörder verraten zu haben. Diese Menschen, die sich an Kindern vergehen, sind oft zu schwach im Geiste und meistens sind es notorische Lügner, die sich bei ihren Aussagen öfter in Widersprüche verstricken. Hanna ist unser Ass im Ärmel. Wir sehen uns morgen Und bitte nennt nicht ihren Namen, benutzt das einfache Wort ‚Mädchen'", sagte er dann immer noch in gedämpftem Ton und bewegte sich Richtung Kaffeeautomat zu der Frau in Polizeiuniform.

Die Worte geisterten in einer Endlosschleife durch Karls Kopf. „Mädchen", flüsterte er. Wo nimmt dieser Doktor all diese Einfälle nur her?, überlegte er und ging zum Parkplatz.

#25

Saskia kramte in ihrer Hosentasche und fingerte nach einer Münze, die in dem letzten Eck ihrer Hosentasche stecken blieb. Sie zuckte zusammen, als plötzlich eine angenehme Männerstimme hinter ihr fragte: „Darf ich Ihnen einen Kaffee spendieren?“ Sie fuhr herum, die rechte Hand steckte immer noch in ihrer Hose. Vor ihr stand ein großgewachsener Mann mit sympathischen Gesichtszügen. Seine grauen Augen waren freundlich, dennoch schienen sie durch sie hindurchschauen zu können. Die beinahe perfekte Symmetrie seines Antlitzes verlieh ihm etwas Unnatürliches. Auch die grau melierten Schläfen machten ihn noch interessanter. Sein sonst dunkles Haar war akkurat frisiert. Sein Parfüm roch dezent nach Moschus und war etwas herb, aber nicht unangenehm. Seine Hand knetete an einem roten Ball, und seinem linken Zeigefinger fehlte die Kuppe samt Nagel. Jeder von uns hat einen Makel, dachte Saskia und lächelte den Fremden zurückhaltend an.

„Ich bin leider in festen Händen“, entgegnete sie dann und zeigte dem Mann ihren Ehering.

„Und das hier“, er tippte sich leicht an die Schläfe, „haben Sie hoffentlich nicht Ihrem Herzblatt zu verdanken.“

Saskia begriff zuerst nicht, was der Mann von ihr wollte. Dann dämmerte es ihr, und sie gab ein leises Prusten von sich. „Nein, es war ein junger Mann, der mir eins übergebraten hat, weil ich ihn dabei gestört habe, wie er eine Tüte Puderzucker verhökern wollte“, entgegnete Saskia und strahlte über beide Ohren, weil sie endlich die verdammte Münze zwischen ihren Fingern hielt, doch dann verschwand ihr Lächeln und machte einem Ausdruck der Enttäuschung Platz, es waren nur zehn Cent.

„Darf ich Sie trotzdem auf einen Instantkaffee einladen?“, lächelte Johannes Hornoff und machte einen kleinen Schritt auf den Automaten zu.

Saskia zuckte die Schultern und atmete laut aus. Eine Regung, die zu wenig über ihren Gefühlszustand preisgab, aber so viel, dass sie nicht gänzlich abgeneigt war, sich auf ein Gespräch einzulassen, stellte Doktor Hornoff fest und warf mehrere Münzen in den Schlitz.

„Sie haben freie Wahl“, sagte er immer noch lächelnd und trat einen Schritt zur Seite.

„Was verschafft mir die Ehre? Und bilden Sie sich nicht zu viel ein, auch brauchen Sie nicht auf meinen Hintern zu starren, während ich nach dem Becher greife“, sprach sie mit einem frechen Glitzern in den Augen.

Johannes Hornoff kam nicht umhin, laut aufzulachen. Er mochte diesen Typ Frau. „Zurück zu Ihrer ersten Frage, mich interessiert nur eins, ich möchte zu einem Mädchen, ihr Name ist Hanna, Hanna Arnold. Die nette Dame am Empfang meinte aus einem für mich unerklärlichen Grund, Sie würden den Weg dorthin kennen. Mich interessiert auch weniger die Form Ihres Pos als Ihr geistiger Zustand“, fügte er lächelnd hinzu und warf noch eine Münze hinein, die klimpernd im Schlitz verschwand. Er drückte auf einen Knopf und sah die Frau fragend an, direkt in die Augen. Immerhin konnte er mit dieser Bemerkung der Polizistin ein weiteres Lächeln entlocken.

„Ich bin für die nächsten Tage krankgeschrieben, worüber sich mein Mann sicherlich freuen wird, doch weniger über den Grund meiner Beurlaubung." Saskia nippte an ihrem Cappuccino und sah ihr Gegenüber über den Rand des Bechers an. „Sie haben sich gar nicht vorgestellt, vielleicht sind Sie ein Psychopath und wollen dem Mädchen etwas Böses." Ihre Worte klangen nicht wirklich anmaßend, und dennoch lag da eine gewisse Schärfe drin. „Heutzutage kann man nie wissen."

Johannes' Finger hielten abrupt inne, er hielt die Hand zu einer Faust geballt, darin verbarg sich der rote Ball. Er ließ den Ball in der Tasche seines Zweiteilers verschwinden. Wie ein Taschentrickspieler hielt er dann stattdessen eine Visitenkarte zwischen den Fingern.

„Das war nur ein Scherz", sagte Saskia und signalisierte mit einer flüchtigen Handbewegung, dass er die Karte wieder einstecken konnte. „Ich kenne Sie, zwar nicht persönlich, aber ich habe zwei Ihrer Bücher gelesen. Ich muss gestehen, ein Bücherwurm bin ich nicht und musste viele Ihrer Begriffe erst googeln."

„Und wie darf ich Sie nennen?", wollte Johannes wissen und nahm einen kleinen Schluck von seinem schwarzen Kaffee, der zu bitter schmeckte.

„Saskia Kirschmann."

„Also, Frau Kirschmann, wollen Sie mir vielleicht den Weg zu Hannas Zimmer zeigen, ich laufe auch gern neben Ihnen, damit mir der Anblick auf Ihren wohlgeformten Hintern über die ganze Strecke verwehrt bleiben kann."

Die Polizistin lief jetzt doch rot an.

„Auf der Akademie und bei der Polizei muss Frau eben mit harten Bandagen kämpfen. Manche Männer sind wie wilde Tiere, man kann sie nur mit einem Stock von sich fernhalten“, sagte Saskia. Die Flecken der Schamesröte auf ihrem Gesicht wurden einen Deut dunkler.

„Kann ich gut verstehen. Ich bin ein abgerichtetes Tier. Ich bin auch sehr glücklich verheiratet, und meine Frau hat einen nicht weniger sexy Hintern, und glauben Sie mir, auch sie weiß sich zu wehren, dafür braucht sie nicht einmal einen Stock.“ Nun mussten beide lachen. Gemeinsam liefen sie zu den Aufzügen.

„Tut mir leid, aber damit fahre ich nicht.“

Saskia sah den Psychologen prüfend an. „Platzangst?“

„Nein, doch“, gab er ehrlich zu, weil er sie nicht anlügen wollte. Er ließ den halbvollen Becher im Mülleimer verschwinden. Der Kaffee schmeckte ihm nicht. Auch Saskia rümpfte die Nase und warf ihren Becher hinterher.

„Ich fürchte mich vor Spinnen.“ Sie streckte ihren rechten Arm aus und zog den Hemdsärmel hoch. „Selbst dann, wenn ich nur an die Viecher denken muss, bekomme ich eine Gänsehaut“, vertraute sie ihm ihr Geheimnis an. Tatsächlich sah Johannes Hornoff, wie sich die feinen Härchen aufstellten und ihre helle Haut sich zusammenzog.

„Sie haben auch Angst davor, allein zu sein und davor, nicht geliebt zu werden“, flüsterte er.

Schnell streifte sie den Stoff über ihre Haut. „Wie kommen Sie darauf?“ Ihre Stimme klang zum ersten Mal unsicher.

„Die weißen Streifen auf Ihrem Arm. Sie haben sich früher geritzt. Ihr Ehemann hat Sie davor bewahrt, dass Sie Ihrem Leben ein Ende setzen. Habe ich recht? Er hat sie aufgefangen. Sie beide kennen sich bestimmt schon eine gefühlte Ewigkeit. Sie sind vernarrt in ihn." Der letzte Satz klang wie eine Feststellung.

Sie senkte den Blick und nickte kaum merklich.

„Aber hat nicht jeder von uns seine Lasten zu tragen? Ich habe zwar einen Führerschein, aber der Lappen nutzt mir nicht wirklich viel", sprach Doktor Hornoff mit heiterer Stimme und lenkte somit Saskias Aufmerksamkeit ganz auf sich. So konnte die Polizistin die unschönen Gedanken wieder von sich schieben. Ein fröhlicher Glanz tauchte in ihren Augen auf. Sie lief neben dem Psychologen die Treppen hoch und lauschte interessiert seinen Worten. „Ich kann mich in einer Großstadt mit all den Autos auf den Straßen nicht zurechtfinden. Da verliere ich einfach den Überblick und gerate in Panik, darum lasse ich mich meist von jemandem von A nach B kutschieren."

„Wie konnten Sie dann die Prüfung bestehen?"

„Wie gesagt, auf dem Land oder in einer Siedlung, in der noch Menschen leben und keine Zombies, die auf Zeit programmiert wurden und stets darauf erpicht sind, einen über den Haufen zu fahren, da geht es lustigerweise."

„Ich dachte immer, Psychiater ..."

„Ich bin Psychologe", unterbrach Johannes Hornoff sie, „ich bin noch gefährlicher als die Kollegen aus der Psychiatrie, ich brauche keine Tabletten, um meinen Patienten den Kopf zu verdrehen und sie neu zu programmieren", scherzte er und steckte seine Hand erneut in die Tasche seines Jacketts, dort, wo er seinen Ball fand. Er knetete wieder den weichen Stoff. Sie liefen jetzt einen langen Korridor entlang, der nicht sonderlich hell erleuchtet war. Die klaustrophobischen

Angstzustände trieben dem Doktor winzige Schweißperlen auf die Stirn. Irgendwo ging eine Tür auf. Gedämpfte Stimmen und das leise Piepen von Geräten drangen an Johannes Hornoffs Ohren. Ein leiser Windhauch streifte seinen nassgeschwitzten Nacken und ließ ihn frösteln.

„Ich hatte früher als Kind Angst vor Geistern, nachdem meine Mama gestorben ist, erschien sie mir immer im Schlaf. Doch sie war alles andere als gütig. Ihr Geist, oder das, was damals meiner kindlichen Phantasie entsprang, versuchte mich zu erwürgen und mir die Luft abzuschnüren“, flüsterte Saskia. „Warum zittert eigentlich unsere Stimme, wenn wir Angst haben?“, fragte Saskia immer noch leise. Ihre Schritte hallten von den weißen Wänden wider und verliehen der Atmosphäre etwas Unheimliches. Das kindliche Weinen mehrerer Kehlen schwängerte die Luft und brachte sie zum Vibrieren.

„Bei negativen Erinnerungen vergrößert sich der Resonanzkörper, darum zittert unsere Stimme und wird tiefer. Wenn ich jemanden beim Reden zuhöre, ist es ungefähr so, als würde ich in einen Spiegel schauen, die Augen sind wie ein Fenster, durch welches man einem Menschen in die Seele schauen kann, aber die Stimme, sie reflektiert unseren Gemütszustand.“

„Sie sind ein interessanter Erzähler, und darum sind wir auf dem falschen Stock gelandet, wir müssen eigentlich eine Etage höher“, gab Saskia ihren Fauxpas mit gedämpfter Stimme zu und verzog ihren Mund zu einem entschuldigenden Lächeln.

„Passiert mir auch oft", log der Professor und machte auf der Stelle kehrt. In ihr Gespräch vertieft, liefen sie den ganzen Weg zurück bis zu den Treppen.

#26

Karl stieg aus seinem Wagen. Er hatte das Taxi nur um einen Steinwurf verpasst.

Rein zufällig lag tatsächlich ein Stein direkt vor seinem Fuß. Karl hob ihn auf, wog das Wurfgeschoß abschätzend in der Hand und ließ es wieder auf den Boden fallen. Nicht, dass er damit dem Taxifahrer den Kopf einschlagen wollte, dennoch juckte es ihn in den Fingern, mit der scharfen Kante über den hellen Lack zu fahren, damit der Kerl das nächste Mal besser aufpasste, wenn er in der Schritttempo-Zone schneller als das erlaubte Schneckentempo fuhr. Dann sah er, wie das Taxi wendete und auf ihn zufuhr. Um erneut nach dem Stein zu greifen, blieb dem Polizeihauptkommissar keine Zeit. Der Wagen wurde immer schneller. Karl überlegte nicht lange und versperrte dem Mann den Weg. Er ignorierte das Hupen und das mehrmalige Aufflackern der Scheinwerfer. Karls Augen wurden zu schmalen Schlitzen, und er grinste verschwörerisch. Der Mann kam ihm gelegen, weil Karl jetzt unbedingt jemanden brauchte, an dem er seine angestaute Wut auslassen konnte. Karl blieb wie angewurzelt stehen, so lange, bis der Taxifahrer die Handbremse anzog und ihn aus dem Seitenfenster böse anstarrte. Karl lief gemächlichen Schrittes auf den Mann zu und lupfte den Zipfel seiner Lederjacke, sodass der Taxifahrer die schwarze Pistole in dem Holster sehr gut sehen konnte. Die Gesichtszüge des Mannes entgleisten, die Hautfarbe verblasste, das Rot des Zorns wurde zu einem gräulichen Weiß der Panik.

„Seit wann haben es die Taxen so eilig, dass sie unschuldigen Passanten vor dem Krankenhaus über die Füße fahren dürfen? Ich bin Polizeihauptkommissar Breuer.“ Karl streckte dem Mann seinen Ausweis hin und steckte das Kärtchen wieder in die Hosentasche.

Der Taxifahrer schluckte und hob den Blick.

„Was ist, hat es Ihnen die Sprache verschlagen, oder sind Sie taubstumm?“

Der Mann schüttelte entgeistert den Kopf.

„Wie heißen Sie, und warum steht keine Telefonnummer auf Ihrem Auto?“ Karl war immer launisch, jedoch konsequent, auf Kompromisse ging er nur ungern ein, er war eben ein Sturkopf.

„Benninger mein Name.“ Der Mann griff in die Innentasche seiner Jeansjacke und wies sich aus.

Ein nachdenkliches „Hm“ entrang sich Karls Kehle.

„Mein Wagen ist in der Werkstatt, und dieser wurde frisch lackiert, die Aufkleber waren falsch zugeschnitten, wir warten auf Ersatz. Ich bin neu und habe mich hier ein wenig verfahren. Wenn ich mich erneut verspäte, bin ich den Job los.“ Er warf einen hastigen Blick auf das Armaturenbrett.

Unter der Windschutzscheibe lag ein Schnellhefter.

„Ich bin wirklich knapp in der Zeit“, sagte der Mann hinter dem Steuer flehend und strich mit der rechten Hand über das Lenkrad.

„Kennen Sie Frau Giebel persönlich?“, wechselte Karl das Thema. Die Frage kam so unerwartet, dass der Taxifahrer einen Lidschlag lang nichts zu begreifen schien. Karl warf ihm einen ermahnenden Blick zu und legte seine rechte Pranke auf das Dach. Seine Finger trommelten auf das kühle Blech. Karl stand leicht nach vorne gebeugt da und starrte den Mann abschätzig an.

„Nein, sie hat ein Taxi gerufen, ich war derjenige, der sie abholen sollte. Warum fragen Sie mich das? Ist das etwa ein Verhör?“ Die Stimme des Mannes wurde wieder fester.

Karl presste die Lippen zu einem schmalen Schlitz zusammen. „Wenn ich Sie zu einem Gespräch vorladen wollen würde, da müsste ich ein Motiv haben, welches dieses Vorhaben begründet. Sie haben doch nichts auf dem Kerbholz?“

Der Mann wackelte vehement mit dem Kopf.

Für die Annahme, dass es sich um einen männlichen Täter handelte, hatte Karl mehr als einen Grund, daher kam jeder Kerl in Betracht und musste unter die Lupe genommen werden. Dieser hier war schmächtig und lang. Eine runde Brille auf der Nase und das Durcheinander auf dem Kopf aus dunkelbraunem Haar waren alles Anzeichen für einen Studenten, der nur Zeit für sein Studium hatte.

„Was studieren Sie?“, fragte Karl und richtete sich auf, den Blick hielt er auf den Schnellhefter gerichtet.

„Biochemie. Ich möchte die Grundlagen erforschen, die auf der molekularen Ebene basieren ...“

„Ist gut“, fiel Karl ihm ins Wort, zündete sich eine Zigarette an und winkte dem Mann zum Abschied. „Und halten Sie sich in Zukunft ja an die Verkehrsregeln. Diese Dinger da am Straßenrand nennt man Schilder.“ Karl deutete auf ein umgedrehtes Dreieck.

Das Taxi setzte sich langsam in Bewegung. Die rotierenden Räder verursachten ein knirschendes

Geräusch, während der Wagen langsam an Karl vorbeirollte.

Der Polizeihauptkommissar machte einen tiefen Zug, sah dem Wagen nach und konzentrierte sich wieder auf sein Vorhaben. Strammen Schrittes lief er auf ein Haus mit mehreren Wohnparteien zu. Er fand den Namen neben einem der Knöpfe und drückte darauf. Während er wartete, bis Frau Giebel ihm öffnete, sinnierte er über das nach, was er bisher herausgefunden hatte. Sie hatten eine Leiche und einen manipulierten Tatort. Der Mörder wollte die Polizei glauben lassen, dass er womöglich nicht allein agiert hatte. Alles sollte auf einen Raubmord hindeuten, hätte der Mörder die Tür nicht versehentlich abgeschlossen, könnte man ja davon ausgehen, dass ein bewaffneter Mann Ursula Giebel überfallen hatte und über den Balkon geflüchtet war, doch warum hatte er den Teppich ausgetauscht? Da passte so vieles nicht zusammen. Ursula Giebel verstarb infolge Erstickens. Das Verengen der Atemwege dauerte mehrere Minuten lang. Sie starb auf eine unnatürliche Art, trotz der tiefen Einstiche war sie nicht tödlich verletzt worden und hätte beim rechtzeitigen Eintreffen der Einsatzkräfte womöglich gerettet werden können, hatte Doktor Braunschweig geschlussfolgert.

Ein atmosphärisches Rauschen und ein mechanisches Klimpern rissen Karl aus seinen Gedanken. „Frau Giebel, hier ist Hauptkommissar Breuer, ich möchte Ihnen ein paar Fragen bezüglich des tragischen Vorfalls stellen. Können Sie mich bitte rein lassen? Das soll kein Gespräch zwischen Tür und Angel werden. Auch haben Sie sich ... Hallo?"

Nichts. Hatte er sich etwa getäuscht? Karl griff in seine Hosentasche und nahm einen der Schlüssel zwischen Daumen und Zeigefinger, dann klopfte er mehrmals gegen die Sprechanlage. Am anderen Ende ertönte ein Rascheln. „Ich weiß, dass Sie mir zuhören, Frau Giebel. Soll ich Sie vielleicht zu einem Gespräch vorladen? Dann werden Sie aber mit aufs Präsidium fahren müssen. Mit Tatütata und lustigen Lichtern auf dem Dach, das verspreche ich Ihnen. Die Nachbarn wird es bestimmt freuen." Endlich erklang das Knattern des Türöffners. Karl drückte die massive Tür auf. „Welcher Stock?", rief er und erschrak selbst über die Lautstärke seiner Stimme.

„Drücken Sie auf die Vier", lautete die knappe Antwort.

Kommissar Breuer warf die glühende Zigarette auf die Straße, der Stummel landete in einer Pfütze und ging zischend aus. Karl lief ins Haus. Das Treppenhaus roch nach frischer Farbe. Ein Schild warnte die Hausbewohner und deren Besucher davor, den rot gestrichenen Handlauf anzufassen, was Breuer ja auch nicht vorhatte. Er blickte sich nur kurz um und fand den Aufzug auf der rechten Seite. Als die Türen mit einem leisen Pling aufgingen, musste er einen Augenblick lang warten, bis eine ältere Dame mit ihrem Rollator und einem hässlichen Kläffer die kleine Kabine verließ. Der Hund knurrte und humpelte hinter der alten Frau her. Die Seniorin beachtete Karl nicht.

„Guten Tag", begrüßte er sie dennoch.

Der Rollator blieb stehen. Der Wadenbeißer stand zittrig auf seinen dünnen Beinchen und winselte jetzt. Wie in Zeitlupe drehte sich das graumelierte Haupt. Eine durchsichtige Haube, die das wenige Haar vor Regen schützen sollte, war unter dem schwabbeligen Kinn festgebunden. Karl musste dabei an eine Kröte denken. Der zahnlose Mund glänzte feucht. Die Dame schenkte Karl einen Du-kannst-mich-mal-Blick und setzte sich wieder in Bewegung. Karl schüttelte mit einem zynischen Lächeln den Kopf und stieg in den Lift. Dann drückte er auf die Taste mit der Zahl ‚vier' und lehnte den Hinterkopf gegen das graue Blech. Mit einem Ruckeln setzte sich der Aufzug in Bewegung.

#27

Doktor Hornoff achtete auf jedes Zucken, auf jede Bewegung und jede Geste des eingeschüchterten Kindes, um rechtzeitig zu erfassen, wann Hanna auf ihre Fantasien und wann sie tatsächlich auf die Erinnerungen zurückgriff. Hanna saß auf dem Schoß ihrer Mutter. Der Psychologe saß den beiden gegenüber. Auf dem Tisch, an dessen Kante seine Unterarme ruhten, lagen ein Malblock, bunte Stifte und mehrere lose weiße Blätter.

Hanna hielt einen blauen Stift und malte dem Rotkäppchen das Kleid aus. „Nur die Kappe muss rot sein", informierte sie die stummen Zuschauer und streckte beim Ausmalen ihre Zungenspitze heraus. Auf die Fragen, die ihr Doktor Hornoff gestellt hatte, gab sie nur kurze, sehr verschwommene Antworten.

Saskia hatte sich mit dem Rücken an den Fenstersims gelehnt und beobachtete die Szenerie. Sie war schon immer davon fasziniert, wie manche Menschen nur mit Worten einem anderen Geheimnisse entlocken konnten, die der Befragte eigentlich nicht preisgeben konnte oder gar wollte. Saskia behielt auch den Vater im Auge. Sein unsteter Blick und das Zucken der Kiefermuskeln, die hinter seinen unrasierten Wangen zu pochen schienen, waren ein deutliches Zeichen für seine Nervosität. Sein Teint war von einem aschgrauen Ton. Die Augen angeschwollen, nicht, weil er geweint hatte, sondern zu viel getrunken, und zwar etwas Hochprozentiges. Aus seinem Mund riecht es strenger nach Spiritus als aus der Desinfektionsflasche, dachte Saskia und zog unwillkürlich ihre Nase kraus. Darum war sie hiergeblieben und hatte dem Kind unten im Kiosk etwas zum Malen besorgt. Die Dame am Empfang hatte ihr zehn leere Blätter gegeben.

„Ist blau deine Lieblingsfarbe?“, erklang die angenehme Stimme des Doktors und zog Saskias Blick wieder auf den kleinen Tisch.

Hanna zuckte die Schultern, neigte den Kopf zur Seite und senkte ihren Oberkörper noch tiefer, sodass ihre Nasenspitze beinahe das Malbuch berührte.

Doktor Hornoff verschränkte die Finger ineinander, um so sein Zucken zu unterdrücken.

Das Mädchen ignorierte die Frage. Ein deutliches Zeichen für Distanzierung, wusste er, und sagte: „Das Rotkäppchen war ein tapferes Mädchen. Sie hatte keine Angst vor dem Wolf.“

„Das Rotkäppchen war dumm, sie hat mit einem Fremden geredet und wurde von ihm gefressen. Wenn der Jäger sie nicht gerettet hätte, wäre sie tot“, sagte Hanna, ohne den Kopf zu heben.

„Magst du dieses Märchen nicht?“

Schweigen.

„Würdest du mit einem Fremden reden, auch wenn Mama und Papa dir das nicht wirklich verboten haben?“, wollte der Psychologe wissen und ließ dem Mädchen Zeit zum Überlegen. Der Stift verharrte auf der Stelle. Die kleinen Finger wurden zuerst an den Spitzen rot, dann weiß.

Hanna schwieg. Die ohrenbetäubende Stille war erdrückend.

Ein leises Klacken durchbrach die unangenehme Ruhe. Ein Stück der blauen Mine brach ab und hinterließ einen kleinen Strich. „Ist es schlimm, Mama, wenn ich über den Rand gemalt habe?“, fragte Hanna ihre Mutter und hob den Kopf. Iris Arnold strich ihrer Tochter über das Haar und unterdrückte nur mit Mühe die Tränen.

„Nein, mein Schätzchen, wenn du willst, kaufe ich dir ein neues Malbuch und tausend Stifte.“ Das kleine Kinn der Frau zitterte, genauso wie ihre vom vielen Weinen rau gewordene Stimme, die jeglichen Glanz verloren hatte und dennoch voller Wärme war. Iris tupfte sich die Augen ab. Ein tiefer Schatten liegt auf ihrem Gesicht, sie macht sich immer noch Vorwürfe, stellte Johannes Hornoff fest und konzentrierte sich auf das Mädchen.

„Aber der Wolf war sehr gemein, meinst du nicht? Rotkäppchen war nur sehr nett, sie konnte ja nicht wissen, dass der Mann sie anlog.“ Der Psychiater baute eine Brücke auf und ging vom Märchen zur Realität über, dabei ersetzte er erfundene Figuren durch reale Menschen, peu à peu. Das linke Augenlid des Mädchens zuckte. Eine unscheinbare Mikroexpression, die dem Doktor nicht entgangen war.

„Er sagte, er möchte ihr ...“ Hanna schwieg wieder.

„Hat er mit einer falschen Stimme geredet?“

„Er war eigentlich ganz nett“, fuhr Hanna nach kurzem Zögern fort.

Johannes Hornoff schwieg wieder. Ein vages Gefühl der Hoffnung breitete sich in ihm aus.

„Ich möchte ein anderes Bild ausmalen“, sagte Hanna dann schnell. „Darf ich, Mama?“, fragte sie mit scheuem Blick, hob erneut den Kopf und blätterte um, nachdem ihre Mutter zustimmend genickt hatte.

„Magst du Tiere, Hanna?“, gab der Doktor nicht auf.

„Ich mag Hunde, aber keine Katzen.“

Der Psychologe ließ diesen Satz in der Luft hängen, ohne näher darauf einzugehen.

„Soll ich dir ein Geheimnis verraten? Aber das muss unter uns bleiben“, flüsterte er in verschwörerischem Ton. „Das dürfen aber nur du und deine Mama wissen, niemand sonst, weil es mir sonst peinlich ist“, fügte er kaum hörbar hinzu.

Hanna hob endlich den Blick. In ihren Augen glomm ein Funkeln.

„Meine Nichte, sie heißt Cristina, sie nennt mich Onkel Joghurt“, Johannes Hornoff verzog seinen Mund zu einem scheuen Lächeln, „und sie findet es sogar lustig.“

In Hannas Blick wurde das Funkeln heller. Er war auf dem richtigen Weg, freute sich der Psychologe. „Und sie hat einen Hund, er heißt Flummi, ein lustiger Name, findest du nicht?“

Hanna nickte.

„Magst du ihn sehen? Ich habe da ein Foto, aber er ist so klein, vielleicht wirst du ihn auf dem Bild gar nicht erkennen“, sagte er schnell und zog sein Portemonnaie aus dem Jackett. Er breitete mehrere Fotografien auf der Tischplatte aus, die er eigens für dieses Gespräch ausgesucht hatte. Er wollte zu Hannas Verbündetem werden.

„Nun reicht es aber für heute“, mischte sich der Vater ein, stand auf und stellte sich vor Johannes auf. Hanna kroch in ihr Schneckenhaus zurück und begann hastig, auf dem schwarz-weißen Blatt Papier das Knusperhäuschen auszumalen.

„Bitte, das ist sehr wichtig“, sagte Johannes Hornoff und bemühte sich um Diskretion, doch der Mann war zu betrunken, um den Ernst der Lage zu begreifen, oder er wollte es gar nicht. Sein Blick war lodernd, er war der Typ Mensch, der alles kontrollieren wollte, mutmaßte der Psychologe. Der nächste Satz, der zwischen den Lippen des Mannes ausgespuckt wurde, bestätigte ihm das. „Ich möchte nicht, dass Sie mein Kind manipulieren. Ich sage, wann und wo Sie mit Hanna sprechen dürfen, und ich sage auch, wann Sie damit aufhören müssen.“

Sven Arnold gierte nach vollkommener Kontrolle. „Hanna und meine Frau sind meine Familie. Schauen Sie: Hanna hat Angst. Sehen Sie nicht, wie das Kind leidet? Ich selbst werde sie dazu befragen, und nur dann, wenn ich es für richtig halte.“

Er war ein Narzisst. Das charakteropathische Profil dieses Typus wird von emotionaler Labilität und Infantilität geprägt. Diese Menschen sind egozentrisch und egoistisch, auf sich fixiert und wollen alles selbst kontrollieren. Nicht selten leiden sie unter Minderwertigkeitskomplexen. All das schloss Doktor Hornoff allein aus diesem Auftreten, selbst jetzt dachte er in erster Linie zuerst an sich.

Eine Bitte klang für diesen Schlag Mensch wie die Aufforderung zu einer Beleidigung.

„Wenn Sie sich nicht beruhigen, werde ich Sie wegen Trunkenheit am Steuer festnehmen lassen. Frau Kirschmann ist immer noch im Dienst.“ Doktor Hornoff deutete auf die Polizistin, die sich von der Fensterbank löste und einen Schritt auf den Mann zutrat.

„Ich bin gar nicht gefahren.“

„Doch, sind Sie, weil Sie sich nicht von einem Taxifahrer herbringen lassen wollten“, bluffte der Professor und spielte mit verdeckten Karten. „Ihr dissoziales Verhalten ist nicht unbedingt förderlich.“

Sein Gegenüber runzelte die Stirn.

„Sie benehmen sich wie ein bockiges Kind.“ Johannes Hornoff sprach immer noch freundlich. „Basiert Ihr Auftreten auf einem Versagenserlebnis, liegt es daran, dass Sie Ihr Kind vor dieser schrecklichen Tat nicht schützen konnten? Aber das kann niemand von uns. Ihr Konfliktpotential dürfen Sie nicht gegen mich richten, ich will Ihnen helfen, sonst wird unser Gespräch in einer destruktiven Auseinandersetzung münden, in der einer von uns garantiert den Kürzeren ziehen wird. Ich verliere ungern, Herr Arnold.“ Jetzt stand der Professor auf, um seinem Gegenüber zu demonstrieren, dass er ihn nicht nur mental um mehr als eine Handbreite überragte.

„Ich werde morgen nochmal kommen. Ich würde gern Ihrer Tochter den Hund vorstellen. Wir treffen uns um …“, Doktor Hornoff warf einen kurzen Blick auf den Chronographen und sagte dann: „Um zwölf Uhr, wenn es Ihnen genehm ist, Herr Arnold?“

„Von mir aus. Wir sind gar nicht verheiratet, meine Frau und ich, das verschlägt jedem die Sprache.“ Er grinste maliziös. „Sie fragen sich bestimmt, warum wir dann den gleichen Familiennamen haben, habe ich recht? Und nein, ich bin kein perverses Schwein und habe meine eigene Schwester zur Frau genommen“, sagte er kaum hörbar.

„Nein, Sie heißen eigentlich Svensow, aber der Name gefiel Ihnen nicht, und Arnold auch nicht, weil Sie ständig ob Ihrer schmächtigen Statur gehänselt wurden, wegen

Arnie, nehme ich an. Ihren Nachnamen konnte kein Mitschüler richtig aussprechen, also entschieden Sie sich, dass Sie Sven heißen wollten, ein Spitzname sozusagen. Ich habe meine Hausaufgaben gemacht, bevor ich aufgebrochen bin. Das mache ich immer. Und dann: Tadaa", Doktor Hornoff hob die Hände zur Decke, „Sie haben eine Frau kennengelernt, wie das Schicksal es wollte, die den Nachnamen Arnold trug, und sahen es als ein höheres Zeichen, mit ihr etwas anzufangen. Sie haben auch überlegt, ihren Namen zu übernehmen, in erster Linie für sich, und wollten dadurch dieselbe Schmach, die Sie als Kind durchlebt haben, Ihrer eigenen Tochter ersparen, aber dann erwachte wieder das Ego in Ihnen und machte Ihnen einen fetten Strich durch die Rechnung. So viel zu meiner Vermutung."

Der Mann kaute auf der Unterlippe und schwieg.

„Ich gebe zu, vieles stand in der Akte Ihres Kindes. Und der Arzt hatte nichts dagegen, gegen seine Schweigepflicht zu verstoßen", beruhigte Johannes Hornoff den verdutzten Mann. „Also dann, wir sehen uns morgen in alter Frische", wiederholte sich der Doktor und lächelte Hanna zu.

„Aber hier sind Hunde nicht erlaubt", sprach Frau Arnold in gedämpftem Ton.

„Darum möchte ich Sie unten im Park treffen. Ich bringe vielleicht noch einen zweiten Hund mit, er ist der beste Freund von Flummi."

Mit diesem Satz bewegte sich Doktor Hornoff zur Tür.

Saskia folgte dem Professor und kam nicht wirklich aus dem Staunen heraus, wie geschickt er den aufgebrachten Mann manipuliert und zurück auf den Teppich geholt hatte. „Ich bringe Sie nach Hause, Doktor

Hornoff", bot sie ihm an, ohne zu wissen, warum. Hat er nicht auch mich zu seinen Gunsten manipuliert?, schoss ihr der Gedanke durch den Kopf, erst jetzt fiel ihr wieder ein, dass sie einen Verband trug und ihr noch ein ernstes Gespräch mit Thorsten bevorstand. Auf der Fahrt würde sie ein paar Ratschläge erfragen. Vielleicht konnte sie dieser Doktor vor einem Familienstreit bewahren. „Auf Wiedersehen, Hanna." Sie winkte dem Mädchen freundlich zu und bedachte auch die Eltern mit einem flüchtigen Lächeln.

„Kommst du morgen auch?", schrie das Mädchen beinahe ängstlich.

„Aber selbstverständlich", sagte sie.

„Dann können Sie mich ja auch von Zuhause abholen", packte der Professor die Gelegenheit beim Schopf und trat aus dem Zimmer.

Saskia und der Professor liefen schweigend den Flur entlang. „Woher haben Sie das alles gewusst?", sprudelte die Frage aus ihr heraus. Der Professor schien damit gerechnet zu haben, denn die Antwort kam prompt: „Ausgeprägte Beobachtungsgabe, Intuition und ein Blick in die Krankenakte. Herr Svensow ist als Kind psychologisch betreut worden - von einem Spezialisten. Sie dürfen dreimal raten, ob ich mit diesem Psychiater befreundet bin, der den Mann in seiner schwierigsten Phase begleitet und ihm dabei geholfen hat, darüber hinauszuwachsen."

Saskia schüttelte über diesen langen Satz und die Art, wie er sie in kürzester Zeit zu einer Komplizin gemacht hatte, nur den Kopf und lächelte tonlos. „Darum sind Sie aus dem Zimmer gegangen, weil Sie angeblich etwas vergessen hatten, nachdem sich der Vater mit seinem richtigen Nachnamen vorgestellt hat?"

„Diesen Namen kann ich zwar nicht richtig aussprechen, aber ich werde den auch niemals vergessen. Und Herr Svensow ... Hannas Vater, hat sich selbst verraten, indem er den Namen meines guten Kollegen erwähnte und in das Gespräch eingeflochten hat."

Dieser Mann war wirklich unberechenbar gut. „Ich rufe am besten Doktor Steinberg, unseren Psychiater", sagte Saskia mit affektierter Stimme.

„Aber das bleibt unter uns. Die Familie steckt in finanziellen und anderen Schwierigkeiten, die ich hier nicht näher erläutern möchte, ich sage nur so viel, mein Bekannter hat wieder eine Mappe angelegt mit dem Namen Arnold Svensow. Doch wenn Sie gedenken, mich zu verpfeifen, werde ich Ihrem Gatten einen ausführlichen Bericht darüber erstatten, wie Sie einem bewaffneten Mann Paroli bieten wollten und sich grundlos in Lebensgefahr gebracht haben."

„Das entspricht aber nicht der Wahrheit."

„Aber der Vorstellung Ihres Ehemannes. Die Wahrheit ist nur eine subjektive Vorstellung eines jeden Individuums. Wir glauben nur etwas zu wissen, den Rest, also alles, was nicht zu unserer Wahrheit passt, blenden wir einfach aus oder erfinden etwas Neues, was unsere Vorstellung vervollständigt. Darum diskutieren wir lieber, oder anders ausgedrückt - wir lästern eher gemeinsam, anstatt ein Problem zu lösen. Vor allem dann, wenn unser Gegenüber eine ganz andere Meinung vertritt."

„Ja, das leuchtet mir ein. Haben Sie sich Ihr profundes Wissen über die Psyche des Menschen während Ihrer Ausbildung angeeignet?“, konterte Saskia mit einem sarkastischen Satz.

Doktor Hornoff lächelte, schwieg jedoch.

„Ist Arnold suizidgefährdet oder ...“

„Nein, sein Suchtmittelmissbrauch ist polyvalent, das bedeutet, er nimmt alles, was er bekommen kann, sein Verlangen ist chronisch. Er ist auch nicht wirklich abhängig von dem, er nutzt diese kurzweilige Wirkung zum Abschalten, aber genau diese Vorstellung zieht ihn mehr in den Sumpf hinein, als dass es ihm wirklich hilft. Er konsumiert diese Droge, um auf andere Gedanken zu kommen, um die alltäglichen Probleme auszublenden. Aber das ist ein anderes Thema und unterliegt der ärztlichen Schweigepflicht.“

„Aber werden Sie deswegen nicht in Schwierigkeiten geraten, wenn es doch herauskommen sollte?“

„Die rechtlichen Grenzen sind zu komplex, der deutschen Bürokratie sei gedankt, selbst die Staatsanwaltschaft kommt nicht selten ins Schwitzen, um alles richtig einzuordnen. Hier ist der Sachverhalt ein anderer, hier geht es in erster Linie um das Wohl eines Kindes. Darum bemühe ich mich, dem Kind so schnell wie nur möglich aus der Pandora-Büchse, in die es sich verschlossen hat, herauszukommen. Sie als Mutter müssten das am besten verstehen“, beendete er das Gespräch, griff nach seinem Smartphone und begann zu tippen.

Erneut überraschte er sie mit diesem kurzen Satz und es verschlug Saskia die Sprache. In Gedanken versunken lief sie neben dem Psychologen die Treppen nach unten zu ihrem Wagen. Ich muss mit Henry sprechen, um zu erfahren, was aus diesen beiden Jugendlichen geworden ist, dachte sie und musste erneut an ihren Sohn denken.

„Ich weiß sogar, wie Ihr Sohn heißt. Lukas“, sprach der Doktor wie aus weiter Ferne. „Dürfen Sie diese Halskette überhaupt tragen?“, fügte er hinzu.

„Intuition und Beobachtungsgabe“, flüsterte sie nur mit den Lippen, berührte den kleinen Anhänger sanft mit den Fingern, versteckte ihn vorsichtig in ihrem Kragen und war immer noch sprachlos über diesen Professor Doktor Johannes Hornoff.

„Warum haben Sie mir das alles erzählt?“, wollte Saskia wissen, als sie nach draußen traten. Der Himmel war von grauen Wolken verhangen. Der Wind frischte auf und füllte ihre Lungen mit Sauerstoff.

„Hanna vertraut Ihnen, mir bleibt dabei nichts anderes übrig, als Sie mit ins Boot zu nehmen. Nur so werde ich bis zu ihr hindurchdringen können. Sie sind ein menschlicher Katalysator, von mir aus auch ein Teilchenbeschleuniger. Ich hingegen bin nur ein einfaches Antivirusprogramm, welches Hannas Gedanken durchscannt und schädliche Informationen herausfiltert. Zusammen werden wird Hanna dazu bringen, sich an Dinge zu erinnern, die sie nicht mehr zu wissen glaubt, weil ihr Verstand sich so vor einem Systemabsturz zu schützen versucht. Auch das gehört zur Wahrheit. Manchmal ist die Wahrheit doch schlimmer als eine Lüge. Jetzt will ich aber vorher einen richtigen Kaffee. Bekommen Sie keinen Ärger mit Ihrem Mann wegen dieses Turbans und der Platzwunde?“

„Ich werde ihn anlächeln und anlügen müssen“, sagte sie und zuckte die Schultern. „Der Turban kann morgen weg“, sagte sie noch.

Doktor Hornoff holte tief Luft, blieb stehen und wartete darauf, bis ihm Saskia die Richtung wies. „Ich habe auf dem großen Parkplatz geparkt. Henry, mein Partner, hat um Unterstützung gebeten, zwei halbstarke Jungs haben sich hier aufgeführt wie die Großen. Sie wurden vernommen, weil sie einen Verdächtigen zusammenschlagen haben, der Hanna angeblich entführt haben soll. Danach hat er sie für weitere Aussagen mit aufs Revier genommen."

„Auch diese Information muss ich in mein morgiges Gespräch mit einbauen. Was wissen Sie noch über den Mann?"

„Er ist obdachlos, aber wenn Sie nichts dagegen haben, kann ich Henry anrufen, er wiederum kann Ihnen bei einer Tasse Kaffee alles detailgetreu erzählen."

„Dann geht der Kaffee auf mich", sagte Johannes Hornoff, richtete den Kragen seines Jacketts auf und zog den Kopf ein. Es hatte angefangen zu tröpfeln, darum beeilten sich die beiden.

#28

Er lag in seinem Bett, das stark nach Weichspüler duftete. Seine Freundin hatte es mal wieder übertrieben. Sie lag nicht neben ihm, sondern schlief in einem anderen Zimmer, weil ihm nicht danach zumute war, mit ihr zusammen dasselbe Bett zu teilen. Er musste nachdenken. Er war wieder dort im Park gewesen, doch das Mädchen, das er dort versteckt hatte, war nicht mehr da. Das fuchste ihn ungemein. Es war bestimmt irgendein Passant mit seinem Köter, der den Leichnam entdeckt und die Polizei gerufen hatte. Seine Finger krallten sich in das Bettlaken. Blade kannte seine emotionale Verfassung. Er konnte es nicht leugnen, dass er oft aufbrausend war, dann machte seine Freundin noch auf Zicke und ließ ihn nicht ran, und das seit Wochen. Nur weil er bei ihrem ersten Mal zu schnell gekommen war. Wollte sie ihn etwa auch verlassen, so wie Ursula? Hatte sie vielleicht doch etwas mitbekommen? Für einen Augenblick rang er nach Luft, weil seine Kehle sich bei dem Gedanken zuschnürte. Das Dasein in einem tristen Gefängnis zu verbringen, das würde ihn umbringen.

Blade konnte sich sehr wohl ein fundiertes Urteil über seinen seelischen Zustand erlauben. Er war psychisch am Arsch. Seine rechte Hand rutschte von der Bettkante und ertastete die halbvolle Flasche. Er beugte sich zur Seite, hob sie sich an die Lippen und nahm einen tiefen Schluck daraus. Der warme Wodka brannte angenehm in seiner Kehle. Das komische Gefühl in seiner

Brust wollte einfach nicht verschwinden. Es dürstete ihn nach mehr. Bald, sehr bald brauchte er noch ein weiteres Kind, welches er zwischen seinen Fingern festhalten und dem er die Kehle zudrücken konnte, bis es zappelnd, röchelnd und um sich schlagend auf den Boden sank. Dieser Gedanke tröstete ihn. Blade machte einen weiteren Schluck und senkte seinen Kopf auf das weiche Kissen. Er starrte in die Schwärze. Seine Augen brannten. Er weinte stumm und versuchte sich vorzustellen, wie es wohl wäre, wenn er sich dieses Mal einen Jungen, ja einen Jungen schnappen würde. Wie fühlte sich das wohl an?, fragte er sich und schloss die Lider. Dann, wie aus dem Nichts, explodierte eine weitere Idee in seinem Kopf: Wie schmeckte eigentlich kindliches Fleisch? Sein Magen knurrte. Eine seichte Wärme breitete sich zwischen seinen Lenden aus und kroch weiter zu seinem Glied. Der Gedanke erregte ihn. Ja, ich werde das nächste Kind mit nach Hause nehmen und es mir einverleiben, dafür muss ich meine Freundin loswerden, dachte er und lächelte. Das erste Mal seit Langem konnte er wieder richtig tief einatmen, und das tat ihm gut. Ja, ich werde meine Freundin töten, danach das Kind ausbaldowern und es zu mir nach Hause nehmen. Ich werde den Jungen auf dieses Bett werfen und mich zuerst amüsieren, bis ich dieses Spiels überdrüssig werde. Genau auf diesem Bett werde ich ihn dann wie ein Tier zerlegen. Ja, das werde ich tun ...

#29

In dem großen Raum, in dem sich alle versammelt hatten, die in die beiden Fälle Ursula Giebel und Hanna Arnold involviert waren, roch es nach Kaffee, kaltem Zigarettenrauch und abgestandener Luft. Eines der Fenster stand auf Kipp und ließ die morgendliche Luft hineinströmen die sofort von mehr als einem Dutzend Lungen aufgebraucht wurde.

Der Kommissionsvorsitzende Polizeihauptkommissar Kraut stand vor einer Tafel und sprach zu den von zu wenig Schlaf und noch mehr Überstunden ausgezehrten Gesichtern. „Da wir im Moment nicht mit Sicherheit ausschließen können, dass die beiden Fälle nichts miteinander zu tun haben, wollen wir eine Sondereinheit bilden. Diese soll nach Parallelen suchen, die der Tod von Frau Giebel zu anderen ungelösten Fällen aufweist. Die Entführung des Kindes soll dabei auch in Betracht gezogen werden. Weil wir davon ausgehen, dass es sich um ein und denselben Täter oder um mehrere Personen handelt, die diese Taten verüben. Die Ergebnisse müssen dann miteinander verglichen werden, um daraus weitere Schlüsse ziehen zu können, die uns vielleicht weiterhelfen werden. Es spricht jetzt schon vieles dafür, dass die Handschrift des Mörders uns nicht gänzlich unbekannt ist. Denken wir nur an die Frau in der Badewanne und an die Rentnerin.“ Er deutete auf die Fotos, die an die Tafel gepinnt waren. Ein gedämpftes Raunen brachte die stickige Luft zum Vibrieren.

„Sie meinen also, es werden sich bestimmte Leute um beide Fälle gleichzeitig kümmern?“

„Ja, das nenne ich Intensivrecherche“, sprach Kraut zu einem Mann, der es genauer wissen wollte. Der Vorschlag, den Herr Kraut seinen Mitarbeitern beinahe feierlich unterbreitet hatte, trieb einigen von ihnen tiefe Furchen in die Stirn oder ließ ihre Blicke zu Boden sinken. Niemand wollte der Erste sein. Auch sorgte diese Information nicht gerade für Begeisterung, dennoch gab es einige wenige, die zustimmend nickten. Langsam kam Bewegung in die Menge „Er tötet eine Frau und vergeht sich danach an einem Kind, habe ich Sie richtig verstanden?“, rief eine tiefe Stimme aus der hinteren Reihe. Die Anwesenden wurden unruhig. Die Denkweise war nicht ganz verkehrt. Karl Breuer sah skeptisch in die Gesichter, konnte den Mann aber nicht ausmachen.

„Das wissen wir noch nicht, aber wenn ich mich an den letzten Fall richtig entsinne, so könnte Ihre Bemerkung zutreffen. Auch damals wurde eine Frau tot in ihrer Wohnung aufgefunden, kurz darauf fanden Passanten eine Kinderleiche in einem Waldstück. Damals ging man zuerst von einem Suizid der Frau aus, obwohl ihr Lebenspartner dies vehement bestritt. Aber noch sind das alles Vermutungen, die uns so nicht weiterbringen, wir brauchen handfeste Beweise und Spuren, die uns möglicherweise zu dem Täter führen“, beschwichtigte Polizeihauptkommissar Kraut die Beamten und hob aussöhnend die Hände. Wie Jesus vor seinen Jüngern, dachte Karl und sah zu Johannes Hornoff, der an dem einen gekippten Fenster stand und sich sachte gegen die Brust klopfte.

„Doch vorerst möchte ich Edgar, unseren forensischen Analytiker, zu Wort kommen lassen." Polizeihauptkommissar Kraut trat einen Schritt zur Seite und überließ die kleine Bühne seinem jüngeren Mitarbeiter.

Edgar lief in einer leicht gekrümmten Haltung zwischen den Stühlen hindurch und entschuldigte sich bei denjenigen, die ihm Platz machen mussten. Mit leicht geröteten Wangen stand er schließlich wie ein schüchterner Schüler vor der gesamten Klasse, um ein Gedicht vorzutragen. In seinen Händen hielt er mehrere Blätter. Er wirkte etwas nervös. Er hüstelte, wünschte allen einen guten Morgen und konzentrierte sich auf seinen Bericht. Mit fester Stimme las er die Ergebnisse aus dem umfangreichen molekularbiologischen Gutachten und präzisierte, welche Spuren an beiden Opfern und dem jeweiligen Tatort gefunden worden waren und wem man diese eventuell zuordnen konnte. Geduldig beantwortete er die meisten Zwischenrufe, ging minutiös auf jeden Satz ein und erklärte unverständliche Fachbegriffe, sodass jeder der Anwesenden die spezifischen Begriffe mehr oder minder nachvollziehen konnte.

„Wir konnten bis zum jetzigen Zeitpunkt bei keinem der Opfer ein genetisches Merkmal sicherstellen. Auch die Abstriche des Mund- wie auch des Genitalbereichs brachten uns zu keinen Ergebnissen", reagierte er ruhig und besonnen auf einen weiteren Zwischenruf. „Die DNA-Analyse dauert leider noch an. Alles, was wir haben, sind Mischspuren und Fingerabdrücke, die wir mit allen uns zur Verfügung stehenden Mitteln den dazu gehörigen Personen zuzuordnen versuchen." Edgar rollte die Blätter zu einem Zylinder zusammen, als Zeichen dafür, dass er mit seinem Statement fertig war.

#30

„Herr Breuer, haben Sie etwas hinzuzufügen?“, meldete sich Polizeihauptkommissar Kraut, der mit dem Rücken an den Türrahmen gelehnt dastand und den bulligen Polizisten fragend ansah. Karl Breuer erhob sich und nickte Edgar dankend zu. Karl ging nach vorne und sah sich die hier versammelten Kolleginnen und Kollegen ernst an. „Manchmal verhalten sich selbst die kaltschnäuzigsten Mörder wie kleine Kinder.“ Karl machte eine kleine Pause und ließ die Worte auf die Beamten einwirken. Die Atmosphäre begann vor Anspannung zu knistern. Karl holte tief Luft und legte die Finger seiner beiden Hände aneinander. Schwieg noch einen Moment und fuhr schließlich fort: „Aus Angst, für die Lieblingsvase oder einen anderen Gegenstand, welcher durch ihre Hände zu Bruch gegangen ist, Prügel zu beziehen, verstecken auch Killer ihre Leichen und hoffen, so der Strafe zu entgehen. Dieses Verhalten verdeutlicht, dass diese Kreaturen nicht wirklich vor Intelligenz strotzen, wie in diesem Fall auch. Die meisten da draußen sind davon überzeugt, dass Serientäter übernatürlich clever sind, doch der IQ der gefassten Mörder spricht eine andere Sprache. Diese falsche Annahme beruht auf Filmen aus Hollywood. Der überwiegende Teil der Killer hat einen IQ, der an Debilität grenzt. Der Mörder, nach dem wir fahnden, hat den Teppich ausgetauscht, weil er so die Spuren des Kampfes aus der Wohnung schaffen wollte. Blutspuren können jedoch nicht ohne Weiteres beseitigt werden. Lars, kannst du bitte den Projektor einschalten“, bat er seinen Partner und trat einen Schritt zur Seite. Ein greller Lichtkegel traf auf eine Leinwand, dann wurde das weiße Viereck zu einem Bild. Mehrere Augenpaare starrten auf einen bunten Teppich, der von dunkelbraunen Flecken verunziert war. „Wie Sie hier deutlich erkennen können, hat das Opfer sehr viel Blut verloren. Die Methoden der Spurensicherung haben sich weiterentwickelt, niemand schafft es, den Tatort so zu säubern, dass er dabei überhaupt keine Spuren hinterlässt. Dank der diffizilen Untersuchungsmethoden konnte unser Team einiges zutage fördern, doch leider Gottes können auch wir nicht zaubern. Diesen Teppich haben wir auf der anderen Seite der Stadt entdeckt. Hätte uns der Altkleider-Händler nicht kontaktiert, hätten wir höchstwahrscheinlich dieses Beweisstück niemals entdeckt. Das spricht dafür, dass der Täter über ein Fahrzeug verfügt, in welchem er so einen Teppich verstauen kann, ohne dabei großartig bei den Nachbarn aufzufallen.“

„Ein Mitarbeiter einer Umzugsfirma?“, rief eine weibliche Stimme dazwischen. Karl ging an die Tafel und schrieb diesen Vorschlag auf. Weitere Vorschläge folgten. „Wie Sie sehen, kommt einiges zusammen, ohne dass wir dadurch den Kreis der Verdächtigen einengen können. Das Haus ist einfach zu groß, in dem aufgrund der Fluktuationen niemandem eine verdächtige Person großartig aufgefallen ist. In unserer schnelllebigen Zeit kennen nur die wenigsten ihre Nachbarn richtig.“

„Wie ist es mit dem Ehemann?“, rief ein betagter Polizist.

„Die Kollegen konnten ihn an der niederländischen Staatsgrenze mitnehmen, er war auf dem Nachhauseweg. Herr Giebel hat ein stichfestes Alibi. Er war mit seiner neuen Freundin und einem anderen Paar in Amsterdam. Er wird heute noch zur Identifizierung der Leiche und dem anschließenden Vernehmungsgespräch vorgeladen, die Töchter haben sich bisher geweigert, ihre tote Mutter anzusehen, was in Anbetracht der Brutalität, mit der der Täter vorgegangen ist, mehr als verständlich ist." Weitere Bilder vom Tatort tauchten auf der Wand auf. Nachdem die Fotos der Leiche auf die Tafel projiziert wurden, verließen zwei der jungen Beamten fluchtartig den Raum.

„Lars, hast du etwas für uns bezüglich der Spuren auf dem Teppich?" Der Projektor wurde ausgeschaltet. Die Deckenbeleuchtung ging flackernd an und flutete den Raum in kühles Weiß.

„Wir haben Kunstfasern sicherstellen können, die wir auch auf der Kleidung des Kindes entdeckt haben. Aber die sind im Moment wenig aussagekräftig, weil wir sie nicht wirklich zuordnen können."

„Also stehen wir mit leeren Händen da?" Die Enttäuschung war nicht zu überhören, mit der der Kommissionsleiter Kraut den Satz aussprach. Die Worte klangen beinahe anmaßend und galten dem bulligen Polizisten.

Karl Breuer sagte einen Moment lang nichts.

#31

„Der Täter muss die getötete Ursula Giebel gekannt haben“, sprach Karl mit monotoner Stimme.

„Darauf würde ich nicht wetten“, konterte Kraut herausfordernd.

„Ich schon“, widersprach Doktor Hornoff, der bisher die ganze Zeit geschwiegen hatte. Stimmen wurden laut. „Wären eintausend Euro, die der Verlierer für einen guten Zweck spendet, nicht zu viel für Sie? Sie sind ein Ehrenmann und stehen zu Ihrem Wort, habe ich mir sagen lassen.“ Doktor Hornoff sprach mit einer Nonchalance in der Stimme, als würde er über das Wetter plaudern. Ein heiteres Gemurmel durchströmte den Raum. „Da ich nun mit im Team bin, möchte ich einiges klarstellen.“

„Sie stellen keine Regeln auf“, entfuhr es Polizeihauptkommissar Kraut. Rote Flecken krochen aus seinem Kragen den Hals empor und färbten sein Gesicht dunkel. Eine dicke Ader schwoll fingerdick an.

„Wie wurde das vorletzte Opfer vorgefunden? Ich vermute in einer Badewanne voll Wasser, mit aufgeschnittenen Pulsadern und einem Strick, vielleicht einem Tuch um den Hals.“

„Es war eine Wäscheleine, die oben an der Stange fixiert wurde, daher ist man zuerst von einem Suizid ausgegangen“, sagte Edgar und griff in seine Aktentasche, um kurz darauf einen Ordner herauszuholen.

„Der Täter hat diese letzte Tat abgespeichert und verfuhr nach demselben Muster, weil er sich sicher fühlt. Er behält das Schema bei, weil er seit Jahren nicht gefasst wurde, warum also das Rad neu erfinden? Doch dieses Mal ging etwas schief, er hat Frau Giebel im Affekt getötet. Ich kann mit Sicherheit sagen, dass hier Gefühle eine sehr große Rolle gespielt haben. Nur ein betrogener Mann tötet auf so eine brutale, fast schon manische Weise. Das meist viel schwächere Opfer hat keine Chance. Diese Vorgehensweise weist, wie Hauptkommissar Breuer richtig bemerkt hat, auf eine Beziehungstat hin. Die Inaugenscheinnahme könnte meine Vermutung bestätigen, ich würde aber vorher die Ergebnisse der Obduktion abwarten wollen."

„Woher haben Sie das mit dem vorletzten Opfer gewusst?", wollte Kraut wissen, der sich wieder beruhigen konnte.

„Weil der Mörder die Leiche in die Badewanne gesteckt hat. Er hat die gespeicherten Bilder in seinem Kopf abgespielt und ist dem für ihn vertrauten Szenario gefolgt."

„Warum hat er dieses Mal die Leiche mit Schmutzwäsche bedeckt?"

„Weil der Wasserhahn defekt ist. Eine der Töchter hat es uns bestätigt. Sie haben sich die letzten Monate in der Dusche gewaschen, die Reparatur der Badewanne würde ihre gesamten Ersparnisse aufbrauchen, so der Wortlaut von Emily Giebel. Sie haben vor, die Wohnung ihrer Mutter zu verkaufen." Lars Böhm strich sich das Haar hinter die Ohren und sah zu Karl. „Wir sind der Annahme, und da stimme ich Doktor Hornoff zu, dass das Opfer ihren Mörder gut gekannt hat und er sich wiederum in den Räumlichkeiten gut zurechtfand, jedoch habe er von dem kaputten Wasserhahn nichts gewusst. Was wiederum mir erlaubt, eine weitere Schlussfolgerung zu tätigen: Frau Giebel hatte eine Beziehung, von der niemand etwas wusste, auch ihre beiden Töchter nicht."

„Eine Affäre, die in einem Desaster geendet hat, weil sie ihren Liebhaber so sehr enttäuscht hat, dass er durchgedreht ist ...", schlussfolgerte der Kommissionsvorsitzende und fiel Lars einfach so ins Wort.

„Ein guter Ansatz", murmelte Karl Breuer.

„Wie lautet Ihre Forderung?", sprach Polizeihauptkommissar Kraut mit einem unterschwelligen Ton der Missbilligung, so als wolle er den Psychologen ermahnen, den Bogen seiner Geduld nicht zu überspannen.

„Ich möchte noch eine weitere Person auf meiner Seite wissen. Sie heißt Saskia Kirschmann, sie wird mir dabei helfen, zu dem kleinen Mädchen eine Beziehung des Vertrauens aufzubauen."

Polizeihauptkommissar Kraut atmete erleichtert aus. „Einverstanden. Aber das ist dann alles."

Doktor Hornoff nickte knapp und stieß sich von der Fensterbank ab. „Damit wäre ich hier fertig und möchte Sie nicht weiter aufhalten, ich habe um zwölf Uhr einen wichtigen Termin." Johannes Hornoff klopfte sich immer noch gegen die Brust. Nach außen war er die Ruhe in Person, innerlich kochte er jedoch vor Ungeduld.

„Ach, Doktor Hornoff", rief Kraut ihm hinterher, als der Psychologe nach der Türklinke griff. „Warum sollten wir die Bevölkerung glauben lassen, das Mädchen sei tot?"

„Diese Information gilt nicht den Menschen da draußen, sondern dem gesuchten Mörder." Johannes Hornoff blieb stehen. Sein Puls lief auf Hochtouren. Seine Gedanken kreisten um den Mann, den er sich entschieden hatte zu jagen. „Und noch etwas: Der Fingerabdruck, den der Täter möglicherweise auf der Innenseite des Einhebelmischers hinterlassen hat, könnte eventuell die Polizeiarbeit vorantreiben. Ich denke, Edgar hat auch daran gedacht, bei dem Wasserhahnhebel auf die Fingerabdrücke zu achten?" Johannes sah den jungen Forensiker hoffnungsvoll an und wurde enttäuscht. So etwas wie ein stolzes Lächeln huschte nicht über Edgars Mund, er sah eher zerknirscht aus, und seine so schon helle Haut wurde weiß.

„Aber falls dort welche zu finden sind, muss er nicht unbedingt in unserer Datenbank abgespeichert sein", beeilte sich Edgar und blätterte in seinem Ordner.

Johannes spürte, wie unbändiger Zorn in ihm aufwallte, weil er seine Überlegung zu vorschnell und im Beisein aller Anwesenden laut geäußert hatte. „Das mag sein, aber dieses Detail wird uns bestätigen, dass dieser Abdruck dem Täter gehören muss."

„Aber wenn er so weitermacht ..."

„Das wird er", erwiderte Johannes Hornoff und kämpfte innerlich mit sich. Alle Blicke waren nun auf ihn gerichtet, wie so oft, wenn er an den Ermittlungen teilnahm, das war ihm wie immer unangenehm. Obwohl er höchstwahrscheinlich auch dieses Mal von seiner inneren Stimme nicht im Stich gelassen wurde, so ließ seine Vermutung, die wie ein Blitz in seinem Gehirn aufgetaucht war, Edgar in einem sehr schlechten Licht erscheinen. „Aber das hatten Sie sicherlich noch vor. Das konnte ich dem gestrigen Gespräch entnehmen", beeilte sich Doktor Hornoff, seine Unachtsamkeit zu sühnen.

„Natürlich", stotterte Edgar unsicher. Seine Wangen bekamen dunkle Flecken - wie Tintenflecken auf Löschpapier.

„Ich muss jetzt wirklich los", verabschiedete sich der Psychologe mit einem einschnürenden Gefühl im Magen. Bevor er die Tür hinter sich ins Schloss fallen ließ, drehte sich Johannes Hornoff noch einmal um und sah in die Augen von Herrn Kraut. Sein Blick war eisig. „Frau Saskia Kirschmann ist bei der Streife und eigentlich bis auf Weiteres krankgeschrieben", hörte der Psychologe seine eigene Stimme.

Der Polizeihauptkommissar trat näher an die Tür, um zu vermeiden, dass ihr Gespräch von anderen mitverfolgt werden konnte. Im Inneren des Raumes dröhnte der tiefe Bass Karl Breuers. „Wir wollen jetzt etwas anschauen und euch den möglichen Tatablauf anhand eines Videos und späterer Simulation vor Augen führen. Danach werden wir zusammen überlegen, ob wir vor Ort noch etwas übersehen haben. Kommissar Lars Böhm und Edgar wollen sich natürlich jetzt sofort auf den Weg machen und das kleine Versäumnis aus dem Weg räumen. Und fragt Stiefmayer, ob er das Fass endlich voll hat." Das laute Kratzen von Stühlen über den Boden, aufgeregte Stimmen und gedämpfte Rufe hauchten der Atmosphäre etwas mehr Leben ein. Der Kommissionsleiter wurde sanft zur Seite geschoben und trat schließlich vollends in den Flur, weil Lars und Edgar etwas Wichtiges zu erledigen hatten und strammen Schrittes zu den

Aufzügen liefen. Sie wurden zum Klinkenputzen verdammt und würden bis spät in die Nacht fingierte Spuren und die, die der Täter hinterlassen haben könnte, aufnehmen und entsprechend zuordnen müssen.

„Was haben Sie noch? Mich vor der ganzen Belegschaft zu blamieren ist doch Ihr Steckenpferd, Professor, also, wir spielen mit offenen Karten“, knurrte der kleine Mann und straffte die Schultern.

Johannes Hornoff senkte die Stimme. Seine Hand klopfte nicht mehr gegen die Brust, sie steckte in der Hosentasche und knetete den roten Ball wie ein Stück Teig. „Wie Sie bemerkt haben, habe ich auf Ihrem Tisch eine kleine Mappe hinterlassen.“ Johannes Hornoff sah über die Schulter des kleineren Mannes in den Raum, denn die Tür stand immer noch einen Spalt breit offen. Kraut warf einen hastigen Blick in dieselbe Richtung. „Dort stehen die Namen von zwei jungen Männern, die den Obdachlosen Leonhard Stolz ins Koma geschlagen haben und deren Aussagen zum Tathergang.“

„Und Sie beharren immer noch darauf, dass Herr Stolz nicht der Entführer des Kindes ist?“

„Das glaube ich nicht. Das Mädchen wurde leider Gottes sexuell missbraucht.“ Ein dicker Kloß drückte Johannes Hornoff die Luft ab. Er brauchte einen Moment, um die Stimme wieder frei zu bekommen. „Laut der Krankenakte des Geschädigten, damit meine ich Herrn Stolz, kurz gesagt, seine Impotenz hat dazu geführt, dass er von seiner Frau verlassen wurde. Und bei der Penetration wurde kein Werkzeug“, Johannes hüstelte erneut, „kein lebloser Gegenstand verwendet. Der Täter drang nicht tief in das Mädchen ein, trotzdem hat er Spuren seines Sekrets hinterlassen. Das war aber zu wenig, um daraus eine DNA-Probe zu entnehmen, aber das kann Ihnen Edgar besser erläutern als ich. Sie sind ein sehr guter Redner, aber Sie müssen anfangen, zu lernen den anderen zuzuhören. Die Informationen, die ich vor der Belegschaft erläutert habe, habe ich mir nicht in dieser kurzen Zeitspanne zusammengereimt. Ich habe mich gestern nach dem langen Gespräch mit Saskia Kirschmann mit Edgar und Lars Böhm zusammengesetzt, später kam Hauptkommissar Breuer hinzu. Danach ließ ich mich zu meinem Zwillingsbruder bringen. Wie Sie wissen, ist er querschnittgelähmt, aber nur körperlich, geistig können wir beide ihm kaum das Wasser reichen. Ich muss jetzt weiter, alles andere werden Sie von mir über Karl erfahren. Er ist unser Fährmann, und vergessen Sie nicht unseren Einsatz", beendete der Psychologe die einseitige Konversation. Nachdem er einen kurzen Blick auf sein Handgelenk geworfen hatte, fügte er noch kurz hinzu: „Frau Kirschmann wartet unten auf mich. Sorgen Sie bitte dafür, dass sie deswegen keine Schwierigkeiten bekommt und für ihr Engagement entsprechend entlohnt wird." Johannes verzichtete auf einen Händedruck, nickte knapp und begab sich zu den Treppen.

„Doktor", schallte die Stimme von Polizeihauptkommissar Kraut durch den Gang und brachte den Professor dazu, stehen zu bleiben.

„Ja?"

„Eine Antwort sind Sie mir noch schuldig geblieben."

„Die wäre?" Johannes Hornoff lockerte mit zwei Fingern den Kragen seines Hemdes, weil die räumliche Enge ihm die Luft abschnürte.

„Warum hat er sein Opfer mit der Schmutzwäsche bedeckt?"

„Aus den Augen, aus dem Sinn. So einfach ist das manchmal“, lautete die knappe Antwort. „Er hat seine Tat erst dann realisiert, nachdem er völlig erschöpft neben seinem Opfer kniend das Bild des Grauens vor Augen hatte. Zuerst war sein Blick von Hass und unbändiger Wut der Eifersucht verschleiert. Er kann sich bestimmt nicht an diese Zeitspanne des Tötens erinnern, das passiert den meisten Mördern. Wenn sie in Rage geraten, wird die Welt ausgeblendet. Als ihm danach klar wurde, dass er einen geliebten Menschen getötet hatte, versuchte er durch diese Handlung das Geschehene rückgängig zu machen. Eine Art Wiedergutmachung. Er konnte ihren gebrochenen Blick, das vom Tod erstarrte Antlitz nicht ertragen und deckte sie mit dem zu, was er gerade zur Hand hatte.“ Johannes Hornoff wartete einen Augenblick.

„Wir suchen also nach einem enttäuschten Liebhaber?“ Kraut senkte die Stimme, als wolle er nicht belauscht werden, und trotzdem klangen seine Worte wie ein geflüsterter Schrei.

„Ich gehe stark davon aus. Sie müssen den Ehemann, diesen Herrn aus dem Swingerclub und vielleicht die Stammgäste des Lokals intensiver befragen. Vielleicht war es einer der Männer, der aus einem unscheinbaren Lächeln etwas anderes interpretiert hat. Vielleicht nahm er an, dass Frau Giebel ihm Avancen gemacht hat und wurde bitterlich enttäuscht, nachdem sie ihm die Augen geöffnet hat. Er lechzte nach Liebe und bekam eine nüchterne Abfuhr, und dann gingen mit ihm die Emotionen durch. Aus Liebe war tödliche Abneigung geworden, die von Jetzt auf Nachher zu Hass mutiert war. Ein Wort hatte genügt - wie ein Funke, der ein

Pulverfass zum Explodieren bringt.“ Johannes Hornoff sah erneut auf seinen Chronographen. „Es ist schon drei Minuten nach elf. Ich habe mich mit Frau Kirschmann für elf Uhr verabredet. Ich hasse Unpünktlichkeit, in diesem Sinne.“ Er tippte sich kurz an die Schläfe. „Sie werden sicherlich im Verlauf der nächsten Tage noch einiges von mir hören“, verabschiedete sich der Psychologe und eilte zu den Treppen.

Polizeihauptkommissar Kraut blickte ihm einen Augenblick stumm nach und lauschte dem Hall der Schritte, die immer leiser wurden. „Aus Liebe war tödliche Abneigung geworden ...“, flüsterte der Kommissionsleiter und lief zurück in den Raum, in dem alle Gesichter auf die Leinwand gerichtet waren. Da lief ein Video, welches von Karl Breuers Stimme souffliert wurde.

#32

Er wachte mit einem brummenden Schädel und einem unangenehmen Ziehen in den Gliedern auf. Er rieb sich den Schlaf aus den Augen und rümpfte ob des unangenehmen Geruchs die Nase. Mit der rechten Hand schlug er die Decke zurück und biss sich vor Scham auf die Lippe. Das zerklüftete Laken hatte einen gelben Fleck. Die Decke war klamm, und alles stank penetrant nach Urin. Das war ihm seit langem nicht mehr passiert. An allem war Ursula schuld. Das Radio neben seinem Bett zeigte eine Zwölf mit zwei Nullen. Er hatte wie so oft den halben Tag verschlafen. Zum Glück fing seine Schicht erst in fünf Stunden an. So hatte er genügend Zeit, sich frisch zu machen und einiges zu erledigen, was für ihn unabdingbar war, doch vorher musste er die Bettwäsche aus der Wohnung schaffen, ohne dass ihm seine Freundin auf die Schliche kommen konnte.

„Bist du endlich wach?“, sagte jemand und riss ihn aus seiner Starre. Blade zuckte heftig zusammen.

Er brauchte einen Moment, um zu begreifen, in welcher Situation er sich gerade befand: nackt bis auf die Unterhose in seinem eigenen Pissfleck sitzend.

„Du blöde Schlampe, verpiss dich!“, brüllte er aus vollem Hals. Seine Stimme überschlug sich dabei fast. Er schlug die Decke wieder zu.

Helga sah ihn misstrauisch an und rümpfte die Nase.

Er drehte sich mit dem Rücken zu ihr.

Sie kam rein und sah ihm in die Augen.

Sein Gesicht verriet ihr, dass hier etwas nicht stimmte, wusste Blade.

„Hast du etwa ins Bett gemacht?“, scherzte Helga und lachte fröhlich. Ihr von Akne zerfurchtes Gesicht erstarrte. „Echt jetzt?“ Ihre kleinen Augen wurden groß. Sie schluckte schwer, weil sie wieder an einem Keks knabberte.

„Bist du bekloppt?“, schnitt er ihr das Wort ab. Klang dabei jedoch nicht wirklich überzeugend.

„Hast wohl nen Steifen, wa? Soll ich dir dabei helfen, ihn wieder zu ...“

„Verpiss dich einfach. Die Matratze stinkt nach deinen Kötern, haben die etwa wieder in unserem Bett gepennt, während ich Nachtschicht hatte?“

Helga runzelte die Stirn und knöpfte ihr Oberteil wieder zu, aus dem eine ihrer großen Brüste hervorgequollen war.

„Nee, haben sie nicht. Die Bettwäsche ist frisch gewaschen, jetzt beruhig dich doch mal. Ich habe was gekocht, und du muckst dich hier auf wie ein Großer, sag ma, spinnst du?“ Helga schüttelte den Kopf, zog das Haargummi ab und band ihr fettig glänzendes Haar neu zu einem kleinen Pferdeschwanz, das nur an den Spitzen blond und ansonsten mausbraun war. „Ick muss ma wieder zum Frisör“, sagte sie und verschwand endlich durch die Tür. „Jetzt komm endlich in die Gänge, sonst geb ick dein Essen den Hunden“, rief sie von Weitem.

„Halts Maul, du blöde Fotze“, nuschelte er und hob die Ecke wieder an, dabei tauchten Bilder in seinem Kopf auf und diverse Stimmen. Auf einmal fühlte er sich zurück in die Vergangenheit versetzt. Er konnte seinen Emotionen und Erinnerungen nicht mehr entfliehen.

Vergangenheit

#33

„Hat der Bengel etwa schon wieder ins Bett gepisst?!“, dröhnte die Stimme des erzürnten Vaters.

„Nein, er hat nur seinen Tee verschüttet“, nahm die Mutter ihren Sohn in Schutz und strich ihm die feuchtwarmen Haare von der Stirn. Er war nassgeschwitzt und zitterte am ganzen Körper. Das Unterhemd klebte wie ein nasser Lappen an seiner Haut.

Die dumpfen Schritte wurden lauter, deutlicher und angsteinflößender. Sein Vater stieg die Treppe empor. Die Mutter sah sich hastig um, schob den verschreckten Jungen von der Bettkante und beeilte sich, die Bettwäsche abzuziehen. Doch da stand das Haupt der Familie schon breitbeinig im Türrahmen und taxierte seine Frau finster. „Du verhätschelst ihn, er ist nichts als ein Waschlappen, sieh ihn dir an. Triefend vor seiner eigenen Pisse steht er wie ein nasser Köter da in einer Ecke und zittert am ganzen Körper. Warum? WARUM?!“, brüllte er das letzte Wort aus sich heraus und begann an der Gürtelschnalle herumzufingern. Seine Bewegungen waren hastig.

„Benninger, nicht“, flehte die Frau ihren Mann an und ließ vom Bettlaken ab. Sie nannte ihn immer beim Nachnamen, er jedoch nannte sie nur ‚du‘ oder ‚Weib‘. Der Sohn war entweder ‚der Bengel‘ oder ‚der Blödel‘. Der Junge drückte sich mit dem Rücken an die Wand.

Seine kniende Mutter hinderte ihren Mann daran, den Gürtel zu öffnen. Doch der bis zur Weißglut erzürnte Gatte schlug sie mit der flachen Hand ins Gesicht und entledigte sich so des verzweifelten Widerstands. Gisela, so hieß seine Mama eigentlich, schnappte nach Luft und begann zu winseln. Sie stand auf allen Vieren und bekam Schnappatmung, nachdem der rechte Stiefel sie in die Niere traf.

„Ich werde diesen Unsinn schon aus ihm herausprügeln! Lieber soll er dabei verrecken, als zur Schande unserer Familie werden und unseren Ruf zu beschmutzen. Benningers sind keine Schlappschwänze", sprach er flüsternd, doch die Worte trieben dem Jungen einen Keil durch die Brust.

„Die Lehrer meinen, du fehlst oft in der Schule. Auch bist du die letzten Tage sehr oft aushäusig gewesen. Wo treibst du dich rum, Bengel? Antworte!" Endlich bekam er die Schnalle auf, zog den breiten Ledergürtel aus den Schlaufen seiner Arbeitshose und holte zu seinem ersten Schlag aus.

Der kleine Junge schloss die Augen und weinte stumm, dabei wartete er darauf, dass ihn das lose Ende endlich traf, er spürte jetzt schon den Schmerz, den er so oft zu spüren bekam. Er hörte, wie sein Vater weit ausholte, er hörte, wie der braune Lederriemen durch die Luft sauste, er spürte den Lufthauch und nahm auch den schmerzerfüllten Schrei wahr, der jedoch nicht aus seiner Kehle kam. Seine Mutter schützte ihn davor, ins Gesicht getroffen zu werden, und bekam all die Wucht der Wut ihres tobenden Mannes zu spüren.

„Lass mich los, du blöde Kuh. Dem Balg müssen Manieren beigebracht werden. Er soll mich anschauen, wenn ich mit ihm rede!“, schrie er. Sein Gesicht war zu einer Maske verzerrt, Adern mäanderten seinen Hals empor, schwollen wie viel zu dicke Regenwürmer an und pulsierten dabei. Die Augen, blutunterlaufen, waren blind vor Zorn. Erneut holte er aus, und diesmal streifte der Gürtel den Jungen im Gesicht. Das unsägliche Brennen auf der Haut brachte das Kind dazu, die Luft anzuhalten, so lange, bis er das Bewusstsein zu verlieren drohte. Alles um ihn herum begann sich zu drehen. Der unbändige Schmerz löste sich langsam auf und wurde schließlich zu einem tauben Ziehen an der Wange. Ein weiterer Schlag traf ihn an der Schulter. Doch auch dieses Mal blieb er wirkungslos. Er spürte nichts, er wurde zu Blade, dem Vampirjäger. Der blonde Junge weinte zwar, doch blieb er reglos mit dem Rücken an die Wand gepresst einfach da stehen und starrte in die Leere. Zwei dünne Bäche schlängelten sich über seine nassen Wangen, seine Tränen schmeckten salzig und waren warm.

Nun war auch ein breiter roter Striemen auf der knochigen Brust zu sehen, doch der Schmerz blieb auch jetzt weg. Der Junge atmete immer noch nicht. Wieder holte sein Vater aus und schnaufte laut, weil er sich verausgabt hatte.

Nur so kann ich ihn besiegen, dachte der Junge und unterdrückte das Brennen in seiner Lunge. Wie von feuchtem Nebel umwölkt verschwand der Raum im weißen Dunst. Der Gürtel zerfetzte den Stoff seines Unterhemdes und brachte die dünne Haut auf den schmalen Rippen zum Platzen. Ein roter Fleck, der immer dunkler wurde, hatte einen Riss, daraus quoll frisches Blut hervor.

„Wo ist eigentlich Jack?“, wollte sein Vater keuchend wissen. Jack war ein Schäferhund, er war alt und böse, genauso wie sein Vater.

Dem habe ich im Wald den Schädel mit einem Stein eingeschlagen, ich wollte wissen, ob sein Herz tatsächlich schwarz ist. Aber dem war nicht so, also stimmt es gar nicht, dass böse Wesen schwarze Herzen in ihrer Brust tragen. Jack war nicht wirklich tot, als ich ihm das Fell über die Ohren gezogen habe, er hat noch gehechelt, dann begann er leise zu winseln, erinnerte sich der Junge an den gestrigen Tag und verzog seinen blutigen Mund zu einem Grinsen. Dieses bizarre Erscheinungsbild raubte dem schwer keuchenden Vater das letzte bisschen Kraft und brachte ihn davon ab, seinen Jungen zu Tode zu prügeln.

„Wasch das Kind sauber und lass den Bengel heute zu Hause. Wasch ihm das Blut in der Badewanne ab, das Wasser ist noch warm genug, ich habe mich erst vor Kurzem frisch gemacht und das Wasser nicht abgelassen, auch du sollst dich waschen. Am liebsten hätte ich ihn jetzt darin ertränkt, aber ich muss zur Arbeit“, drangen die Worte zu dem Jungen wie durch eine Wand hindurch. Endlich füllte sich seine Lunge mit abgestandener Luft, die stechend nach Urin stank. Seine Mutter half ihrem Sohn auf die Beine. Er schrie sich die Seele aus dem Leib, nachdem auch die Schmerzlawine ihn unter sich begrub. Seine butterweichen Knie gaben nach. Er rutschte an der Wand zu Boden und weinte, ohne die beruhigende Worte seiner Mutter wahrzunehmen. „Bitte, verlass mich nicht, Mama, ich habe Angst, dass du stirbst und mich allein lässt. Bitte lass mich nicht allein“, wiederholte er den letzten Satz wie ein Mantra und wiegte sich mit den Worten in einen tranceähnlichen Zustand.

„Sag ma, kommst du jetzt raus oder nicht?!“, rief Helga und machte den Fernseher lauter. Er blinzelte und verscheuchte die unschönen Bilder aus seinem Kopf. Mit heftigen Bewegungen zog er das feuchte Laken von der Matratze ab, danach stopfte er das Kissen samt dem Überzug in den Deckenbezug und machte daraus ein großes Bündel. Die Matratze musste er umdrehen. Schnell riss er das Fenster auf, zog die Unterhose und das Unterhemd aus, und stopfte auch diese zu den Bettsachen. Ich werde heute neue Bettwäsche besorgen müssen, sprach er mit sich selbst in Gedanken und schrie laut: „Stell das Essen in die Mikrowelle, ich muss kurz zum Auto, ich habe da etwas vergessen.“

„Was‘n jetzt schon wieder? Wann kaufen wir uns endlich einen richtigen Wagen?“, wollte Helga wissen und hantierte laut scheppernd in der Küche. Eine Tür wurde zugeschlagen. Etwas fiel zu Boden und klimperte hell. „Mit diesem scheiß Micra ist es voll peinlich.“

„Dann geh arbeiten“, entgegnete er und lugte durch die Tür. Der Flur war frei. Seine Freundin war mit ihrem Handy beschäftigt, er sah ihren massigen Rücken im Spiegel. Sie saß am Tisch und tippte mit nach unten gesenktem Kopf ihre millionste Message an irgendeine Tussi, die sie nur aus dem Internet kannte.

„Ich habe da eine coole App gefunden, die sagt, wie man am besten abnehmen kann. Darf ich sie runterladen? Kostet nur zwei Euro!“ Ihre Berliner Schnauze war eine der vielen Eigenschaften, die ihn ärgerten, aber sie blieb bei ihm, egal, was er tat oder wie schlecht er sie behandelte, und allein das zählte, aber bald, bald würde er sich von ihr trennen müssen, überlegte er mit einem dicken Kloß im Hals. Nur mit den Fingerspitzen drückte er die Tür vollends auf, wuchtete das Bündel über die Schulter und schlich wie ein Dieb aus einem Trickfilm aus der Wohnung.

#34

„Hallo, Saskia“, rief Hanna und winkte der Polizistin mit einem breiten Lächeln zu, doch ihre Aufmerksamkeit galt einem kleinen Hund, der zitternd in Johannes Hornoffs Armbeuge saß und das Mädchen ankläffte.

„Noch bist du mutig“, sagte der Psychologe und konnte sich ein Grinsen nicht verkneifen, weil er genau wusste, dass, sobald er den Chihuahua auf den Boden ließ, dieser sofort versuchen würde, abzuhauen. Flummi, so hieß der kleine Wadenbeißer, fühlte sich nur dann unbesiegbar, wenn er sein Frauchen, ein achtjähriges Mädchen, an seiner Seite wusste.

„Hallo, Hanna“, sprach Johannes Hornoff mit leiser Stimme und ging in die Hocke, um mit dem Mädchen auf Augenhöhe zu sein, sobald er die Bank erreicht hatte, auf der das Mädchen mit ihren Eltern bereits auf sie zu warten schien. Der Vater war nüchtern, die Mutter machte jedoch immer noch einen benommenen Eindruck, stellte der Psychologe fest, ohne seinen Blick von dem Mädchen abzuwenden.

„Hallo, Onkel Joghurt.“ Hanna kicherte. „Wie heißt sie?“ Sie deutete auf den Hund und hob die Augenbrauen.

„Das ist ein ‚Er‘.“

„Warum hat er dann eine rosa Schleife und dieses Ding da am Hals?“

„Cristina, sie ist meine Nichte und ist ein Jahr älter als du, sie meint, so sieht er ganz lustig aus, und rosa steht Flummi viel besser als blau.“

„Also heißt er Flummi?“ Hanna verzog den Mund zu einer Schnute und machte die Stirn kraus. Der Hund legte den Kopf schief und sah das Mädchen knurrend an. Sein kleiner Schwanz schlug Johannes gegen die Innenseite des Oberarms, weil er sich so weit nach hinten durchgequetscht hatte, dass sein ganzer Hintern in der Luft hing. Doktor Hornoff zog den Feigling wieder heraus und tätschelte ihm sanft den Rücken.

Auch Hanna legte ihren Kopf zur Seite und beugte sich ein Stück nach vorne. Der Hund kläffte erneut und verkroch sich wieder in die Armbeuge.

„Er ist ein Feigling. Aber wenn du seine Freundin sein willst, dann musst du ihm das hier zeigen.“ Johannes Hornoff streckte seinen rechten Arm in die Luft, sodass Flummi den kleinen gelben Ball nicht sehen konnte, nur Hanna. Sie reckte den Kopf in die Luft. Johannes Hornoff nutzte diesen kurzen Moment, um sich den Hals des Mädchens anzuschauen. Er sah dunkle Flecken und mehrere Blutergüsse. Trotz des Zorns, den er gegen den Mann verspürte, lächelte er das Mädchen an. „Wollen wir vielleicht eine Runde drehen? Du darfst Flummi sogar an der Leine halten“, sprach der Psychologe mit einer Wärme, die er immer dann verspürte, wenn er sich mit kleinen Kindern unterhielt.

„Aber nur, wenn Saskia mitgeht“, entgegnete Hanna und sah die Polizistin mit einem flüchtigen Lächeln an, gleichzeitig ergriff sie die Hand ihrer Mutter.

„Wir können alle zusammen einen Spaziergang machen“, schlug ihr Vater vor, stand auf und streckte dem Doktor seine rechte Hand entgegen. Johannes war ob dieser Geste überrascht, verriet sich aber mit keiner Regung. Er stand auf und erwiderte den festen

Händedruck. Ein fester Ruck zog den Doktor an seinem Arm. Er gab der Bewegung nach. Hannas Vater zog den Doktor noch näher an sich heran. Die beiden Männer waren beide ungefähr gleich groß, nur war der Doktor besser gekleidet, duftete nach After Shave und ließ seine Schultern nie hängen.

„Bitte helfen Sie uns dabei, das Schwein zu finden", ertönte Herr Svensows Stimme neben seinem Ohr. Doktor Hornoff musste sich beherrschen, weil er diese Körpernähe als unangenehm empfand. Er spürte die Stoppeln auf der unrasierten Wange des Mannes, weil er sein Gesicht dicht an das Ohr des Psychologen presste. Der Atem nach kaltem Rauch und Kaffee ließ seine Nackenhaare zu Berge stehen.

„Ich verspreche Ihnen, alles Notwendige in Bewegung zu setzen", sagte Doktor Hornoff in demselben Ton. Endlich ließ der Mann von ihm ab.

„Danke", murmelte Herr Svensow und ließ von dem verdutzten Professor ab.

„Papa, du zerquetscht noch den Flummi", mischte sich Hanna ein und schob ihren Vater weg von dem Hund.

„Oh, tut mir leid, Schätzchen, der ist ja auch so riesig", entschuldigte sich der Mann lächelnd und hob die Hände hoch. Alle mussten lachen. Auch wenn es gezwungen klang, so entspannte sich die Situation dennoch ein wenig. Nur Flummi fand es überhaupt nicht lustig, weil sich die Menschen auf seine Kosten amüsierten. Er knurrte wieder.

Johannes Hornoff drückte Hanna schnell den Ball in die Hand und zwinkerte ihr zu. Sie verstand es sofort und streckte ihre Hand dem kleinen Hund vor die Nase, dann flog der Ball schon davon. Der Chihuahua wollte sofort dem Ball hinterher rennen. Johannes ließ ihn los und sah den beiden nach.

Hanna quietschte vergnügt und klatschte fröhlich in die Hände. Die Mutter brach in Tränen aus. Saskia nahm die Frau in den Arm.

„Es tut mir sehr leid, aber ich werde Ihnen einige unangenehme Fragen stellen müssen, auf die ich eine ehrliche Antwort erwarte“, ergriff Johannes Hornoff die Chance, weil sie jetzt ungestört waren. „Später werde ich auch mit Ihrer Tochter darüber sprechen müssen, aber vorher möchte ich einige Details klären.“

„Alles, was Sie verlangen, Doktor - darauf gebe ich Ihnen mein Wort“, sagte Herr Svensow. Auch er rang um Fassung und starrte in die Weite, dabei wischte er sich hastig über die Augen.

Doktor Hornoff suchte seine Worte mit Bedacht. Der erste Satz durfte die Eltern nicht abschrecken. Der Psychologe besaß eine Charaktereigenschaft, die ihm ermöglichte, auch in einer extremen Situation einen kühlen Kopf zu bewahren. Dabei wirkte er für Außenstehende total relaxt und gefasst. Nur so konnte er den Schutzsuchenden helfen. Auch jetzt sprach er mit fester und dennoch sanfter Stimme: „Warum war Hanna an diesem Tag allein? Ich möchte Ihnen nicht unterstellen, dass Sie Ihre elterlichen Aufsichtspflichten verletzt haben, ich möchte mich nur in den Tag hineinversetzen. Was hat den Mann dazu bewegt, Ihr Kind zum Mitgehen zu überreden, dafür benötige ich das fundamentale Wissen, auf welches ich den Rest rekonstruieren und aufbauen kann.“

„Eigentlich war Hanna mit ihrer Freundin Tahani verabredet, aber das Nachbarsmädchen hatte noch etwas zu erledigen, sie mussten beten oder sowas in der Art, das weiß ich nicht mehr so genau. Die Familie kommt aus dem Libanon, und sie sind wirklich gute Menschen."

„Darum hat Hanna auf sie gewartet?", unterbrach Johannes Hornoff sie, weil Frau Arnold vom Wesentlichen abzuschweifen drohte.

„Sie hatte eine neue Puppe bekommen und wollte mit ihrer Freundin damit spielen. Sie wissen - Kinder wollen immer das haben, was im Fernsehen gezeigt wird."

Darum sollten Kinder nicht unbeaufsichtigt vor der Glotze hocken, dachte Johannes Hornoff, laut sagte er jedoch etwas ganz anderes: „Hat Hanna diese Puppe noch oder ist Ihrem Kind das Spielzeug abhanden gekommen?"

Ein Zucken durchlief die Frau und brachte sie für einen Augenblick aus der Fassung.

„Saskia, kannst du mir bitte helfen, Flummi zu fangen?!", schrie Hanna von Weitem. Das Mädchen beugte sich tief nach vorne, breitete die Arme zu beiden Seiten aus und versuchte den flinken Hund zu fangen, der huschte jedoch wie ein Blitz zwischen ihren Beinen hindurch. Hanna schrie vor Vergnügen, klaubte mehrere Blätter von der grünen Wiese zu einem kleinen Haufen zusammen und warf mit dem bunten Laub nach dem Chihuahua. Dann lief, nein, humpelte sie dem neuen Spielfreund hinterher. Trotz der Schmerzmittel würde das Mädchen eine Zeit lang unter den körperlichen Folgeschäden des sexuellen Missbrauchs leiden und dagegen kämpfen müssen, von seelischen ganz zu schweigen, dachte Johannes Hornoff und wartete auf eine Antwort. Herr Svensow lief etwas abseits und rauchte schweigend seine zweite Zigarette.

„Ich habe sie nicht mehr danach gefragt. Ich weiß nicht, wie ich mich mit meiner Tochter darüber ...“ Frau Arnold brach in Tränen aus und zog die Luft heftig durch die Nase.

Der kühle Wind strich dem Doktor über den Nacken und hinterließ eine Gänsehaut auf seinem Rücken, die ihn erschauern ließ.

„Warum tun manche Menschen so etwas?“, fragte sie mit bebender Stimme, denn Blick starr gen Himmel gerichtet, weil sie keinen Ausweg für ihre Situation wusste. „Und warum fällt das keinem auf?“, klagte sie weiter. „Wo war Gott, während meine Tochter von diesem Monster ...“ Wiederholt versagte ihre Stimme. Johannes Hornoff half der Frau auf eine Bank, die unweit des schmalen Weges stand, und setzte sich daneben. Der Gatte schlurfte weiter und lief in die Richtung, in der Hanna und Saskia sich mit Laub bewarfen. Der kleine Hund versuchte nach jedem der bunten Blätter zu schnappen.

Johannes Hornoff tippte alle Informationen unaufhörlich mit Hilfe eines eigens für ihn und seinen Bruder entwickelten Programms, welches sie zur Kommunikation anwandten, in sein Smartphone. Die Befehle wurden mithilfe des Morsecodes eingegeben, dafür war ein einfaches Smartphone nötig, das mit dieser speziellen App ausgestattet war. Das Gerät lag in der Tasche seines schlichten Jacketts. Grau mit etwas helleren Nadelstreifen.

Frau Arnold war apathisch und brauchte einen Moment, um wieder zu sich zu kommen. Auf einen Arzt wollte sie vorerst verzichten. „Er dröhnt mich einfach mit irgendwelchen Tabletten zu, sodass ich sabbernd auf einen imaginären Punkt an einer leeren Wand starren würde. Nein, ich brauche nur einen Augenblick, um mich zu sammeln", lautete ihre Antwort.

Das Schweigen war beinahe mit Händen greifbar.

Johannes Hornoff nutzte diese Zeit, um die gesammelten Informationen festzuhalten und an seinen Bruder zu schicken, um später mit ihm zusammen eine Analyse durchzuführen.

Die Puppe fehlte, tippte er als Erstes ein.

Der Täter hat ein Allerweltsgesicht.

Ist unscheinbar in seinem Auftreten.

Genau diese Charaktereigenschaft erlaubt es ihm, in einer Ausnahmesituation unauffällig zu agieren, fügte er in Gedanken hinzu. Seine Persönlichkeit, spann er in Gedanken seine Überlegungen weiter, weist zwei in sich widersprüchliche Facetten auf. Einerseits erscheint er der Gesellschaft gegenüber als ein freundlicher, hilfsbereiter Mensch, andererseits, wenn seine Triebe überhand nehmen und er die Kontrolle über sich selbst verliert, wird er äußerst brutal und besitzergreifend. Was treibt ihn aber dazu, sich an Kindern zu vergehen, und zwar kurz nachdem er eine Frau getötet hat, die er eventuell geliebt hat, sie aber seine Liebe nicht erwiderte oder schlimmer noch, ihn zu verlassen drohte?

Ihm kam ein nächster Gedanke. Frau Arnold knetete ein zerrissenes Papiertaschentuch, das von Tränen durchtränkt war, zwischen ihren geröteten Fingern und schien in ihren Gedanken ganz weit weg zu sein.

Johannes Hornoff holte das Telefon aus der Tasche und wählte eine Nummer.

#35

Karl Breuer blieb als Letzter im Raum und studierte die Pinnwand, auf der mehrere Blätter mit Informationen oder Mutmaßungen mit bunten Fäden miteinander verbunden waren.

„Karl, die Pressekonferenz findet in wenigen Stunden statt, ich brauche mehr Material“, hörte er eine ihm bekannte Stimme, die Karl stets sauer aufstoßen ließ. Sein Boss stand in der Tür und sah ihn prüfend an.

„Ich werde sehen, was sich machen lässt“, sagte er, ohne den Blick von der Wand abzuwenden. Auf eine Konversation mit Kraut hatte er keine Lust.

„Dieser Hornoff, der sollte doch eigentlich nur für das Mädchen zuständig sein, warum war er bei der Besprechung dabei?“

„Weil Lars und Edgar herausgefunden haben, dass die beiden Überfälle eine direkte Verbindung zueinander haben, auch wenn wir zum gegenwärtigen Zeitpunkt nicht mit Sicherheit sagen können, ob es sich um einen oder mehrere Täter handelt. Aber diese Mädchen hier“, er starrte auf eines der Fotos und schluckte schwer, bevor er mit rauer Stimme fortfuhr, „sie alle wurden entführt, nachdem sich eine Frau die Pulsadern aufgeschnitten hatte. Gut, wir haben zu dem letzten Fall eine Zeitspanne von mehreren Jahren, aber auch das ist nicht wirklich ungewöhnlich. Unser Gerichtsmediziner hat von Anfang an recht gehabt, seine Vermutungen waren richtig, denn seinen Ergebnissen nach wurden die Frauen erstickt oder erwürgt, aber der Täter setzte alles so geschickt in Szene, dass unsere Kollegen von einem Suizid ausgegangen sind. Bisher gehen wir von mindesten vier Fällen aus. Erst nach der Exhumierung des letzten Opfers konnte nachgewiesen werden, dass die Frau wegen fremder Gewalteinwirkung gegen den Hals ihr Leben verloren hat. Die signifikanten Einschnitte, die von den Fotografen festgehalten wurden, weisen dasselbe Muster auf, zwei bis drei schräge Linien auf jedem Arm."

„Wie konnte Braunschweig anhand eines Skeletts nachweisen, dass die Frau erdrosselt wurde? Der Fall liegt doch vier Jahre zurück, wenn ich richtig informiert bin?" Krauts Stimme bekam einen anderen Klang, ohne dass Karl daraus irgendwelche Schlüsse ziehen konnte.

„Mathilde Steinbach wurde erwürgt, ihr Zungenbein und Kehlkopf waren stark beschädigt. Hätten die Kollegen ihre Arbeit sorgfältiger ..."

„Wir sind überfordert, uns fehlen einfach die Kräfte, der Staat spart am Personal, das brauche ich Ihnen nicht weiter zu erläutern. Aber Ihr Doktor und seine ständigen Eigenmächtigkeiten rauben mir den letzten Nerv. Mit seiner Art ist er bei mir schon längst in Ungnade gefallen. Ich dulde zwar seine Anwesenheit, sorgen Sie aber dafür, dass sich unsere Wege in den nächsten Tagen nicht kreuzen, sonst werde ich andere Maßnahmen ergreifen, und was das bedeuten kann, muss ich so einem verantwortungsvollen Polizisten wie Ihnen nicht detailliert erklären."

Karl drehte sich doch noch um und bedachte seinen Vorgesetzten mit einem eisigen Blick. „Auch Sie haben ein Enkelkind. Was würden Sie alles in Bewegung setzen, um den Mörder zu fassen? Wären Sie an der Stelle der Eltern, die alles verloren haben, was in ihrem Leben Sinn ergab, würden Sie nicht wollen, dass dieses Monster hinter Gitter kommt?“

„Darum geht es nicht ...“

„Doch, genau darum geht es. Und Ihre privaten Absichten, Ihr gekränkter Stolz, tangieren mich so etwas von peripher. Doktor Hornoff weiß, wie diese Kreaturen ticken. Er bleibt in meinem Team - oder reicht das Budget nicht mehr aus? Braucht einer von den Herren aus den oberen Etagen neues Inventar für sein großräumiges Büro oder eine Auszeit auf den Malediven?“ Karls Kaumuskeln traten hervor. Seine grauen Bartstoppeln schimmerten silbern in dem hellen Licht der Sonne, die für einen kurzen Moment den Raum in grelles Gelb getaucht hatte.

„Halten Sie ihn einfach von mir fern, mehr verlange ich doch nicht“, knurrte der Polizeihauptkommissar, straffte seine Schultern, zupfte an den Ärmeln seines dunklen Anzugs, der mehr als Karls ganzes Monatsgehalt gekostet haben musste, und ging hinaus. Die Tür ließ er unverschlossen.

Karl steckte sich eine Zigarette zwischen die Lippen, besann sich dann doch anders und verstaute die halbleere Schachtel in der Innentasche seiner Jacke. Erneut wandte er sich der Tafel zu und fuhr mit den Augen die bunten Stränge nach. Auf einer Länge von zwei Metern Korkwand hingen mehrere Fotos von Frauen, die leider nicht mehr am Leben waren und so keine Aussage über den Täter machen konnten. Sie wurden zu Opfern eines Serienkillers, dem es gelungen war, über Jahre hinweg unentdeckt zu bleiben. Drei Mädchen, zählte der Hauptkommissar aufs Neue. Alle tot, innerhalb von acht Jahren. Getötet, vergewaltigt und irgendwo im Wald verscharrt. Hanna war das vierte. Alle drei Kinder lächelten fröhlich in die Kamera. Eines der Bilder war nicht eckig, es hatte einen gezackten, ovalen Rand, weil es aus einem Familienfoto herausgeschnitten wurde. Jetzt klaffte in dieser Familie ein ausgefranstes Loch, welches nie wieder zuwachsen würde. Karl presste die Zähne aufeinander und musste gleichzeitig an seine Enkeltochter denken, dann ertönte ein Klingelton. Das Telefon vibrierte in seiner Hose. Karl fummelte in der Tasche und holte es schließlich raus. ‚Doc' leuchteten die drei Buchstaben auf dem Display.

„Karl hier, was ist los, Doc, hast du etwas Brauchbares für mich oder willst du mich zum Mittagessen einladen?", brummte Karl und hörte seinen Magen grummeln.

Doktor Hornoff überhörte den Satz und kam gleich auf das Wesentliche. „Der Täter hat ein sehr ambivalentes Verhältnis zu seiner Sexualität, auf der einen Seite ist es mit Scham und Zurückhaltung behaftet, auf der anderen Seite lechzt er danach, während des kurzen Akts jemanden zu zerstören. Er lebt seine kranken Phantasien bis zum letzten Atemzug aus. Aber weil er ein Feigling ist, vergreift er sich dabei an unschuldigen Kindern. Er bevorzugt Mädchen, weil sie besonders anfällig sind. Auch habe ich herausgefunden, dass Hanna an diesem Tag eine Puppe dabei hatte. Vielleicht hat sie das Spielzeug in dem Moment verloren, in dem sie von dem Mann in den Wagen gezerrt wurde oder am Tatort selbst."

„Was du nicht sagst, Doc. Wir suchen also nach einem skrupellosen Mann, der das Böse personifiziert?" Das war eine rhetorische Frage. Karl berührte mit den

Fingerspitzen eines der Fotos, auf dem ihn ein Mädchen mit dunklen Locken und einem grünen Haarreif anlächelte. Er rückte das Foto zurecht und ging zum Fenster. Ihm tat sein kurzer Gefühlsausbruch etwas leid, aber Johannes war hart im Nehmen und würde ihm das nicht übel nehmen.

„Das Böse ist eine moralische Frage und hängt von der jeweiligen Perspektive eines jeden von uns ab. Es kommt nur auf die Sichtweise an, Karl. Für ihn ist das, was er tut, notwendig und ein Teil von ihm. Sein Handeln erfüllt den Sinn seines Daseins. Er wird wieder morden und zwar bald, das weiß ich, weil er dieses Mal gestört wurde oder weil er sich zuerst überwinden musste, seine letzte Tat geschah vor vier Jahren. Er muss aus der Übung gekommen sein. Ich vermute, er wurde entweder therapiert, was ich stark bezweifle, oder er war wegen eines kleineren Delikts im Knast. Ich muss aufhören, Frau Arnold ist noch etwas eingefallen“, entschuldigte sich der Professor und legte auf.

Als Karl aufgelegt hatte, klingelte erneut sein Handy. Es war Jana, seine Tochter.

„Ja?“

„Papa, Anja ist nicht von der Schule, ich meine …“, sie schluchzte und rang nach Luft, „ich habe wie gestern schon vor der Schule … ich habe auf sie gewartet … aber sie ist nicht da, und die Lehrerin meinte, sie wurde von ihrem Vater abgeholt.“

„Wo bist du jetzt?“, bemühte sich Karl um einen sachlichen Ton.

Jana schluchzte jetzt heftiger. „Vor Anjas Schule“, gelang ihr der kurze Satz nach dem dritten Versuch.

Unruhe kroch Karls Wirbelsäule hinauf.

„Bleib dort, bis ich komme. Hast du mich verstanden? Rühr dich ja nicht vom Fleck.“ Jedes Wort klang wie ein Hammerschlag, präzise und betont, er wollte auf Nummer sicher gehen, dass seine Tochter nichts Dummes anstellte. „Noch besteht kein Grund zur Sorge. Es war bestimmt dein dämlicher Mann, dein Sebastian hat die Weisheit nicht mit Löffeln gefressen, sondern mit China-Stäbchen, und sonderlich geschickt war er eigentlich nie, also keine Panik. Okay?“

„Ja, Papa“, sagte Jana und schien sich wieder beruhigt zu haben.

„Wenn er wieder auftaucht, werde ich ihm ein drittes Auge in die Stirn schießen“, knurrte Karl, nachdem er aufgelegt hatte. Dann stürmte er nach draußen. Kurz vor dem Ausgang stieß er mit einem älteren Polizisten zusammen, der verdattert dreinschaute, weil er gedanklich in etwas vertieft war.

„Leiten Sie die Mordermittlung im Fall ...“, der betagte Beamte griff mit seiner faltigen und von Altersflecken übersäten Hand in die Hosentasche und angelte einen zerknüllten Zettel heraus. Dann schob er seine Brille das Nasenbein hoch und las mit angestrengter Miene: „Hanna Arnold?“

„Ja. Und was hat Sie zu mir geführt?“

„Der rote Volvo dort, den habe ich seit zwanzig Jahren, er bringt mich überall hin. Nur weil ich alt bin, bedeutet das nicht, dass ich auch senil bin.“

„Wie ist Ihr Name?“, tat Breuer ungeduldig.

„Das tut nichts zur Sache. Wir haben diesen Herrn Giebel gefasst. Er sitzt in einem Warteraum und zählt die Gitterstäbe nach“, fuhr der Mann in demselben saloppen Ton weiter fort.

„Lassen Sie ihn ein bisschen länger schmoren, ich komme später nach, wenn er soweit fertig ist mit dem Zählen."

Tiefe Falten gruben sich um die Mundwinkel des Mannes, er deutete so etwas wie ein Lächeln an. „Das werde ich ihm so
ausrichten. Und noch etwas."

„Ja?" Karl presste genervt die Lippen aufeinander.

Der ältere Polizist kratzte sich an der Schläfe und sagte dann: „Ich glaube, dieser Herr Giebel hat etwas auf dem Kerbholz, weil er sehr zappelig wirkte, auch weigerte er sich, eine Blutprobe abzugeben. Aber meine Überredungskunst, die Menschen vom Gegenteil zu überzeugen, vollbringt meistens wahre Wunder. Wir warten auf die Ergebnisse, die in Bälde bei Ihnen auf dem Tisch liegen werden. Ich wünsche Ihnen noch einen stressfreien Tag, Herr Polizeihauptkommissar." Der Mann tippte sich an die Schirmmütze und lief durch die schwere Tür. Trotz seiner gebeugten Haltung war er von einer Aura umgeben, die Karl für einen Moment so etwas wie Respekt einflößte und er sich wie ein kleiner Schuljunge vorkam. Alte Schule, dachte Karl, wischte jedoch alles beiseite und beeilte sich, zu seinem Wagen zu kommen.

#36

Blade fuhr mit seinem Wagen zu einem der Altkleider-Container, doch dann sah er im Augenwinkel eines der Schaufenster etwas, das ihn auf eine andere Idee brachte. Ein Waschsalon. Er und seine Freundin waren ja immer knapp bei Kasse, und die Bettwäsche wegzuschmeißen, würde ein weiteres Loch in ihre Börse reißen. Also parkte er den kleinen Nissan zwischen zwei Bäumen, stieg aus und öffnete den Kofferraum.

Eine Windböe wirbelte einige Blätter auf und strömte in den Wagen. Der Geruch nach Urin wurde wieder so intensiv, dass er unwillkürlich zusammenzuckte, als eine junge Frau an ihm vorbeifuhr und die Fahrradklingel betätigte, nachdem er einen Schritt auf die Straße getan hatte. „Pass doch auf, Mensch", sagte sie noch und war weg.

Er ließ die Kofferraumklappe mit einem lauten Scheppern zufallen und schloss das Auto ab. Die Gegend war ruhig. Die Straße wurde von Häusern umsäumt, die keinen abgewrackten Eindruck machten, einige wenige waren sogar frisch renoviert.

Das erneute Bimmeln einer Fahrradklingel erweckte seine Aufmerksamkeit. Ein Junge, er war nicht älter als sieben, fuhr Schlangenlinien und hatte mit seiner Fahrtechnik den kompletten Gehweg für sich vereinnahmt. Einige der Passanten wichen dem Jungen aus und liefen über die nicht mehr grüne Wiese weiter. Nicht jeder hatte ein verständnisvolles Lächeln auf dem

Gesicht, die meisten empörten sich und murmelten leise Flüche vor sich hin.

Der Junge jedoch grinste über beide Ohren. Die Lenkstange hielt er mit beiden Händen fest. Auf seinem Kopf saß ein knallgelber Helm. Mit einem stolzen und gleichermaßen unsicheren Lächeln genoss er die Fahrt sichtlich. „Das machst du super!“, jubelte ein Mann und hob siegessicher die Hände in die Luft. Ist bestimmt sein Vater, dachte Blade und verlagerte das Bündel so, dass es ihm nicht gegen den Hals schnitt.

Schweißtropfen benetzten seine Stirn, nachdem der Junge dicht an seinen Beinen vorbeischrammte.

„Kind, pass bitte auf und fahr nicht so schnell. Tut mir leid, er hat es gerade eben gelernt“, rief der stolze Vater ihm zu und winkte zur Entschuldigung mit der Hand. Dann geschah das, was immer passierte, das Vorhergesehene war just in dem Moment eingetreten, während die beiden Männer abgelenkt waren. Der Junge war gegen einen Baum gefahren. Zuerst ertönte erneut die Fahrradklingel, kurz und nicht so ganz hell wie noch zuvor, als das Kind sie mit seinem Daumen zum Trällern gebracht hatte und über beide Ohren grinste. Dann war es für einen Augenblick still. Nur das Rauschen der vorbeifahrenden Autos war zu hören.

Plötzlich stürmte der Vater los, denn das Klimpern wurde sofort von einem panischen Schrei des Jungen übertönt und zwang alle Passanten dazu, sich umzudrehen. Nur eine Oma fragte den Mann, ob er der Vater des Jungen sei, dann humpelte sie mit ihrem Hund weiter zur Ampel und blieb dort stehen, ohne die beiden weiter zu beachten. Zwei Halbstarke auf Skateboards zückten ihre Handys und richteten die Kameras auf das weinende Kind, dessen Helm jetzt schräg hing.

„Wagt es ja nicht", knurrte der Vater an die Jungs gewandt, während er seinen Sohn auf die Beine zog. Beide Knie bluteten, die helle Hose hatte ein Loch und färbte sich rot. Der Vater umarmte seinen Stammhalter und hob ihn auf den Arm. Das Fahrrad mit der verdrehten Lenkstange ließ er einfach liegen.

„Ich will aber weiterfahren", sagte der Junge und rieb sich die Augen mit den Handballen trocken.

„Aber du blutest", entgegnete der Mann, seine Stimme klang besorgt und erheitert zugleich. „Du bist wohl hart im Nehmen, was?" Der Mann kitzelte seinen Sohn, und dieser kicherte und schlang die dünnen Arme um den Hals seines Vaters. Blade verspürte ein leises Ziehen in der Brust. Sein Samenspender war nie so nett zu ihm gewesen. Blade kassierte nur Prügel und Beschimpfungen. „Wer sein Kind nicht züchtigt, ist kein richtiger Vater", hatte er einmal zu einem fremden Mann gesagt, und Blade hatte es mitbekommen.

„Ich will Polizist werden oder Feuerwehrmann oder Stuntman!", sprach der Junge mit roten Augen und hob die Hände in die Luft.

„Dass du ein Feuerwehrmann werden willst, da habe ich nichts dagegen, aber das mit dem Polizisten solltest du dir noch mal gründlich überlegen", murmelte der Vater und stellte seinen Sohn auf die Füße. „Wenn ihr euch nicht schleicht, werde ich euch die Ohren lang ziehen", drohte er den beiden Teenies mit einer ausgestreckten Faust Prügel an. Die beiden steckten ihre Handys weg und rollten davon. Die kleinen Räder der Skateboards verursachten ein monotones Knirschen auf dem asphaltierten Trottoir. Mit einem Fuß sich von dem Boden abstoßend, nahmen die beiden Skater Fahrt auf und fuhren schnell weiter. Einer der beiden streckte, kurz bevor sie nach links abgebogen waren, den Mittelfinger in die Luft.

„Papa, er hat dir den Stinkefinger gezeigt!" Der kleine Junge riss den Mund zu einem O des Entsetzens auf. Seine Augen wurden riesig.

„Das sind Dummköpfe", sagte der Mann ruhig und schnallte den Helm neu. Dann klemmte er das Vorderrad zwischen die Knie und richtete die Lenkstange. „Wenn ich groß bin, werde ich eine Pistole nehmen und sie erschießen." Der Junge streckte seinen Zeigefinger aus, formte seine kleine Hand zu einer Pistole, richtete sie in die Richtung, in die die beiden Jungen verschwunden waren, und machte zweimal: „Peng Peng."

Der Vater reagierte prompt. Er schlug seinem Sohn auf die Hand und sagte: „So etwas darfst du nie wieder sagen, man erschießt niemanden einfach so. Wollen wir vielleicht doch hoch in die Wohnung und dein Knie verarzten?"

„Nö, ich drehe lieber noch ein paar Runden, bis Mama fertig ist", war die knappe Antwort. Dann warf der tapfere Junge das Bein über den Sattel und wartete, bis sein Vater ihn anschob.

Blade hüstelte und senkte den Blick, nachdem der Junge wieder Fahrt aufgenommen hatte und glücklich mit seiner Klingel trällerte. Ich werde mir diesen Jungen holen.

„Wohnen Sie auch hier?", wollte der Mann unverhofft von ihm wissen.

Blade hatte damit überhaupt nicht gerechnet und suchte nach Worten. „Nein“, stieß er hervor und schalt sich einen Idioten.

„Wir sind neu in dieser Gegend, da dachte ich, Sie seien einer der vielen Menschen hier.“ Der Fremde steckte die beiden Daumen in die Hosentaschen seiner Jeans und wippte leicht hin und her. Auch ihm schien die Situation jetzt etwas unangenehm.

Blade zögerte und legte sich im Geist verzweifelt eine Strategie zurecht, die für sein Auftreten plausibel genug klang, um bei dem freundlich wirkenden Kerl keinen unnötigen Verdacht zu erwecken. Er wollte schließlich keinen bleibenden Eindruck von sich hinterlassen. „Meine Waschmaschine ist kaputt, zum Glück hat jemand Google erfunden, sonst wären einige von uns aufgeschmissen. So wie ich.“ Er lächelte nur mit einem Mundwinkel und lief auf die gläserne, von vielem Dampf beschlagene Vitrine zu, die weiße Wäsche und knitterfreie Hemden versprach. Zumindest stand das auf dem Banner, das oberhalb der großen Fenster angebracht war und sich in gelben Buchstaben auf blauem Hintergrund gut von der übrigen Passage hervorhob.

„Viel Spaß beim Waschen“, wünschte ihm der Mann und rief seinem Sohn warnende Worte zu, der vom Gehweg über den grünen Streifen auf die Fahrbahn geraten war. Blade nutzte den Augenblick für seine Flucht und beschleunigte seine Schritte.

Drinnen war es schwül, warm, und die Luft roch nach einem Cocktail aus Waschmittel, schmutzigen Socken und brackigem Wasser. Siedend heiß fiel ihm ein, dass er seinen Geldbeutel auf der Kommode liegengelassen hatte. Er klopfte gegen die Tasche seiner Sporthose und atmete erleichtert auf. Einige Münzen klimperten darin. Er sah, wie hinter mehreren Bullaugen der riesigen Waschmaschinen der Schaum sich mit den bunten Stoffen vermischte. Einige der Geräte beschleunigten und begannen zu vibrieren. „Ich bin gleich fertig“, meldete sich eine junge Frau und deutete auf eine der Maschinen, die die letzten Runden ihres Schleudergangs drehte.

Blade bedachte die Fremde mit einem prüfenden Blick. Sie hatte schwarze kurze Haare. Ein Tunnel ließ ihn durch ihr kleines Ohrläppchen hindurchschauen. Sie kaute auf einem Kaugummi wie ein amerikanisches Girl aus einer dieser billigen Soaps und blies den Kaugummi zu einer durchsichtigen Blase auf. „Wohnst du noch bei Mutti oder hat dich deine Alte hergeschickt?“, fragte sie, nachdem sie die Blase gekonnt mit der rosa Spitze ihrer Zunge zurück in den Mund manövriert hatte. Die schmalen Lippen waren dunkel umrandet.

Sie kam näher und schnupperte an der Wäsche, blieb jedoch auf Abstand. „Riecht ganz nach einem Unfall. Hat der Kleene zu tief geschlafen?“ Sie machte ein Gesicht, als hätte sie in eine Zitrone gebissen.

„Bist du immer so neugierig?“

„Naja, es ist öde hier. Aber du bist nicht mein Typ, also brauchst du dir keinen Kopf machen, ich stehe eher auf Männer“, sagte sie und grinste breit.

„Und ich auf Frauen, Jungs haben mich noch nie interessiert“, konterte er und zog sie wegen ihres eher maskulinen Äußeren auf.

„Hey, was bildest du dir ein, ich bin ne Frau.“ Sie griff sich wie zum Beweis mit beiden Händen an die kleinen Brüste.

„Ein Push-Up würde dir nicht schaden“, murmelte er und staunte über sich selbst. Eigentlich war er nie wortgewandt gewesen, und seine Sprüche waren eher lasch als schlagfertig. Doch der Gedanke an die bevorstehende Jagd auf ein weiteres Kind beflügelte ihn.

„Arschloch“, warf sie ihm das Wort vor die Füße, hockte sich auf eine der Maschinen, kreuzte das eine Bein über das andere und wippte mit der Schuhspitze. Ihre Doc Martens hatten eine helle Khaki-Farbe und waren vorne abgeschabt. Die Schuhe passten zu ihrer zerrissenen Hose und dem blau-weiß karierten Holzfäller-Hemd. Ansonsten befanden sich hier noch drei Frauen und ein älterer Herr, der mit einer dunkelhäutigen Dame in ein Gespräch vertieft war, bei dem es um die Situation der Flüchtlinge ging, konnte Blade aus den Wortfetzten heraushören.

„Die Maschine ist fertig“, wurden seine Gedanken von einer Frauenstimme unterbrochen, die mit einem starken osteuropäischen Akzent sprach.

„Können Sie mir bitte zeigen, wie sie funktioniert?“, bat er die Frau höflich.

„Aber natürlich. Hat das Baby Pipi gemacht?“ Sie schnalzte lachend mit der Zunge. „Kinder machen viel Arbeit. Wie viel?“

„Wie bitte?“ Er war wirklich überfragt, weil er das Gesprochene kaum verstehen konnte.

„Wie viel Kinder hast du?“

„Zwei“, log er und ließ sich die Bettwäsche aus den Händen nehmen. Dann musste er an die Unterhose und das Unterhemd denken, aber da war es schon zu spät. Die Frau schüttete alles in einen großen Korb, der ihr gehörte, und runzelte die Stirn, nachdem sie seine Unterwäsche bemerkt hatte.

„Die beiden Jungs haben mit mir geschlafen, und ich habe alles abgekriegt."

Erneutes Schnalzen mit der Zunge. „Haben Sie Geld dabei?"

„Ja klar."

„Und Waschpulver?"

„Fuck", formte er mit den Lippen und lief rot an. Ein schallendes Gelächter der jungen Frau mit der zerrissenen Hose trieb ihm noch mehr Schamesröte ins Gesicht.

„Ich habe genug dabei", winkte die Frau ab und stopfte zuerst die Decke in den Schlund der Maschine. Dann zeigte sie auf den Regler und erklärte ihm die Funktionen. „Ich bleibe noch eine Stunde hier, wegen des Trocknens, das können Sie in diese Maschine stecken", sagte sie, auf die restlichen Sachen deutend, und lief nach rechts. „Ihre Unterwäsche ..."

„Ach, die kann ich wegschmeißen."

„Wie Sie wünschen."

Blade atmete erleichtert aus. Ihm blieb also noch genügend Zeit, um nicht zu spät zur Arbeit zu kommen. Sein Handy klingelte, es war seine Freundin. „Sag mal, willst du mich verarschen? Das Essen wird kalt!"

„Der Wagen macht Geräusche, ich fahr den Micra in die Werkstatt."

„Was is det für'n komisches Brummen bei dir?", wollte sie wissen. Er hörte, wie sie mit einer Gabel oder einem Messer über einen Teller kratzte.

„Ich sage doch, der Wagen hat was am Motor", log er und deckte die Sprechmuschel mit der Hand ab.

„Ich hab doch gleich jesagt, der Wagen ist ein Schrotthaufen. Du musst dir eine andere Arbeit suchen, wir sind seit zwei Monaten zusammen und waren bisher kein einziges Mal im Restaurant. Bianca und Jeremy gehen immer einmal im Monat fein essen, wenn er sein Gehalt nach Hause bringt. Ich will auch mal zum Chinesen oder mal nen Döner essen gehen."

„Machen wir, versprochen."

„Auch zum Italiener?"

„Auch zum Italiener", murmelte er ins Telefon.

„Das muss ich gleich Bianca erzählen, wir gehen zum Italiener." Helga bekam Schnappatmungen vor lauter Freude und ließ dabei etwas fallen. Der Hund jaulte im Hintergrund. „Ist nichts passiert, Bello, war nur ein Teller. Bladie", auch sie nannte ihn bei seinem Spitznamen, „wann willst du wieder mit mir schlafen? Ich habe damals blöd reagiert, das tut mir auch sehr leid. Ich wusste nicht, dass du mich so scharf findest, und nach dem Gefängnis hattest du bestimmt keinen Sex. Wollen wir es vielleicht noch ma versuchen?" Diese Frage kam so unverhofft, dass er die Verbindung einfach kappte. Er litt an Phimose, einer Vorhautverengung und einer frühzeitigen Ejakulation, er kam immer als Erster zum Ziel. Darum mied er den Sex, was ihn jedoch von seinen Gefühlsaufwallungen nicht abhalten konnte. Manchmal konnte er mehrere Monate aushalten, ohne seinen sündigen Gedanken nachzugehen. Er masturbierte täglich, wenn es ganz schlimm wurde, auch mehrmals am Tag, aber das war kein richtiger Ersatz für das, was er gerne tat.

„Na, war das deine Alte?" Es war wieder diese Punklady, so nannte er die junge Frau in seinen

Gedanken. Ein durchsichtiger Schlüpfer mit viel Spitze baumelte an ihren schmalen Fingern. Sie hielt den Arm zur Decke gestreckt und ließ das Höschen mehrmals kreisen. Ihr kleiner Mund wurde zu einem hämischen Grinsen, dann sah er erneut die Blase zwischen ihren Lippen hervorquellen.

„Willst du vielleicht ficken?“, fragte er hastig und so laut, dass nur sie ihn hören konnte. Der Schlüpfer hing schlaff an ihrer Hand herunter wie eine Fahne bei Windstille. Alle Züge der Belustigung waren aus ihrem Gesicht verschwunden.

„Bist du vielleicht pervers oder so?“, erwiderte sie ohne jeglichen Sarkasmus und schluckte schwer. Sie muss sich an ihrem Kaugummi verschluckt haben, dachte Blade und grinste hämisch.

„Ich werde dich in den Arsch ficken. Ich bin ein Psychopath“, sagte er bedeutungsschwanger, so als würde er ihr ein streng gehütetes Geheimnis anvertrauen.

„Bleib weg von mir, du krankes Arschloch“, blaffte sie.

Er beschloss, sie kaputtzumachen, er würde sie verfolgen. Die Punklady stopfte das Höschen in einen Sack aus hellem Leinen und stürmte nach draußen. Er lief ihr nach. Doch dann fiel ihm erneut der Junge ein. Darum blieb Blade im Waschsalon zurück. Er blickte durch das verschwitzte Fenster. Der kleine Junge war immer noch dort draußen. Er hörte das leise Bimmeln, weil die Tür einen Spalt breit offenstand. In Blades Kopf war kein Platz für Empathie oder Liebe, alles, was er wollte, war, seine Wollust zu stillen. Diese Schübe kamen in immer kürzeren Abständen und wurden jedes Mal heftiger.

Nachdem er Ursula nicht wie seine anderen bisherigen Opfer erdrosselt und vergewaltigt und ihr erst dann die Pulsadern aufgeschlitzt hatte, wurde sein Verlangen beinahe unstillbar. Es dürstete ihn nach Blut, weil er es geleckt hatte wie ein Hund. Seine Hände verkrampften sich zu Klauen. Die Stimmen in seinem Kopf musste er zum Verstummen bringen, um nicht komplett durchzudrehen. Er wollte nicht schon wieder in der Psychiatrie landen.

„Können Sie bitte die Tür zumachen, es zieht kalter Wind", bat ihn die freundliche Frau mit dem osteuropäischen Akzent, während sie ihre saubere und vom Trocknen warme Wäsche zusammenfaltete. Blade griff nach der Tür und verharrte mitten in der Bewegung. Die Tür wurde von einem Smartphone blockiert. Er hob das teure Ding auf und starrte auf das Display. Er war zwar kein Technik-Freak, aber er wusste, wie man die Sperrung wieder abschalten konnte. Das Gerät war jedoch nicht gesperrt, weil die Punklady ein E-Book gelesen hatte. „Ich werde dich kaputtmachen, Punklady", flüsterte er und wischte über die glatte Oberfläche.

#37

Saskia kniete im Laub und warf Hanna den gelben Ball zu. Der kleine Hund hüpfte dem Flummi hinterher und schnappte danach in der Luft. Hanna freute sich jedes Mal, wenn sie den Ball fing. Das unschuldige, ehrliche Lächeln stand im krassen Kontrast zu den blauen Würgemalen an ihrem schmalen Hals. Saskia schnürte sich bei der Vorstellung, was der Scheißkerl dem Kind angetan hatte, die Kehle zu.

Dem starken Drang nach Töten liegen meist nicht nur eine, sondern gleich mehrere Ursachen zugrunde, hörte sie die Stimme von Doktor Hornoff hinter ihrer Stirn, *eigentlich ist es ein ganzes emotionales Paket. Seine Handlung erscheint nur für ihn logisch und nachvollziehbar. Aber in keinster Weise hegt dieses Monster irgendwelche Schuldgefühle. Was mir wirklich Angst macht, ist die Tatsache, dass sein auffällig-unauffälliges Verhalten keinem aufgefallen ist.*

Aber müsste seine abnorme Verhaltensweise nicht im Kindergarten oder in der Schule, womöglich auch bei Eltern für Fragen gesorgt haben?, hatte sie den Psychologen gefragt.

Das macht ihn ja auch so gefährlich. Er hat zwei Gesichter.

Also mordet er nicht erst seit gestern?, hatte Saskia geschlussfolgert.

Für dieses Verhalten ist die schreckliche, meist kindliche Vergangenheit ganz symptomatisch.

„Saskia, Saskia, hörst du mir nicht zu?“ Hanna stand direkt vor ihr, die kleinen Händchen in die Seiten gestemmt. „Flummi ist mit dem Flummi weggelaufen und kommt nicht mehr zurück.“ Sie drehte sich um und zeigte auf einen großen Baum. Davor schabte der Chihuahua mit seinen Vorderpfoten ein Loch. Erdklumpen flogen in alle Richtungen. „Er will den Ball verstecken, der Dummie, aber ich sehe doch sein Versteck“, flüsterte Hanna verschmitzt und verdeckte ihren Mund mit der linken Hand.

„Magst du Hunde, Hanna?“, wollte Saskia aus einem unerklärlichen Grund wissen.

„Hm, ja, früher habe ich Katzen mehr gerngehabt, jetzt aber nicht mehr.“ Hannas Stimme bekam einen traurigen Klang.

„Warum nicht?“

Hanna senkte den Kopf und schabte mit dem Schuh in dem Blätterhaufen, den Saskia gedankenverloren zusammengelegt hatte. Das Laub raschelte. „Mein Rücken juckt, kannst du mich bitte kratzen?“, fragte Hanna leise und zog ihre Jacke aus. Sie trug darunter nur ein T-Shirt. Saskia strich dem Mädchen mit der flachen Hand sanft über die Schulterblätter. Sie war so zerbrechlich. Saskia fuhr dem Kind auch über die Schultern, dann sah sie an den Oberarmen rote Flecken.

Erneut erklang eine männliche Stimme in ihrem Kopf, diese gehörte jedoch Hannas behandelndem Arzt. Er sprach in Saskias Anwesenheit mit einem großen Polizisten, der Hauptkommissar Breuer hieß und die Ermittlungen leitete, in die seit Kurzem auch sie involviert war. Der Arzt blieb sachlich und verwendete keine Fachausdrücke, weil ihm der bullige Kommissar das vorweg untersagt hatte. *Weichteilblutungen an den Armen sind ein deutliches Zeichen dafür, dass das Opfer am Boden lag und von dem Angreifer, der darauf gekniet hat, in dieser Position fixiert wurde.*

Also hat das Mädchen ihm die ganze Zeit, während er ihr die Luft abschnürte, ins Gesicht geschaut?

Der Arzt hatte nur die Arme ausgebreitet.

Und die dunklen Flecken am Hals?, hatte der Kommissar nachgehakt.

Die Hämatome weisen darauf hin, dass der Täter dem Mädchen von hinten den Hals zugedrückt hat. Genau das erklärt auch, warum Hanna den Angriff überlebt hat. Ihr Peiniger muss ihr die Hauptschlagader abgeschnürt haben, und das Mädchen hat vorzeitig das Bewusstsein verloren. Der Mörder ist dann davon ausgegangen, dass Hanna tot sei.

Zuerst hat er sich auf sie gekniet, sie gewürgt, dann …

Dann hat er sie laufen lassen, um sie sich wieder zu schnappen, und ihr den Hals mit dem Arm zugedrückt, hatte der Arzt den Gedanken zu Ende gedacht. *Er hat mit dem Kind gespielt, auch wenn es sehr dumm klingt, er hat mit ihr das Gleiche gemacht, was die Katze mit einer Maus tut.*

„Er hat mit den Zähnen geklappert." Die Stimme des Kindes riss die Polizistin aus ihren Erinnerungen heraus.

Hanna drehte sich um und sah Saskia mit einem unentschlossenen Blick an, so als wüsste sie nicht, ob sie Saskia das Geheimnis anvertrauen konnte. Sie zog ihr Jäckchen zurecht und machte den Reißverschluss wieder zu. „So", entschied sich das Mädchen und hackte mit den kleinen Zähnchen.

Saskia kämpfte mit den Tränen und schluckte den Zorn wie eine bittere Pille hinunter.

„Weißt du noch, wie er ausgesehen hat?“

Hanna senkte den Blick und schüttelte den Kopf.

„Darf ich Doktor Hornoff davon erzählen?“

Erneutes Kopfschütteln.

„Aber er kann dir vielleicht helfen, dich daran zu erinnern“, flüsterte Saskia. Unsicher streckte sie die Arme aus und umfasste das eingeschüchterte Kind bei den Schultern. Dieses Verhalten war egoistisch und in Saskias Augen mehr als lebensfremd, weil sie diese Aufgabe einem anderen übergeben wollte, der viel mehr Ahnung hatte als sie. Wenn sie ganz ehrlich mit sich war, war sie mit dieser prekären Situation mehr als überfordert. Gleichwohl wollte sie Hanna helfen, musste das Kind aber dazu drängen, sich an mehr Details zu erinnern, doch sie wusste nicht, wie. Und Doktor Hornoff war nicht da, er unterhielt sich mit der Mutter des Kindes, und Hanna wollte sich dem Psychologen nicht anvertrauen, weil er ein Mann war und sie von einer männlichen Bestie missbraucht wurde. „Okay, das alles bleibt unter uns. Ich werde nichts verraten“, versuchte Saskia es noch einmal und konzentrierte sich auf jedes Wort.

Hanna hob den Blick. „Er sagte, er hat kleine Kätzchen. Er hat mich gefragt, ob ich Kitties mag.“

„Kitties?“

„Ja, das sind Katzenbabys.“

Ein übler Geschmack stieg in Saskias Mund auf.

„Hatte er eine Brille?“

„Nein.“

„Hast du die Kätzchen gesehen?“, lenkte sie sofort von dem Mann ab, weil sie merkte, wie Hanna sich wieder verschließen wollte.

„Also hast du die Kätzchen nicht gesehen?“

Erneutes Kopfschütteln.

Was kann ich sie noch fragen?, rauschte der Gedanke durch Saskias Kopf. Sie zermarterte sich das Gehirn, nur dranbleiben. „Magst du auch Puppen?“

„Ja. Aber ich habe meine Anna verloren.“

„War das eine Barbie-Puppe?“

„Ja, sie war so hübsch. Aber ich habe sie verloren.“

„Wo, Hanna?“

„Ich glaube bei den Kätzchen, er hat gesagt, wir sind jetzt da, und ich sprang aus dem Auto. Danach hatte ich die Puppe nicht mehr.“

„Welche Farbe hatte das Auto?“

„Ich glaube, es war rot, wie bei Papa.“

„Rot?“

„Ich glaube schon. Schau mal, Flummi sieht wie ein Schweinchen aus.“ Die Verbindung war gekappt, Hanna wollte nicht mehr darüber reden, die Erinnerung war für sie sehr belastend. Saskia lächelte matt.

„Er hatte auch so ein kleines Messer dabei, das machte so ein Klacken“, sagte Hanna schnell und lief dem kleinen Hund hinterher. Saskia brauchte einen Augenblick, um zu realisieren, was sie gerade eben gehört hatte. Doch dann klingelte ihr Telefon. „Ja?“, meldete sie sich.

„Saskia, Schatz!“ Es war Thorsten, ihr Ehemann, der Ton seiner Stimme brachte ihr Herz zum Stolpern. Sie spürte, wie ein heißer Stich durch ihre Brust fuhr.

„Was ist passiert?“

„Lukas ist verschwunden.“

„Was?“ Dieses eine Wort klang wie ein kalter Hauch der Angst.

„Er ist Fahrrad gefahren, und jetzt ist er weg, ich bin nur kurz rein, um das Handy zu holen, damit ich dir ein Video schicken konnte, jetzt ist er weg. Soll ich die Polizei rufen?!“ Er klang verzweifelt.

Ich bin die Polizei, dachte sie und sagte: „Ja, ruf die Polizei, und ich komme, so schnell ich kann.“ Mit zittrigen Fingern und wie benommen lief sie auf die Bank zu, auf der der Psychologe mit Hannas Mutter sprach. Der Ehemann war nirgends zu sehen. Saskia blickte sich um und lief schneller. „Doktor Hornoff, mein Kind ist verschwunden. Ich muss zu meinem Mann“, sagte sie und begann zu rennen, die Frage von Doktor Hornoff hörte sie wegen des lauten Tosens in ihrem Kopf nicht mehr. Grässliche Bilder tauchten vor ihrem Tunnelblick auf und lähmten ihren Körper. Sie weinte und rannte noch schneller. „Lukas, mein Schatz, Mama ist schon unterwegs“, murmelte sie, um sich zu beruhigen, und stieg in den Wagen. Sie bekam den Schlüssel erst beim zweiten Versuch in das Zündschloss. Der Motor sprang an. Hinter ihr ging plötzlich die Tür auf.

„Ich fahre mit Ihnen“, erklang eine Männerstimme neben ihrem rechten Ohr. Der schale Atem und der intensive Geruch nach Alkohol ließen ihre kleinen Härchen im Nacken zu Berge stehen.

#38

Der Vater war nirgends zu sehen. Der Junge lag weinend auf dem Boden und hielt sich an der Schulter. Er winselte und ließ die ganze Zeit seinen verängstigten Blick durch die Gegend schweifen, aber seinen Daddy konnte er dennoch zwischen den wenigen Menschen nicht ausmachen.

„Bist du hingefallen?“, fragte Blade durch die Scheibe, die er nach unten fahren ließ. Der Junge tat so, als würde er ihn nicht hören. „Du bist aber ziemlich weit gefahren, zum Glück habe ich dich noch einholen können.“ Er sprach mit einer Stimme, die dem Jungen Mut einflößen sollte.

„Sie haben mich verfolgt“, maulte das Kind und kniff die Augen zusammen.

„Ich dachte, wir fahren ein Rennen“, lachte Blade, stieg aus dem Wagen und ging vor dem Jungen in die Knie. „Soll ich dich nach Hause bringen? Mein Sohn, er heißt Steven, hat auch so ein Fahrrad, und er liebt es, wenn ich ihm hinterherfahre, aber er ist bei Weitem nicht so fix auf zwei Rädern wie du es bist. Er braucht noch diese kleinen Dinger, Mensch, wie heißen die noch gleich?“ Er formte mit Daumen und Zeigefinger einen Kreis und hielt nachdenklich ein Auge zu.

„Stützräder“, nuschelte der Junge.

„Stimmt.“ Blade klatschte mit beiden Händen auf seine Oberschenkel und schnippte mit Daumen und Zeigefinger.

„Komm, ich helfe dir auf die Füße, ich habe im Auto einen Verbandskasten."

Der Junge verkrampfte sich und riss sich los. Blade schaute sich verstohlen um. Doch keiner schenkte den beiden Beachtung.

„Ich habe auch Schlüssel im Kofferraum. Wir können dein Bike im Nu reparieren", sagte er und stellte das Fahrrad so, dass es, wieder auf den Seitenständer gestützt, nicht mehr im Weg war. „Magst du Clowns?"

Der Junge hob den Kopf. Er weinte nicht mehr. Der Helm hing schief. Blade löste die Schnalle und nahm den Kopfschutz ab, der auf der linken Seite einen tiefen Kratzer hatte.

„Ich mag Clowns, aber nur, wenn sie lustig sind", fuhr Blade fort und wischte die glatte Oberfläche des Helms mit einem Taschentuch ab. Er wollte keine Fingerabdrücke hinterlassen. Das Fahrrad würde er mitnehmen und es später in die Spree werfen. Der Helm sollte als eine Art Abschiedsgeschenk hier liegen bleiben. So wie die Puppe beim letzten Kind. Das machte die ganze Sache spannender.

„Ich mag sie auch, aber manche sind gruselig."

„Hast du das eine Video gesehen, auf YouTube? Du weißt schon, mit diesem bösen Clown? Der Kinder klaut und so", präzisierte Blade und hielt seine Hand an das Ohr des Jungen. „Darfst du überhaupt YouTube?", flüsterte er und wählte mit Absicht diesen jugendlichen Jargon, bei dem die Hälfte der Verben überflüssig war.

„Ich bin noch zu klein, aber ..."

„Einige Jungs in deiner Klasse haben es schon gesehen und denken, die sind cool und du nicht."

Der Junge stülpte die Unterlippe nach außen und nickte. Sein helles Haar klebte nass an seinem Kopf. Blade zog die Luft durch die Nase, er nahm mehrere Gerüche wahr, die ihn töricht machten, doch diese eine flüchtige Nuance raubte ihm den Atem. Der Duft nach kindlicher Unschuld. „Mein Handy liegt im Auto. Ich kann dir diesen Vorspann zeigen, danach rufen wir deinen Papa an. Einverstanden?“ Dieses Mal ließ der Junge sich auf die Beine stellen. Blade packte das Fahrrad mit der einen Hand am Lenker, mit der anderen hielt er den Jungen an seinem schmalen Hals und kämpfte gegen den Drang an, seine Finger darum zu legen und zuzudrücken.

„Hey, Sie da!“, schrie jemand hinter ihm. Blade zuckte zusammen und nahm die Hand von dem Kind, so als hätte er sich an der weichen Haut verbrannt.

In den Augen des Mannes loderte blanke Wut. Sein Gesicht war streng, er wirkte zu allem entschlossen und kämpferisch.

„Sind Sie sein Vater?“, bemühte sich Blade um einen versöhnlichen Ton und unterdrückte das kaum zu bändigende Verlangen nach Fleischeslust in sich. Hoffentlich starrt er mir nicht zwischen die Beine, hoffte er, denn in seiner Phantasie befand er sich in einem Bett - allein mit dem Jungen. Der Gedanke, den Vater mit dem Messer zu erstechen, das er seit seiner Jugend bei sich trug, und den Jungen ins Auto zu zerren, frohlockte in ihm, aber das käme einem Selbstmord gleich.

„Ich ruf die Polizei“, stotterte der Mann, der auf einmal unschlüssig wirkte, weil Blade seine Zähne fletschte - wie ein Raubtier. Der Typ war ein Feigling. Blade holte sein Messer raus, ließ die Klinge rausspringen und kratzte sich mit der Spitze unter dem Daumennagel.

Eine scheinbar alltägliche Geste, die bei dem Vater jedoch einen ziemlich anderen Eindruck hinterließ.

„Sind Sie ein Perversling oder so? Lassen Sie mein Kind los, Sie perverses Schwein.“ Blade hegte gemischte Gefühle gegenüber solchen Äußerungen. Am liebsten würde er den Mann auf der Stelle töten. Doch er verhielt sich dennoch zurückhaltend. Um die zugespitzte Lage nicht unnötig eskalieren zu lassen, machte er ein versöhnliches Gesicht und trat einen halben Schritt zur Seite.

„Um Gottes Willen, ich bin selbst Vater von zwei Kindern“, wehrte er die Beleidigung mit einem halbherzigen Lachen ab und schob den Jungen ein Stück von sich weg.

„Komm her, Partner, alles okay?“ Der aufgebrachte Mann streckte seine Arme aus, in der linken Hand hielt er ein Smartphone.

Partner, dachte Blade und deutete mit dem zugeklappten Messer auf das Fahrrad. „Sie müssen besser darauf achten, dass Ihr Sohn nicht unbeaufsichtigt draußen spielt. Er hat sich an der Schulter verletzt. Unsere Gesellschaft ist so verkommen, dass jeder in einem Mann, der sich um fremde Kinder kümmert und Nächstenliebe zeigt, einen potentiellen Kinderschänder sieht. Übrigens, gern geschehen“, sagte er matt und ging an seinem Wagen vorbei, damit der Mann, falls er sich doch entscheiden sollte, diesen Vorfall bei der Polizei zu melden, keine Anhaltspunkte für eine Beschreibung hatte. Darum sah er ihn auch nicht direkt an und hielt den Kopf ab jetzt, da sein Kontrahent ihn mit klarem Blick musterte, schräg zu Boden gesenkt.

„Hat er dir weh getan?", wandte sich der Mann an den Jungen, der nun zu weinen anfing.

„Nein, er war ganz nett", winselte das Kind.

„Komm, Partner, Mama hat was Leckeres für uns gekocht und wartet auf uns. Danach gehen wir zusammen ins Kino, später kommen Oma und Opa."

Blade steckte die Hände in die Hosentaschen und schlenderte gemächlichen Schrittes davon. Schweiß bedeckte seinen Körper. Das Verlangen nach einem Leben zehrte ihn von innen aus und riss in seinem Fleisch tiefe Wunden auf, er verglühte, es dürstete ihn nach einem Mord.

„Wenn Sie sich nochmal hier blicken lassen, werde ich die Bullen rufen", schrie der Mann ihm hinterher. Wie ein verängstigter Köter bellt dieser Kerl erst, wenn die Gefahr längst gebannt ist, überlegte Blade stumm und ärgerte sich umso mehr. In seinem Kopf tauchten Bilder auf: *Er stand dicht vor dem Jungen, der ihn mit vom Weinen feuchten Augen anstarrte. Sie befanden sich im Schlafzimmer. Seine Freundin hing an der Decke und keuchte, Schleim hing an ihren Lippen, weil er sie an einem Seil baumeln ließ. Das Springmesser klackte leise in seiner Hand, er stieß zu, doch in letzter Sekunde intervenierte das Arschloch von Vater, und der gezielte Stoß ging daneben. Er war plötzlich aufgetaucht und hatte alles zerstört.* Er schob den Tagtraum beiseite.

Aber noch ist nicht aller Tage Abend, sagte er zu sich selbst und bog in eine Seitengasse ab. Nack kurzem Warten erlaubte er sich einen verstohlenen Blick um die Hausecke. Der Vater trug seinen Sohn auf dem Arm, mit der freien Hand hielt er das Fahrrad an der Lenkstange und schleifte es hinter sich her. Blade hob die Hand und winkte dem Jungen zum Abschied, das Kind sah ihn an und winkte nur mit den Fingern zurück. Blade schloss die Augen, wirbelte in seiner Fantasie herum und rammte das Messer in die Brust des Mannes. Ein zufriedenes Lächeln breitete sich auf seinem Gesicht aus. „Noch ist nicht aller Tage Abend“, flüsterte er noch einmal und ging dann zurück zu seinem Wagen.

#39

Karl saß im Verhörzimmer und hielt einen Bleistift mit beiden Händen fest umklammert. Mit leisem Knacken brach das kantige Holz in der Mitte durch. Der Hauptkommissar ärgerte sich immer noch über das dämliche Verhalten seiner Tochter.

Sie hatte diesem Arschloch von Ehemann tatsächlich alles verziehen. Wie blöd können manche erwachsenen Frauen eigentlich sein?, fragte er sich in Gedanken und sah, wie er aus dem Wagen gestiegen war. Er lief zum Schulhof. Jana stand vor dem Tor, vor ihr kniete ihr Mann und hielt ihre Hand zwischen den seinen. Anja stand mit einem großen Kuschelbären daneben und sah mehr als glücklich aus. „Opa, schau mal, was mir Papa gekauft hat!“, hatte das fröhlich wirkende Enkelkind zu ihm gesagt und drückte den Bären noch fester an sich. „Er heißt Karl, so wie du. Mama sagt, du bist ein Brummbär.“ Karl hatte gelächelt, seine Schritte waren langsamer geworden.

„Papa, wir haben uns wieder vertragen“, hatte Jana geflüstert, weil ihr die Situation peinlich war. Sebastian hatte wie ein Idiot gegrinst, und Karl war sich dabei mehr als nur dämlich vorgekommen. Er war stehen geblieben, weil er mit der ganzen Szenerie überfordert war. Sebastian hatte die Initiative ergriffen. Leichtfüßig war er aufgestanden und hatte seine Kleidung gerichtet, er trug ein helles Hemd, eine dunkle Hose und Sportschuhe. Mit lässiger Manier klopfte er den Staub von den Knien und war mit ausgestrecktem Arm auf Karl zugelaufen. „Wenn du noch einen Schritt näherkommst, schieße ich dir dein rechtes Knie kaputt. Wenn deine Hand sich jemals wieder gegen meine beiden Mädchen hebt, schieße ich dir die Eier weg. Hast du mich verstanden?“, hatte Karl ihm zugeflüstert, nachdem sein Schwiegersohn weniger als eine Armlänge vor ihm stehen geblieben war.

Ohne ein weiteres Wort zu sagen, war Karl Breuer gegangen und überließ die Familie ihrem Glück.

„Unsere Überlegungen sollen auf objektiven Rückschlüssen basieren“, fügte Lars hinzu, der neben Karl Herrn Giebel vis-à-vis saß und klärte den Mann zum wederholten Mal über seine Rechte auf. „Da Sie heute als Zeuge vorgeladen wurden, weise ich Sie erneut ausdrücklich darauf hin, dass Sie weder sich noch Ihre Angehörigen belasten müssen. Sie können auch Ihnen unangenehme Fragen unbeantwortet lassen. Doch das, was Sie von sich geben, muss, ich wiederhole noch einmal, alles was Sie hier sagen, MUSS! der Wahrheit entsprechen. Lügen ist nur in dem Fall erlaubt, wenn Sie als Beschuldigter vor uns sitzen. Noch sind Sie es nicht. Sind wir uns da einig?“

Karl war wieder aus seinen Gedanken zurück und sah sein Gegenüber an, konnte jedoch dessen Miene nicht entnehmen ob er den Anweisungen Folge leisten wollte. Er war unruhig und zappelig, was vielleicht auf den Konsum von Drogen zurückzuführen war.

Ein quadratischer Lichtschatten huschte über die gräuliche Wand. Das kleine Fenster war von schlichten Vorhängen zugezogen.

Der vorgeladene Zeuge starrte kurz an die Wand und sah dann wieder den jungen Kommissar abschätzig an.

Der längliche Raum war schlicht, an den Wänden hing nichts, was Herrn Giebel unnötig ablenken konnte. Ein Tisch mit zwei Stühlen und eine nackte Lampe waren alles, was der karge Raum beherbergte. Linker Hand von Karl Breuer waren mehrere Ordner zu einem schiefen Turm aufgestapelt. Das sollte bei dem Befragten den Eindruck erwecken, dass die Polizei einiges an Informationen hatte, die ihn vor dem Strafrichter belasten konnten, was überhaupt nicht stimmte. Sie hatten nichts gegen ihn in der Hand.

„Wo waren Sie am siebten Oktober?“, lautete die erste Frage, nachdem die Personalien aufgenommen und überprüft wurden. Herr Giebel kratzte mit dem Zeigefinger der rechten Hand das Nagelbett seines Daumens blutig. Sein Blick war unstet und wanderte zwischen den beiden Männern hin und her.

„Meine Freundin und ich waren nicht die ganze Zeit in Amsterdam. Ja, wir waren zu dem besagten Zeitraum in Berlin, und nein, es kann niemand anderer bezeugen, dass wir es die ganzen zwei Tage nur miteinander getrieben haben. Wir sind erst seit zwei Monaten zusammen. Zwischen mir und Ursula lief in den letzten Jahren nicht viel. Da hat sich so einiges bei mir angesammelt, und ja, meine Freundin ist zehn Jahre jünger, aber ich habe Ursula nicht umgebracht. Wir sind in beiderseitigem Einverständnis auseinandergegangen.“ Ein leises Klopfen an der Tür unterbrach den Mann. Er drehte sich hastig um. In seinen Augen funkelten Angst und Verzweiflung.

Auch Karl sah, wie die Tür einen Spalt breit aufging. Edgar lugte rein und sah die Männer mit verkniffener Miene an. „Es ist sehr wichtig“, sagte der junge

Forensiker und schlüpfte vollends ins Zimmer. In kurzen Schritten hatte er sich dem Hauptkommissar genähert. „Guten Tag", grüßte er den Mann und legte mehrere Blätter mit der Rückseite vor den großen Polizisten auf den Tisch. „Frau Giebel war schwanger, das hat die Expertise ergeben. Die Gebärmutter der Toten hatte sich noch nicht komplett zurückentwickelt. Das Gewebe war nicht im Ausgangsstadium. Auch der Hormonspiegel weist darauf hin, dass sie den Fötus erst vor Kurzem abgetrieben hat. Wir haben ihren Frauenarzt kontaktiert und warten auf den Rückruf."

Dabei sah Karl den Mann prüfend an, weil er auf eine Reaktion hoffte.

„Danke, Edgar", sagte Karl. Eine bange Ahnung beschlich ihn, aber er bekam sie noch nicht komplett zu fassen.

„Ihre Frau war also schwanger?", setzte Karl das Gespräch fort, nachdem Edgar mit einem leisen Klacken die Tür hinter sich zugezogen hatte.

„Das weiß ich nicht", entgegnete der Mann und knetete seine Finger. Mit jedem weiteren Wort entglitten ihm die Gesichtszüge. Er rang sichtlich um Fassung.

Mit finsterem Blick wies Karl sein Gegenüber erneut darauf hin, dass er nicht lügen durfte.

„Aber ich sage die Wahrheit", stotterte der Mann und suchte mit einem flehenden Blick bei Lars nach Unterstützung, die er nicht bekam, weil der junge Kommissar sich Notizen machte.

„Ich möchte Ihnen den Gang in die gerichtsmedizinische Abteilung ersparen, darum frage ich Sie jetzt, ob Sie Ihre Frau anhand mehrerer Fotos identifizieren wollen?"

„Muss das unbedingt sein?“ Herr Giebel kniff die Augen zusammen und fuhr sich über das Kinn, so als wolle er sein Gesicht langziehen. Er ist für seine Jahre noch gut in Form, stellte Karl mit einem leichten Ziehen im Bauch fest. Sein Magen bereitete ihm in der letzten Zeit immer mehr Kummer.

„Ja, das muss“, sagte Karl gleichmütig. Auch wenn die Straftat dem Mann nicht nachgewiesen werden konnte, so bedeutet es noch lange nicht, dass dieser Mann unschuldig ist, überlegte Karl und holte mehrere Fotos heraus.

Herr Giebel zog scharf die Luft ein und kniff die Lider zusammen. Feine Fältchen umsäumten seine Augen. „Ja, das ist Ursula.“ Er bedeckte sein Gesicht mit beiden Händen. „Eigentlich habe ich sie immer noch geliebt“, nuschelte er. Seine gepflegten Hände dämpften seine Worte ab und machten sie kaum verständlich, weil er sie sich gegen den Mund presste. Da schwingen noch echte Gefühle mit, konstatierte Karl und notierte sich das.

„Und nachdem Sie erfahren haben, dass ihre Frau Sie mit einem anderen Kerl betrogen hat, haben Sie sie kalt gemacht.“ Karl ließ den Satz wie eine Feststellung klingen.

„Nein“, warf der Mann ein und legte seine Hände flach auf die zerkratzte Tischplatte.

„Sie haben keinen Job mehr, geschieden sind Sie auch nicht, die Wohnung, in der Ihre Frau kaltblütig getötet wurde, gehört laut Gesetz Ihnen beiden, nach dem Tod Ihrer Frau verfügen Sie über den weiteren Ablauf, sprich: Sie sind alleiniger Besitzer dieser Wohnung und könnten sie schon morgen verkaufen, wenn es Ihnen beliebt. Ist es nicht so?“

„Nein, ist es nicht", knurrte der Mann trotzig, dennoch wenig überzeugend.

„Sie lügen!"

„Nein, Ursula war eigentlich meine Traumfrau. Ich hätte es niemals wegen des Geldes getan, alles ging von ihr aus. Sie wollte die Trennung, die Wohnung war mir egal. Eigentlich dachte ich, dass es nur so eine Phase ist, die jedes Paar durchleben muss. Aber dass alles so ein Ende nimmt, das habe ich in meinen schlimmsten Träumen nicht gedacht."

Zum ersten Mal sprudeln die Worte mit der Überzeugung aus ihm heraus, die besagten, dass er nicht lügt, stellte Karl Breuer mit bitterem Geschmack auf der Zunge fest.

#40

„Das war dämlich, was du hier abgezogen hast“, fuhr Saskia ihren Kollegen an. Sie saß im Beifahrersitz und starrte die ganze Zeit auf ihr Handy.

„Aber ich hätte dich unmöglich in so einem Zustand fahren lassen können, du bist eine Gefahr für dich und andere Verkehrsteilnehmer.“

„Aber mein Kind ist verschwunden, und Thorsten weiß nicht, wo Lukas steckt.

Wie hast du mich überhaupt gefunden, Henry?“, fragte sie und schniefte.

„Ich habe mich bei deinem Mann nach deiner Gesundheit erkundigt, aus dem Gespräch konnte ich jedoch heraushören, dass er von all dem nichts weiß. Er hat also keinen blassen Schimmer, was dir in der Nacht zugestoßen ist? Ich dachte, eure Beziehung ist auf gegenseitigem Vertrauen aufgebaut?“

„Ich habe ihn nicht angelogen“, sagte sie schnippisch.

„Auf jeden Fall meinte dein Herzblatt, du seist im Krankenhaus. Kaum habe ich hier meinen Wagen abgestellt, sah ich dich rennen. Da habe ich nichts Gutes geahnt und bin meinen Instinkten gefolgt.“

„Warum stinkst du aber so nach Alkohol?“

„Aus hygienischen Gründen. Ein Penner hat sich vollgekotzt und meine Schuhe ruiniert. Die waren neu, ich rieche immer noch seine Kotze.“ Henry verzog angewidert den Mund.

Plötzlich klingelte Saskias Telefon. Sie gab einen leisen Schrei von sich und griff zappelnd danach. „Ja? Wie bitte? Du hast ihn gefunden?“

Saskia drückte den Hörer fest an ihr Ohr. Das Pochen in ihrem Kopf und die leise Musik im Inneren des Wagens übertönten das atmosphärische Rauschen und die aufgebrachte Stimme ihres Mannes, sodass sie ihn kaum verstehen konnte. Der Knoten in ihrer Brust löste sich endlich, und Saskia konnte wieder erleichtert aufatmen. „Lukas ist mit seiner Hose im Zahnrad stecken geblieben? Und bekam die blöde Kette nicht ab?“ Jetzt lachte sie. In ihren Augen schwammen Tränen der Erleichterung. „Die Hose ist neu, und er hatte Angst, dass er deswegen ausgeschimpft werden könnte?“ Saskia weinte und lachte, gleichzeitig schluchzte sie und wollte etwas sagen, doch alles, zu was sie fähig war, war ein leises Winseln der übermächtigen Freude. „Mein kleiner Engel“, flüsterte sie in Gedanken.

Eine Sekunde waren sie in Schweigen gehüllt. Saskia brauchte Zeit, um ihrer Emotionen Herr zu werden.

„In Lukas‘ Klasse hat ein Junge seine Hose zerrissen und bekam deswegen einen Tag lang Fernsehverbot“, sagte ihr Mann lachend, „und ich habe ihm stattdessen erlaubt, heute Abend eine Stunde länger aufzubleiben, bin ich deswegen ein schlechter Vater?“, fragte Thorsten und fuhr fort, ohne Saskia eine Chance auf eine Antwort zu geben. „Wir wollen zusammen Galileo schauen. Bist du um sieben zu Hause?“ Erst jetzt verklang seine Stimme, weil er von ihr etwas Positives hören wollte.

„Du bist der beste Vater und Ehemann, eher werde ich den Job kündigen, als zu spät zu kommen. Ich liebe dich.“

„Ich dich auch, wir sehen uns heute Abend, es gibt Lasagne." Schweren Herzens legte Saskia auf, presste ihren Hinterkopf gegen die Kopfstütze und zog zischend die Luft ein, weil sie die Platzwunde total vergessen hatte, und sagte: „Lass uns zurückfahren, Henry, Lukas ist wieder aufgetaucht."

„Was anderes habe ich auch nicht erwartet", entgegnete der Polizist und setzte den Blinker.

#41

Blade stürzte in seine Wohnung. Wie ein Wilder schlug er die Tür zu. „Helga!", brüllte er und stolperte durch den Flur ins Wohnzimmer, in dem der Fernseher lief. Seine Freundin saß auf dem Sofa mit einer halbleeren Chipstüte zwischen den nackten Schenkeln. Ein Handtuch war wie ein Turban um ihren Kopf gewickelt. Sie trug nur einen dünnen Bademantel. Mechanisch öffnete sie den Mund und schob weitere Kartoffelteile in sich hinein, obwohl ihr Mund noch voll war. Ihre Lippen glänzten vom Fett und waren gelblich von dem Chili Pulver, doch all das war nicht von Belang. „Zieh dich aus", raunte er und machte sich an seiner Hose zu schaffen. Helga begriff nicht sofort, was er von ihr wollte, und kaute einfach weiter. Eine Polizeisirene drang aus den Lautsprechern des Fernsehers und brachte den schlafenden Hund dazu, die Ohren zu spitzen. Der andere, der älter war, schlief einfach weiter. „Mach schon", drängte er. Als Helga immer noch nichts tat, kam er näher an sie heran, riss ihr die Tüte grob aus der Hand und warf sie achtlos zu Boden. Gelbe Kartoffelscheiben lagen nun auf dem Boden verstreut.

„Hey, so will ich das aber nicht", empörte sich Helga. Anstatt sich zu entblößen, bedeckte sie ihre Beine mit einer Decke. „Erst nach dem Abendessen."

„Aber ich habe Nachtschicht", knurrte er.

„Dann eben morgen, aber nicht so!"

„Du wolltest gevögelt werden, hier bin ich", presste er die Worte durch die Zähne. Er hatte sich der Hose und der Schuhe entledigt. Helga schubste ihn von sich weg. Er gab nicht auf und griff mit der rechten Hand nach der Decke. Mit der Linken riss er Helga am Kragen und brachte sie dazu, sich auf den Rücken zu legen.

„Sag mal! Geh runter von mir!“, keuchte sie. Blade warf sich auf sie, drückte ihre Beine auseinander und drang grob in sie ein. Dabei ergoss sich sofort sein Samen. Er stieß weiter, härter und schneller in das weiche, warme Fleisch. Helgas Widerstand löste sich. Ihre Gegenwehr ließ nach. Sie legte ihre Hände auf seinen nackten Hintern und presste ihn dicht an sich. Sie keuchte zu den immer schneller werdenden Stößen und hob ihr Becken an.

„Küss mich“, flehte sie ihn mit piepsiger Stimme an, doch Blade dachte gar nicht daran. Helga widerte ihn an. Die ganze Zeit des Aktes musste er an Emily denken. Sie war die einzige Frau, die er je begehrt hatte, die er nicht kaputt machen wollte. Anders als ihre Mutter Ursula, die er eines Nachts nach einem Anruf von Emily aus einem Lokal abgeholt und sie nach Hause gefahren hatte. Sturzbetrunken, wie Ursula war, hatte er sie bis zu ihrer Haustür begleitet. Sie hatte sich an dem Tag von ihrem Mann getrennt. Sie hatten noch in derselben Nacht miteinander geschlafen, weil Ursula ihre Wohnungstür nicht aufbekommen und ihn darum angefleht hatte. Zuerst hatten sie sich geküsst, schon im Flur grabschte Ursula gierig nach seinem Schwanz. Er trug sie ins Schlafzimmer. In der kurzen Zeitspanne war die blöde Kuh tatsächlich in seinen Armen eingeschlafen.

Aber Blade war dies egal. Er nahm sich das, was ihm an diesem Abend zustand.

Und Ursula hatte von dem kurzen sexuellen Übergriff nichts mitbekommen, sie war wie tot. Noch bevor er sich ausgezogen hatte, schlief Ursula tief und fest. Sie roch nach Kotze und lag einfach nur so da wie eine Tote. Trotzdem hatte er ihr den Schlüpfer ausgezogen und seine Chance genutzt. Zum ersten Mal in seinem Leben hatte er endlich mit einer Frau geschlafen, ohne sich darüber den Kopf zerbrechen zu müssen, dass er danach von ihr wegen seines Handicaps ausgelacht wurde. Der stets frühzeitige Samenerguss war an allen seinen gescheiterten Beziehungen schuld.

„Fick mich!“, schrie Helga und wand sich unter ihm. Ihr Körper war weich, in den Falten um ihren Hals bildeten sich kleine Rinnsale. Sie schwitzte und war feucht. Es schmatzte eklig zwischen ihren Beinen.

Blade legte seine Finger um ihren Hals und presste ihr die Luft ab. Zuerst zaghaft, dann erhöhte er den Druck stetig, so lange, bis seine Fingerknöchel wehtaten. Helgas Gesicht lief rot an. Doch sie schrie weiter und erschauerte vor Erregung. In ekstatischen Zuckungen presste sie die Lippen aufeinander und rang nach Luft. Nachdem sie begriffen hatte, dass sie bald ersticken würde, wenn sich der Würgegriff nicht lösen sollte, packte sie Blade bei den Armen. Ihre Nasenflügel blähten sich auf, die geweiteten Augen färben sich rot. Die Muskulatur ihrer Beine zuckte konvulsiv, weil der Höhepunkt ihres Orgasmus immer noch nachwirkte.

Ich habe sie tatsächlich gefickt, und sie ist gekommen, rauschte der Gedanke durch seinen Kopf und erfüllte ihn mit Stolz, dabei hinterließ er eine wohltuende Wärme in seiner Brust. Er verspürte wieder dieses Kribbeln. Er war euphorisch. Seine Fingerkuppen gruben sich immer tiefer in das weiche Fleisch. Sex war nie sein Ziel. Er wollte mehr, er wollte ihren Tod vor Augen sehen, ihn spüren, ihn riechen, ihn in sich einatmen. Vor Erregung begannen seine Zähne zu klappern. Ein dünner Speichelfaden bildete sich auf seiner Unterlippe, weil er vor Geilheit vergessen hatte zu schlucken. Doch dann gelang Helga tatsächlich etwas, das keines seiner Opfer bisher zustande gebracht hatte – sie stieß ihn mit einem wilden Schrei von sich. Sein immer noch steifes Glied schlüpfte mit einem feuchten Schmatzen aus der Scheide.

Helga griff sich an den Hals.

Blade schlug schmerzhaft mit dem Kopf gegen etwas Hartes auf dem Boden. Es war eine leere Bierflasche. Einer der Hunde jaulte, weil ihn die Flasche an der Flanke erwischt hatte, nachdem Blade sie mit verzerrter Miene achtlos zur Seite geworfen hatte.

Seine immer noch nach Luft keuchende Freundin hustete und spuckte Galle. Dann rappelte sie sich schwerfällig vom Sofa auf und schlug mit der Fernbedienung auf den liegenden Blade ein. Dabei traf sie ihn mehrmals am Kopf. Die Kunststoffschale flog in tausend Stücke. Mit einer solch heftigen Gegenwehr hatte er nicht gerechnet. Helga ist nicht nur fett, sie ist groß und kräftig, dachte er voller Zorn und sah zu, dass er aus ihrer Reichweite kam. Sie war zu allem entschlossen, wie eine schwerverletzte Bärin schlug Helga um sich.

Blade kroch auf allen Vieren davon und sprang erst dann auf die Beine, nachdem Helga aus dem Wohnzimmer gestürmt war. Die Hunde folgten ihr, ihre Krallen kratzten dabei über den Boden. Blade blutete an der Schläfe. Er atmete stoßweise. Er war zu erschöpft, um Helga zurechtzuweisen. Er hatte mit solch einer heftigen Gegenwehr überhaupt nicht gerechnet.

„Ich fahre zu meiner Schwester“, rief Helga aus dem Schlafzimmer. In ihrer Stimme schwebten immer noch Angst und etwas, das ihn an seine Mutter erinnerte, vielleicht Enttäuschung. „Es ist aus und vorbei mit uns, du krankes Arschloch“, sagte sie noch und verließ die Wohnung.

Blade zog seine Hose an und warf sich auf das Sofa. Er würde später seine Chefin anrufen, um sich für den Rest der Woche krank zu melden. Die blutende Schläfe pochte. Das hatte er sich selbst zuzuschreiben, er verfluchte sich ob seiner Feigheit, er hätte fester zudrücken sollen oder auf sie einstechen.

„Ich werde dich nicht waschen, Helga, ich werde dich nicht waschen, wenn ich dir die Pulsadern aufschneide“, sprach er in das nach nassem Hundefell riechende Sofakissen. Bilder einer toten Frau tauchten vor seinem geistigen Auge auf. Ihr gräulicher, nackter Körper schwebte im trüben, lauwarmen Wasser. Er sah ihr ins Gesicht.

Vergangenheit

#42

„Ich werde dich nicht mehr bei mir haben können“, sprach seine Mutter zu ihm. Sie lag in der Badewanne, die bis an den Rand mit Wasser gefüllt war. Nach Lavendel duftender Schaum bedeckte ihre schlaffen Brüste und die Scham, nur der Kopf und die Knie ragten heraus. Seine Mutter hatte die Haare nach hinten gekämmt, die zu nassen Strähnen hinter den Ohren lagen und im Wasser schwammen. Ihr Gesicht war verhärmt und verbraucht, vom schweren Leben gezeichnet und dunkel um die Augen, weil die Schminke sich aufzulösen begann. Seine Mutter war betrunken. Eine halbleere Flasche Rotwein stand auf dem dunkel gefliesten Boden. Ein Glas, das zur Hälfte leer war, stand neben ihr auf dem dunkelgrünen Rand der Badewanne. Die mit warmem Dampf gesättigte Luft beschlug den Spiegel und das kleine Fenster. Leon, so hieß Blade, bevor er ganz allein auf sich gestellt war und noch eine Mutter und eine Schwester hatte, stand nur in eine Unterhose und in ein Unterhemd gekleidet in der Tür. Er sah seine Mutter durch einen Tränenschleier der Verzweiflung stumm an. Sie hob schwerfällig den Arm, griff mit ihrer runzligen Hand nach dem Glas und nippte daran.

„Ich komm mit dir einfach nicht zurecht, Leon, mein Schatz“, sprach sie leiernd und legte den Kopf tief in den Nacken. „Seitdem dein Papa bei dem Unfall ...“

„Das war kein Unfall, der Mann hat ihn getötet“, fiel er ihr trotzig ins Wort und wollte gehen. Den Blick hielt er auf seine nackten Füße gerichtet. Der große Zeh war blau am Nagel, weil er sich beim Fußballspielen mit einem Jungen geprügelt hatte. Er wurde nur deswegen aus dem Verein rausgeschmissen, weil das nicht sein erster Ausraster war, lautete die Begründung seines Trainers.

„Du machst mich kaputt, Leon. Ich werde mit dir einfach nicht fertig. Ich habe noch ein zweites Kind, um das ich mich kümmern muss, aber du nimmst mir all meine Kräfte und saugst mich aus wie ein Vampir. Sieh mich an.“ Sie schloss die Augen. Ihre Stimme klang dabei müde, so als wäre sie erst jetzt aufgestanden. „Deine Schwester und ich haben uns dazu entschieden, dich in einem Heim unterzubringen, damit Menschen, die Ahnung davon haben, sich deiner annehmen. Ich bin es leid, zusehen zu müssen, wie du alles zerstörst: mein und das Leben deiner Schwester. Ich weiß, der Esel nennt sich als erster, aber ich möchte dieses eine Mal auch an mich denken und nicht immer euch in den Vordergrund rücken. Ich habe mich schon oft für deinen Vater geopfert, jetzt will auch ich ein bisschen was von meinem Leben haben.“ Sie lag immer noch mit geschlossenen Augen da. Tränen sickerten zwischen ihren Lidern hindurch und hinterließen graue Rinnsale.

„Ich werde mich ändern, Mama“, versprach er zum zigsten Mal und unterdrückte nur mit Mühe ein Schluchzen, welches seine Stimme zum Zittern brachte. In seiner Hand hielt er ein Springmesser. Es war ein Geschenk seines Vaters gewesen, das er immer bei sich hatte. Die Klinge klackte aus dem Schaft heraus, er drückte sie mit dem Daumen wieder zurück, um sie gleich darauf wieder herausspringen zu lassen.

„Dafür ist es zu spät, ich habe schon alles arrangiert. Es ist nur ein Versuch. Alles wurde in die Wege geleitet, damit aus dir später ein Mensch werden kann, der sich in die Gesellschaft einfügt und nützlich für die Allgemeinheit sein kann."

Der warme Lavendelduft wurde zu einem widerlichen Odeur und schnürte dem verzweifelten Jungen die Kehle zu. Er musste würgen. Das kräftige Gelb der Fliesen in dem kleinen Zimmer, der ins schmutzige Braun changierende Boden und der ausgefranste geblümte Teppich vermischten sich zu einem einzigen Durcheinander. Leon lehnte seinen Kopf an den kühlen Türrahmen und weinte bitterlich. Für einen Moment gab er sich den Gefühlen hin und strich sich die Tränen weg. Dabei verletzte er sich mit der Klinge an der Wange. Die Wunde begann sofort zu brennen, weil er noch kurz zuvor damit eine Zwiebel geschnitten hatte. Für einen kurzen Moment flammte ein unschöner Gedanke in seinem Kopf auf, doch die Stimme seiner Mutter vertrieb die Bilder.

„Deine Schwester und ich werden dich so oft es nur geht besuchen. Das verspreche ich dir. Du wirst zurück nach Schwäbisch Hall gehen. Berlin tut dir einfach nicht gut."

Die Wut, die zuerst kaum spürbar und nichts als ein marginales Flackern gewesen war, rückte weiter in den Vordergrund. Mit jedem Atemzug vereinnahmte der unbändige Zorn all seine Empfindungen und verwandelte sie in ungezügelten Hass. Seine Faust schloss sich fester um den Schaft des Messers. Er ging auf seine Mutter zu und kniete vor ihr nieder.

Ein genüssliches Lächeln umspielte ihre Lippen. Sie öffnete die Augen und sah ihn mit einem volltrunkenen Blick liebevoll an. Ihre nassen Finger fuhren durch sein feuchtes Haar, dann zog sie ihr Kind näher zu sich heran, dabei stieß Leon unbeabsichtigt das Glas in die Badewanne. Der Wein färbte das Wasser rot. Ein flaues Kribbeln beschlich ihn. Während die Klinge mit einem mechanischen Klacken hervorschnellte, wurde ihm plötzlich schlecht.

„Ich hatte eine anregende Unterhaltung mit deiner Oma. Sie wird nach dem Rechten schauen. In den Ferien kannst du dann bei deinen Großeltern wohnen."

„Aber ich will das nicht", flüsterte der Junge und drückte die Klinge zurück, doch sie sprang immer wieder raus.

„Das sagst du jetzt. Wer weiß, vielleicht magst du später nicht mehr weg, weil Oma dich zu sehr verhätscheln wird. Du kennst doch Oma Elfriede, du bist ihr Engel", witzelte seine Mutter und fischte das Glas aus dem Wasser.

Leon verzog gequält das Gesicht, so als hätte er sich gerade eben eine Ohrfeige eingefangen und nicht einen flüchtigen Kuss auf die Wange. „Geh jetzt bitte raus und schneide die Zwiebeln fertig, ich bin gleich bei euch und mache uns das Abendessen." Sie sah ihn traurig an.

Leon saß immer noch kniend über den Rand gebeugt da. Ihre Nasenspitzen berührten sich beinahe. Seine Mutter atmete gleichmäßig. Ihr Atem fühlte sich auf seinem Gesicht kalt an. So wie der Nebel am See, immer dann, wenn er mit seinem Vater früher zum Angeln unterwegs war, nur roch der Nebel nie nach Wein.

„Geh schon, ich möchte nicht, dass du mich nackt siehst, dafür bist du schon zu groß und ich zu alt“, scherzte sie und schob ihn mit sanfter Bestimmtheit von sich weg. Doch Leon rührte sich nicht vom Fleck. Das sanftmütige Lächeln seiner Mutter wich einem ernsten Ausdruck. „Bitte geh, und hilf deiner Schwester beim Gemüseschneiden“, sagte sie auffordernd. „Warum blutest du im Gesicht?“, wollte sie wissen und legte ihren rechten Arm auf seinen Nacken, um sich die Wunde näher anzusehen. Dabei setzte sie sich aufrecht hin, sodass Leon ihre nackten Brüste sehen konnte. Leon riss sich aus der Umklammerung los. Seine Mutter griff nach ihm und erwischte ihren Sohn am Unterhemd. Der Stoff knarzte gefährlich. „Leon, was hast du wieder angestellt?“, flüsterte sie zornig.

„Lass mich los“, knurrte er und schnitt ihr mit dem Messer ins Fleisch. Er erwischte sie kurz oberhalb des Handgelenkes.

Ihre schreckgeweiteten Augen stierten auf den stark blutenden Strich. „Du kommst noch morgen weg“, winselte sie. In demselben Moment strich Leon seiner Mutter erneut über den Unterarm und hinterließ eine weitere Wunde. Das Fleisch klaffte weit auseinander. Das Blut spritzte wie eine Fontäne und besprenkelte sein Gesicht. Seine Mutter gab einen lauten Schrei von sich. Ihre Finger lösten sich und ließen endlich von ihm ab.

„Leonie!“, schrie die Frau nach ihrer Tochter. Ihr dringender Ton jagte Leon einen Schauer über den Rücken. Sie zappelte und schnappte nach dem Waschlappen, um sich das Blut von der Haut wegzuwaschen. „Was hast du getan? Du dummer Junge!“, stotterte sie und bedeckte ihren Arm mit dem Waschlappen, der sich sofort mit dem roten Blut vollsog. „Leonie!“, schrie sie erneut. Dann stach Leon ihr in den Bauch.

Seine Schwester stürmte herein, um nachzuschauen, was es mit dem Lärm auf sich hatte. Das schreckliche Bild raubte dem Mädchen den Verstand. Leonie hielt eine Möhre in der kleinen Hand, deren Spitze sie abgebissen haben musste. Bei der schrecklichen Szene hatte sich seine Schwester an der Möhre verschluckt. Sie hustete und ließ die Karotte zu Boden fallen. „Mama“, quiekte sie. Ihr Kinn zitterte. „Leon, was hast du gemacht?“ Ihr unsteter Blick huschte zwischen ihrer sterbenden Mutter und ihrem Bruder hin und her, dessen Gesicht wie auch das Unterhemd mit dunklem Blut vollgespritzt waren. „Leon, warum ist Mama so schmutzig?“, flüsterte Leonie, sie war an diesem Tag neun Jahre alt, er keine fünfzehn.

„Ich werde sie nachher waschen“, erwiderte Leon mit dem Blick eines Wahnsinnigen. Er lachte, nein, er kicherte und zitterte am ganzen Körper. Vor Erregung klapperten seine Zähne wie eine Rassel. „Komm her, Leonie“, nuschelte er, weil er sich die Lippe blutig gebissen hatte, seine Zähne waren auch rot, genauso wie der Schleier vor seinen Augen. Das Blut hing zu einem Faden an seinem Kinn und zog sich langsam in die Länge.

„Leonie, lauf weg“, keuchte die Mutter mit letzter Kraft und packte erneut ihren Sohn am Arm. Doch ihre Hand war kraftlos. Leon stand auf und rannte Leonie hinterher. Kurz bevor sie aus der Wohnung stürmen konnte, zog er sie an den Haaren zurück in die Wohnung. Das Messer fiel ihm aus der Hand. Der Schrei ging in ein lautloses Keuchen über, nachdem er sie in den Schwitzkasten genommen und ihr den Hals fest zusammengedrückt hatte. Leonie sackte nicht sofort in sich zusammen. Erst nach einer Ewigkeit rutschte sie an der Tür zu Boden. Leon rutschte in der Lache mehrmals aus, weil seine Schwester sich in die Hose gemacht hatte. Erst, nachdem er aus seinem Rausch erwacht war, begriff er, was sich hier abgespielt hatte. Immer noch wie losgelöst ging er in sein Zimmer, packte all das Angelzeug in eine Tasche, das er für einen kurzen Ausflug gebrauchen konnte, und verließ die Wohnung. Erst als die Sonne untergegangen war, kam er zurück. Er hatte zwei Karpfen gefangen und eine Schleie. Die Sachen, die er bei dem Übergriff an seinem Körper getragen hatte, hatte er im See versenkt. Sofort, nachdem er die Tür zur Wohnung aufgerissen hatte, begann er zu schreien. Er brüllte so lange, bis die Nachbarn herausgekommen waren, um den verzweifelten Jungen zu beruhigen und die Polizei zu informieren.

#43

Eine männliche Stimme aus dem Fernsehen riss Blade aus seinen Erinnerungen.

„Ein Kind ist einem Mörder zum Opfer gefallen. Der Leichnam wurde von Passanten entdeckt. Die Polizei bittet um jeden Hinweis“, sprach der grauhaarige Mann in die Kamera. Blade rieb sich die Augen und verfolgte die Bilder, die über den Bildschirm flogen und sich in sein Gedächtnis einbrannten.

„Wir streben danach, den Mörder so schnell wie nur möglich zu fassen und bitten die Bevölkerung um Unterstützung.“ Blade entging nicht, wie aufgebracht der Pressesprecher wirkte. Es war ein gewaltiges Zugeständnis, und er wiegte sich derweil in Sicherheit, weil die Bullen im Dunkeln tappten.

Erneut zeigte die Kamera dieselbe Stelle, an der er das Kind unter dem Laub vergraben hatte. Die Szene flimmerte und wurde für einen kurzen Augenblick unscharf, weil der Kameramann die Linse auf eine Puppe fokussierte.

„Hat jemand etwas Verdächtiges beobachten können?“, drängte ein Reporter, nachdem das Antlitz des Mordkommissionsvorsitzenden und des Pressesprechers auf dem Bildschirm in die obere rechte Ecke gewandert war. Die Perspektive des Tatorts wurde erneut gewechselt. Die Kamera zoomte zurück, sodass der Zuschauer die komplette Umgebung in Augenschein nehmen konnte. Blade spürte wieder das sanfte Ziehen in seiner Brust. „Jeder Hinweis kann für uns von enormer

Wichtigkeit sein, egal, wie nichtig dieser für den Einzelnen erscheinen mag“, drängte die Stimme aus der Ecke. Dann legte sich Schweigen über das Wohnzimmer, weil Blade die Kiste ausgeschaltet hatte. Er zerrte erneut die Bilder aus seiner Erinnerung vor das innere Auge. Seine Hände glitten langsam in seinen Schritt. Er war wieder erregt. Seine Lunge füllte sich mit Luft. Er schloss die Lider und vergrub seinen Kopf im Kissen. Er lag auf dem Rücken und dachte an das Mädchen im Laub.

Eine Woche später

#44

„Deine Frau kann ausgezeichnet kochen“, sagte Karl und lehnte seinen Körper gegen die Stuhllehne. Die Haut um seine Augen war gerötet. Doktor Hornoff saß ihm gegenüber und schnitt sich ein kleines Stück von der Lasagne ab, ließ jedoch die Gabel sinken und legte auch das Messer hin.

„Jetzt sag schon, warum du mich zu dir nach Hause eingeladen hast, Karl?“, fragte Johannes Hornoff und sah sein Gegenüber fragend an.

„Weil ich mit dir über etwas sprechen wollte, was mir zu sehr am Herzen liegt, außerdem hatte ich gestern Geburtstag“, brummte Karl und sah auf die Auflaufform, die zur Hälfte leer war.

„Es geht um deine Tochter? Und alles Gute nachträglich.“

Karl nickte. „Vielmehr geht es um meinen Schwiegersohn.“

„Du meinst die Art, wie er mit deinem Kind umgeht?“, konkretisierte der Professor und hob ein Glas Wasser an die Lippen.

Erneutes Nicken. „Er hat sie geschlagen, ich befürchte, dass das keine Ausnahme war.“

„Und was hoffst du von mir zu hören?“ Johannes Hornoff sah den Kommissar über den Rand des Glases an und leerte es.

„Was kann ich als Vater tun, damit sie ihn verlässt?“

„Liebt sie ihn?“

„Ich glaube schon.“

„Dann kann ich nicht viel machen.“

Karl griff zur Weinflasche und füllte beide Weingläser fast bis an den Rand. Er deutete mit dem Kinn auf das von Doktor Hornoff. Sie prosteten sich zu und machten jeder einen großen Schluck. „Meinen Geburtstag hätte ich lieber im Kreise meiner Familie gefeiert“, gab der brummige Kommissar zu und starrte auf das Glas. „Was bedeutet Liebe für dich, Doc? Du als Psychoversteher musst es mir doch erklären können. Warum verfallen wir alle diesem Zustand und werden blind? Ja, ich habe zu viel intus, aber nur so kann ich darüber mit jemandem reden, wenngleich ich mich danach ärgern werde.“

Auch Doktor Hornoff verspürte die leichte Schwerelosigkeit und angenehme Schwere in den Beinen. Das herbe Bukett entfaltete sich an seinem Gaumen zu einem angenehmen Geschmack und löste seine Zunge. „Du weißt ja, dass ich ein überzeugter Atheist bin. Ich bin ein extrem Nichtgläubiger - sozusagen.“

Karl gab ein kurzes Grunzen von sich und grinste schelmisch.

„Zu meiner Studentenzeit hat mich der Begriff ‚rosarote Brille‘ fasziniert, ich wollte es begreifen, warum wir oft blind vor Liebe sind.“

„Ich hasse solche sentimentalen Gespräche, aber wenn du dadurch Jana davon überzeugen kannst, dieses Arschloch zu verlassen, höre ich mir deine Geschichte gerne an.“ Karl ließ den Wein im Glas kreisen und roch daran.

„Keiner ist dagegen gefeit. Aber ich möchte zuerst etwas weiter ausholen, wenn du Zeit hast."

Karl hob sein Glas. „Du hast eine halbe Flasche Zeit."

„In meiner Jugend, zu DDR-Zeiten, hat mich die Tatsache beeindruckt, wie ein großer Teil des Globus' ohne Glauben an Gott existieren konnte. Bei den Kommunisten gab es keinen Gott. Jeder glaubte im Geheimen an seinen eigenen - an einen, der nur für ihn existierte, ohne dass jemand darüber gesprochen hatte. Das tun die meisten immer noch, nur lassen wir uns von den Männern in den teuren wie auch in den schlichten Gewändern einreden, dass es nur einen wahren Gott gibt. Und davon haben wir mehr als genug zur Auswahl." Doktor Hornoff lächelte gedankenverloren. „Jede Religion hat mindestens einen Gott. Das ist wie in einem Discounter vor einem Weinregal. Du stehst vor einer Reihe Flaschen und musst dich für eine von mehreren Dutzend entscheiden. Das Teuerste ist vielleicht zu teuer und das Billigste verspricht nicht dem erwarteten Ergebnis, also entscheiden wir uns meist für das Preiswertere, um später festzustellen, dass der Wein korkt. Dabei ist jeder Wein schädlich für uns, wenn wir damit übertreiben."

„Was hat das Ganze mit meiner Tochter zu tun?"

„Warst du früher ein Ossi oder ein Wessi?", fragte der Psychologe und drehte das Glas zwischen Daumen und Zeigefinger.

Mehrere tiefe Falten gruben sich in Karl Breuers Stirn. „Du stellst mehr Fragen als du mir Antworten gibst", brummte er und warf hinterher: „Ich war immer ein Wessi. Warum?"

„Und ich hatte russisch als Fremdsprache."

„Mein Beileid, Doc, und komm jetzt endlich auf den Punkt."

„Die Slaven umschreiben das Wort ‚Liebe' am treffendsten. Bei ihnen bedeutet es so viel wie: Wenn man verliebt ist, versteht man Gott zu begreifen, oder man fängt an zu begreifen, was Gott ist, so oder so ähnlich. Das umschreibt dieses Gefühl des Verliebtseins doch wirklich ganz gut, oder nicht? Wenn es einen Gott gäbe. Nur sind wir mit diesem Wissen überfordert und können damit nichts anfangen, wir drehen dabei durch, manchmal sind wir sogar bereit, dafür zu sterben. Besonders, wenn es um unsere Kinder oder Partner geht. Wir werden blind vor Liebe."

„Du bist eine wahre Hilfe, Doc", empörte sich Karl und stand auf, weil jemand an der Tür geklingelt hatte. „Es müssen Lars und Edgar sein, vergiss das Geschwafel von vorhin, ich werde dich diesbezüglich nie wieder um einen Gefallen bitten."

„Bring deinen Schwiegersohn dazu, sich in eine andere Frau zu verlieben, oder erzeuge nur den Anschein, lass ihn wie ein Arschloch dastehen, auch Götter können sich irren", sprach Doktor Hornoff ruhig und brachte Karl damit zum Stolpern.

#45

Blade lag in seinem Bett, das modrig roch. Seit Tagen hatte er sich nicht mehr gewaschen. Sein Körper war klebrig und roch nach vergorener Milch. Als Kind wurde ihm Gehorsam mit Prügeln beigebracht. Er war immer in ein Korsett aus Verboten gezwängt. Einmal hatte er sich seiner Mutter öffnen wollen und ihr das erzählen, was ihn plagte und welchen Gedanken er manchmal nachhing, doch sie hatte keine Zeit. Dieses Kribbeln in seiner Brust, das sich nur durch eine Gewalttat beruhigen ließ, wurde mit den Jahren fordernder. Dieses Verlangen gierte nach mehr Blut und Exzessen.

Wie auch jetzt. *Ich fahre zu meiner Schwester*, erinnerte er sich an die letzten Worte seiner Freundin. Helga hatte nie jemandem von ihrer Beziehung zu ihm erzählt, dafür gab es nur einen Grund. Schon oft wurden ihr die Partner ausgespannt, selbst von ihrer besten Freundin, darum behielt sie es dieses Mal für sich. Nicht einmal ihre Schwester wusste was von ihm, zumindest nicht bis zu dem Streit, dachte er. Hatte sie nicht einen Sohn? Wie Helgas Schwester hieß, wusste er nicht, aber er konnte sich an das Haus erinnern und an das Kaff, in dem das alte Ding zu finden war. Helga war eines von vier Mädchen, das aus einer Bauernfamilie stammte. Ihre älteste Schwester hatte den Bauernhof geerbt, was mehr ein Fluch als ein Segen war.

Das Dorf zählt zwanzig Einwohner, wenn man die zehn Milchkühe dazu rechnet, lachte Blade in sich hinein und warf die Bettdecke zur Seite. Er war zu einem

Entschluss gekommen, der sein Herz schneller schlagen ließ. Seine nackten Füße klatschten auf den Boden, als er aus dem Bett stieg. „Ich werde dir einen Besuch abstatten, Helga, dir, deiner Schwester und dem Jungen. Ich werde ihm das Angeln beibringen. Wie lange braucht eigentlich ein Kind, das nicht schwimmen kann, um zu ertrinken? Und würde eine Frau ihre Schwester töten, um ihr eigenes Kind zu retten? Kann ein Kind verrückt werden, wenn es zusehen muss, wie seine Mutter ausgenommen wird, wenn ihr das Gedärm aus dem aufgeschlitzten Bauch herausgeholt wird, und das bei vollem Bewusstsein?“ All diese Fragen schossen wie Hagelkörner auf ihn ein und erfüllten ihn mit neuer Kraft. Auch, wenn er sich geschworen hatte, nicht mehr an Helga zu denken, so konnte er dieses Versprechen nicht einhalten - zum Glück, dachte er und stürmte aus dem Schlafzimmer. Er trug immer noch die Sporthose und das Oberteil, welches er seit fünf Tagen nicht ausgezogen hatte. Schnell schlüpfte er in seine Schuhe, auch der Fernseher lief ununterbrochen. Hastig griff Blade nach seiner Jacke und entschied sich, das Licht anzulassen. In der Wohnung roch es nach Konservenfutter und schalem Bier, aber auch das störte ihn keineswegs, alles, was er vor Augen hatte, waren der See und der ertrinkende Junge darin.

#46

„Habt ihr Hunger?“, fragte Karl seine beiden Gäste und bedachte sie eines fragenden Blickes. „Wein?“

„Für mich nicht, aber ich nehme was von der Lasagne“, sagte Edgar und nahm Platz.

Lars griff nach der Weinflasche und schenkte sich etwas von dem Rotwein ein. „Ich bin satt, dafür leiste ich beim Trinken etwas Gesellschaft“, sagte er grinsend und probierte ihn. „Schmeckt ganz passabel.“

„Als ob du was davon verstehen würdest“, brummte Karl und klatschte Edgar ein großes Stück von der Lasagne auf den Teller. „Du bekommst auch was“, wandte er sich mit gesenktem Kopf zu seinem Kater, der sich an sein Bein schmiegte. „Und du, Doc, kannst uns etwas davon erzählen, wie weit du bei Hanna bist. Du als Experte für die Untiefen der menschlichen Seelen hast bestimmt etwas herausgefunden“, sagte Karl und ging in die Küche. Johannes Hornoff stocherte nachdenklich in seinem Teller.

„Das Mädchen ist immer noch gehemmt. Hanna blockiert alles ab und verschließt sich. Sie ist mit einem Mann weggefahren. Sie hat etwas getan, was ihre Eltern ihr strikt verboten hatten. Durch ständige Fragen und daraus folgende Erinnerungen wird diese emotionale Starre noch mehr intensiviert und verlängert. Ich muss mit Hanna in einer unverfänglichen und für sie unbelasteten Umgebung darüber reden können, aber ihre Eltern lassen dies nicht zu.“

„Das bedeutet, du bist nicht wirklich vorangekommen?“ Karl kam zurück aus der Küche und hielt etwas in der Hand, das nach einem Klumpen gefrorenem Hackfleisch aussah. Er ging zum Napf und warf den Brocken in die kleine Schüssel, die metallisch glänzte.

„Ist das etwa rohes Hackfleisch?“, interessierte sich Edgar und tupfte sich den Mund mit einer Serviette ab. „Wird Ferdinand nicht krank davon?“ Der junge Forensiker klang wirklich besorgt. „Das Fleisch kann ihn sogar umbringen.“

„Er ist auf einem Auge blind, hat keine Eier, und das Eis kühlt sein entzündetes Zahnfleisch ab.“

„Haben Sie denn keine Angst, dass er wirklich an diesem Essen sterben kann?“, ließ Edgar nicht locker und sah auf den Kater, der sich knurrend über das Fleisch hermachte und zu schmatzen anfing.

„Bitte, nehmen Sie ihm das weg. Sonst mache ich das!“

So als habe der alte Ferdinand diese Drohgebärde verstanden, hob er den Kopf und humpelte aus dem Wohnzimmer.

„Darum fleht mich Ferdinand ständig an.“

„Zu sterben?“

Karl nickte.

„Wie denn?“

„Indem er mir in meine Schuhe pinkelt.“ Karl setzte sich wieder zurück auf seinen Platz.

„Das ist ein deutliches Zeichen seiner Verärgerung.“

„Natürlich, ich war ja auch derjenige, der ihn zum Tierarzt gefahren hat, um ihm den Sinn seines Lebens abschneiden zu lassen. Wo habt ihr eigentlich eure Treter hingestellt?“ Karl hob amüsiert die Augenbrauen. Wie auf Kommando sprangen die zwei jungen Männer auf und stürmten dem Kater hinterher, dieser kam den beiden entgegen und fraß einfach weiter. „Und du, Doc? Wo stehen deine Louboutins?“

„Neben den deinen, oben auf der Garderobe, und keine Angst, ich habe eine Zeitung drunter gelegt.“

„Verdammt“, fluchte Edgar, dieser Gefühlsausbruch war sehr außergewöhnlich für diesen Mann mit den guten Manieren. Lars lachte schadenfroh und kam mit seinen Schuhen zurück.

„Das hat Ferdinand nur gemacht, weil du mich davon abbringen wolltest, ihm das leckere Essen zu geben“, freute sich Karl.

„Kann ich meine Schuhe auf den Balkon stellen?“, fragte Lars. Ohne eine Antwort abzuwarten, ging er zur Tür, warf sie auf den Boden und kam wieder zurück.

„Zum Glück hat er nur auf die Spitze gepinkelt, ich habe heute wasserabweisendes Spray benutzt“, sagte Edgar und stellte auch seine Schuhe auf den Balkon.

„Das war nur ein Warnschuss“, lachte Karl und gab dem Psychologen ein Zeichen, fortzufahren.

„Dass der Täter nett war, könnte durchaus stimmen, die Farbe des Wagens hingegen ist ihrer Phantasie entsprungen. Sie klammert sich an Sachen, die ihr vertraut sind und ihr keine Angst machen. Aber lasst uns jetzt von etwas ganz anderem sprechen.“ Johannes Hornoff beugte sich zur Seite und hob eine große Tasche auf seinen Schoß. „Lars, kannst du hier etwas Platz machen?“, wandte sich der Doktor an den jungen Kommissar. Lars und Edgar beeilten sich, die Teller und die Auflaufform an das andere Ende des Tisches zu stellen. „Karl, hast du außer dieser Funzel, die du Lampe nennst, noch etwas mehr Licht?“ Doktor Hornoff deutete zur Decke, dann ließ er den Blick durch das kleine Wohnzimmer schweifen, das mit einem alten Sofa und unzähligen Kisten möbliert war. Eine Wand wurde von einer Pinntafel dominiert.

Karl Breuer kratzte sich über die vernarbte Gesichtshälfte, eine Marotte, die ihn verriet, wenn er aufgeregt war. „Ah, ich habe da etwas im Schlafzimmer stehen.“ Er stampfte in den Flur.

Derweil holte Johannes Hornoff eine menschliche Büste aus der Tasche und stellte sie auf die aufgeräumte Fläche. Die Büste hatte keinen wirklichen Kopf, er war nur angedeutet.

„Was um Himmels Willen ist das da?“ Karl war mit einer Flutlichtlampe bewaffnet in der Tür stehen geblieben und starrte auf die Skulptur.

„Kümmere dich um das Licht, Karl“, entgegnete Doktor Hornoff und vergrub seine Hände erneut in der Sporttasche. Als er sie wieder rausholte, hielt er zwei Gegenstände, die kindlichen Armen nachempfunden waren.

„Hast du eine Leiche zerstückelt?“, fragte Karl und richtete das grelle Licht auf die Körperteile, die von einer gummierten Schicht, die leicht grünlich schimmernd glänzte, überzogen waren.

„Um die pervertierte Sexualität in Worte zu fassen, habe ich Saskia Kirschmann damit beauftragt, Hanna ein Diktiergerät zu schenken. Nur so kann das Kind ungestört die sexualisierte Gewalt, die ihr angetan wurde, in Worte fassen.“

„Und was hat dieses Zeug mit Hanna zu tun?“ Karl Breuer kam näher und inspizierte die Teile, ohne sie anzufassen.

„Das haben wir meinem Bruder Benjamin zu verdanken.“ Der Psychologe holte noch eine Mappe aus der Tasche und ließ sie unter dem Stuhl verschwinden. Schweigend breitete er mehrere Abzüge auf der Tischplatte aus und korrigierte die Reihenfolge. Erst nachdem er zufrieden war und alles so arrangiert hatte, wie er es haben wollte, sah er zu Karl hoch. „Das sind alles Bilder von Hannas Hals kurz nach dem Übergriff.“

„Weiter“, drängte Karl seinen Freund zur Eile.

„Hier ...“ Er stellte die Büste direkt vor Karls Hände, die auf der Tischkannte ruhten. „Drücke diesem Kind den Hals zu, so als würdest du es erwürgen wollen.“

Ungewollt hob der brummige Karl Breuer die Hände hoch.

„Was soll ich tun?“

„Erwürge das Kind.“

„Warum soll ich so einen Scheiß tun?“

„Mach es, Karl, genier dich nicht.“

Karl tat, wie ihm geheißen.

„Das reicht“, unterbrach ihn Doktor Hornoff. „Wenn du die Hände wegnimmst, sieh genau hin, was danach passiert.“

#47

Saskia saß mit Hanna im Kinderzimmer und ging die Frageliste durch, die Doktor Hornoff für sie erstellt hatte.

„Etwa bei der Hälfte solcher Fälle spielt die schwache Konstitution der Opfer und möglicherweise der geringe Intellekt der Täter eine gewichtige Rolle. Das Auswahlkriterium basiert auf diesen Tatsachen, damit maximiert der Gesuchte seine Erfolgschancen“, hatte Doktor Hornoff gesagt, während er ihr diese Fragen aufgeschrieben hatte.

„Ich möchte nicht, dass meine Hanna allein mit Ihnen im Zimmer ist“, sagte der Vater des Kindes und blieb bei Hanna. Er saß auf dem kleinen Sofa und starrte seine Tochter und die Polizistin durchdringend an. „Sie haben schon zu viel angerichtet! Sie redet ja kaum noch mit uns.“

„Darf ich vielleicht erklärend einflechten, dass uns das Wohl Ihrer Tochter nicht egal ist? Darum hält sich Doktor Hornoff raus aus der Sache und agiert nur aus dem Hintergrund. Er geht auf alle Bedürfnisse ein, so wie auch ich. Keinesfalls möchte ich in der bewussten Absicht Hanna noch mehr verletzen. Aber ohne ihre Erinnerung bleibt der Täter unbestraft.“

„Was ändert das an der Tatsache, dass er mein Kind …“ Er ließ den Satz unausgesprochen im Raum schweben und drückte den Plüschbären mit beiden Händen fest zusammen. Seine Miene wurde zu einer verzerrten Maske des Hasses.

„Verstehen Sie doch endlich, dass keiner der hier Anwesenden etwas falsch gemacht hat, auch Ihre Frau nicht. Egal, wie oft Sie ihr Kind davor warnen, keinesfalls mit einem Fremden in einen Wagen zu steigen oder ähnliches: Kinder können nicht wirklich über ein impliziertes Wissen verfügen, weil sie eben Kinder sind und noch an das Gute im Menschen glauben. Für Kinder in Hannas Alter sind alle Erwachsenen geschlechtlos, und genau diese Eigenschaft macht sich der Täter intuitiv zunutze. Das Frühwarnsystem ist noch nicht ausgereift, weil die Kinder naiv sind. Darum möchte ich mit Hanna allein sein, um mehr zu erfahren, und Sie sind nur ein weiterer Störfaktor.“

„Hanna, Schätzchen, sag Frau Kirschmann endlich, welche Farbe das Auto hatte, mit dem du …“

„Nein, bitte, Sie machen alles kaputt. Lassen Sie uns doch bitte für einen Moment allein“, sagte Saskia und lächelte das Kind aufmunternd an.

„Mama weiß es, ich habe es ihr gestern erzählt“, nuschelte Hanna und zog einer der Puppen das Kleid an.

„Okay, dann hole ich deine Mutter“, knurrte der Mann, zwängte sich aus dem Sofa und warf das Kuscheltier in die Ecke.

„Hanna, du hast auf das Band gesprochen, und ich habe deine Stimme sehr schlecht gehört, warum? Hast du Angst, dass dich jemand dabei belauscht?“

„Das hat der Mann gesagt“, flüsterte Hanna, ohne den Blick zu heben. Saskia schrieb es auf.

„Und warum, habt ihr etwa Verstecken gespielt?“

Sie schüttelte nur den Kopf. „Er sagte, er hat ein Geheimnis, und wenn ich schreie, werden die Kätzchen sterben.“

„Das Kind ist zu traumatisiert, Hanna braucht Zeit. Bis wir uns dem Kerngeschehen nähern können und sie sich damit auseinanderzusetzen bereit erklärt, kann viel Zeit vergehen“, hatte der Psychologe Saskia gewarnt und ihr keine großen Hoffnungen auf Erfolg gemacht.

„Wollen wir vielleicht aus deinem Fenster nach draußen schauen? Dabei stellen wir uns vor, dass wir in einem Auto sitzen.“ Auch das war eine Idee von Doktor Hornoff.

„Aber nicht in einem gelben“, sagte Hanna und hob den Blick.

Saskias Finger zitterten, als sie das Wort aufschrieb. Der Wagen war also nicht rot, sondern gelb, dachte Saskia und quälte sich ein Lächeln ab. „Natürlich nicht.“

„Und du darfst Papa nichts verraten“, setzte Hanna mit tonloser Stimme wieder an.

„Versprochen.“

„Als wir bei seinem Auto waren, da hat er mich ganz feste auf den Sitz geschubst. Ich habe mir den Kopf angeschlagen, dann ist er auch ins Auto rein, und dann, dann sind wir sehr lange gefahren.“

Saskia akzeptierte die karge Aussage wortlos und legte Hanna ihre Finger auf die schmale Schulter. Gemeinsam gingen sie auf das große Fenster zu. Darunter stand ein Sessel, Hanna stieg darauf und sah durch die Scheibe. Draußen war es fast schon dunkel. Ein Taxi hielt am Straßenrand. Saskia spürte, wie Hanna sich verkrampfte. Ein Mann stieg aus und half einer alten Dame aus dem Wagen. „Ich sage nichts mehr“, stotterte Hanna, sprang vom Sessel und lief in die Ecke, dorthin, wo all ihre Spielsachen auf einen Haufen geworfen wurden, um sich darin zu verstecken.

#48

„Lass mich mal, Karl“, drängelte sich Lars vor und drückte den Hals so fest zusammen, bis seine Knöchel weiß hervortraten, dann ließ er los. Alle Blicke waren auf die Stelle gerichtet, auf der die Abdrücke deutlich zu erkennen waren.

„Die gelierte Masse speichert die Körperwärme wie auch die Intensivität der Kraftausübung und verdeutlicht dies durch eine Farbskala“, ergriff Doktor Hornoff das Wort und holte eine Tabelle hervor.

„Falls es dir noch nicht bewusst ist, du Psychodoktor, aber wir wissen bereits, dass der Täter seine Opfer erwürgt hat.“ Karl sah Johannes Hornoff so an, als wäre er ein Idiot.

„Dazu tendiere ich auch, Karl“, warf Doktor Hornoff ohne jeglichen Zorn ein. „Dass unser gesuchter Mann einen halben Daumen verloren hat, ist euch wahrscheinlich auch bekannt. Er ist ein Krüppel, so wie ich“, fügte er hinzu und streckte seinen linken Zeigefinger in die Luft, dem die Kuppe fehlte.

„Was?“

„Schau dir doch mal die Bilder genauer an, Karl.“

Auch Edgar und Lars starrten konzentriert auf die Abzüge.

„Wir starten einen weiteren Versuch“, ertönte Johannes Hornoffs Stimme in der Stille. „Du, Karl, du legst diesen Wattebausch zwischen die Kuppe deines Daumens und die Puppe und drückst zu.“

Der Polizeihauptkommissar tat, wie ihm geheißen.

„Ich weiß, es ist nur eine Vermutung, und die Chancen des Scheiterns liegen im roten Bereich, trotzdem dürfen wir dies nicht außer Acht lassen, du kannst jetzt loslassen, Karl.“ Tatsächlich stimmte der Abdruck mit dem auf den Fotos beinahe überein. „Nur entsprechen die Abdrücke deiner Wurstfinger nicht denen des Täters. Er hat eher schmalere Finger.“

„Tatsache“, murmelte Karl Breuer und hob einen der Abzüge vom Tisch und hielt es an den gummierten Dummy. „Also käme da Edgar eher in Betracht“, sprach er.

„Wir haben auch mehrere Gemeinsamkeiten auf einem der Arme hier feststellen können.“ Doktor Hornoff zeigte auf einen der Arme, die neben dem Dummy lagen. Eine Melodie unterbrach Doktor Hornoff. Er griff nach seinem Smartphone.

„Ja?“

„Doktor Hornoff, Hanna hatte einen Anfall, sie weint und zittert am ganzen Körper“, ertönte Saskias Stimme aus dem Lautsprecher. Sie klang dabei fast hysterisch, im Hintergrund schrie ein Mann und rief Saskias Namen. „Was haben Sie mit meinem Kind gemacht? Ich war nur für einen kurzen Moment weg, und dann das hier“, brüllte er und fluchte.

„Wir sind gleich bei Ihnen“, beruhigte Karl die Frau, weil auch er alles klar und deutlich hören konnte.

„Karl, was ist aus diesem Kerl geworden, der bei der Befragung einen epileptischen Anfall erlitten hat?“, wollte Doktor Hornoff wissen, während sie zum Auto rannten.

„Lars, du fährst, du, Edgar, gibst diese Adresse in das Navi ein, Doc und ich setzen uns auf die Rückbank“, teilte Karl Anweisungen aus und riss ein Blatt aus seinem Schreibblock heraus.

„Saskia hat in dem letzten Telefonat ein Taxi erwähnt, welches das Mädchen durch das Fenster gesehen hatte. Vielleicht hat das Kind in dem Taxifahrer dieses Arschloch erkannt. Er ist aus dem Krankenhaus abgehauen und ließ sich seitdem nicht mehr im Puff blicken.“

„Damit meinst du wohl den Swingerclub?“ Johannes Hornoff schnallte sich an, Karl dachte nicht mal daran. Er winkte nur ab. „Ob Puff oder Club, ist doch gehüpft wie gesprungen, auf jeden Fall war Lars dort und hat sich das Ambiente angeschaut. Stimmt's, Partner?“ Karl klopfte Lars über den Sitz auf die Schulter.

„Ja, habe sogar drei Gutscheine bekommen. Die Chefin hat sich sehr kooperativ gezeigt“, entgegnete Lars Böhm und ließ die Räder durchdrehen.

„Soll ich dir das Händchen halten, Doc?“, zog Karl den Doktor auf und bot ihm seine rechte Pranke dar. „Wir fahren mit einer Sirene und schneller, als die Polizei erlaubt.“

„Wie habt ihr so einen wichtigen Mann entwischen lassen können?“ Der Satz klang nicht wie ein Vorwurf, eher wie eine Enttäuschung.

Karl wurde wieder ernst. „Das Personal im Krankenhaus ist überfordert und unterbesetzt, einer unserer Männer musste kurz aufs Klo. Er hat eine der Schwestern darum gebeten, in seiner Abwesenheit ein Auge auf die Tür zu werfen, diesen Moment hat dieser Kerl schamlos ausgenutzt und ist durch das Fenster gestiegen. Das Krankenhaus ist ja auch kein Hochsicherheitstrakt für Schwerstverbrecher und auch keine geschlossene Anstalt. Wer konnte das ahnen?“

„Und der Kerl, der Hanna angeblich entführt hat. So, wie man es anfänglich vermutet hat?“ Doktor Hornoff fragte all das, um sich abzulenken.

„Er hat alles gestanden, auch das, was er nicht begangen haben konnte“, erwiderte Karl.

„Was macht dich da so sicher, Karl?“

„Ein voreiliger Kollege wollte aus diesem leicht debilen Kerl einen Mörder machen. Leonhard Stolz ist sehr labil und hochgradig stressanfällig. Bei dem Gespräch, das aufgezeichnet wurde, kann man jederzeit heraushören, dass er aus purer Selbstverzweiflung verdrehte und falsche Tatsachen repetierte, die ich bei der Vernehmung in seinem Gehirn ‚implantiert‘ habe. Er hat alle Beschuldigungen widerstandslos akzeptiert. Der Mann befindet sich immer noch in psychiatrischer Behandlung. Er ist einfach zu blöd, um all das durchgeführt zu haben“, sagte Karl mit müder Stimme und wandte sich an Lars Böhm. „Drückst du etwa auf das Bremspedal, Kollege? Versuch den Fuß weiter nach rechts zu verlagern und schalte die lustigen Lichter an, damit der Penner da vorne endlich Platz macht“, knurrte er und lehnte sich in den Sitz. „Weckt mich, wenn wir da sind“, murmelte er und schloss die Augen.

#49

Blade parkte den Wagen direkt vor der Eingangstür. Das Tor stand offen. Das Muhen der Kühe klang seltsam in seinen Ohren. Auch der Gestank nach Kuhmist war etwas, an das er sich niemals gewöhnen würde, dachte er und drückte die Türklinke durch. Tatsächlich war die Haustür nicht abgeschlossen. Drinnen brannte in einem der Fenster Licht. Das bläuliche Flimmern verriet ihm, dass im Wohnzimmer der Fernseher lief.

„Mama, bist du das?“, rief eine Kinderstimme. „Mama?“ Nun klang die Stimme des Jungen nicht mehr so heiter wie noch kurz zuvor. Argwohn und Angst mischten sich mit ein.

„Karolin, bist du das?“, wollte nun auch Helga wissen. Die Lautstärke des Fernsehers wurde auf ein Minimum gedreht.

Blade stülpte sich die hässliche Maske eines Clowns über den Kopf, die er mitgenommen hatte. Er hatte sehr viele davon - auch lustige. Im Sommer trat er auf Kindergeburtstagspartys als fröhlicher Clown auf. Dabei hatte er eine nette Mutter mit einem Kind kennengelernt und ihnen zwei Wochen danach einen Besuch abgestattet. Da er sich nach der Party in dem Haus sehr gut ausgekannt hatte, war es für ihn ein Leichtes, die Frau am Abend zu überraschen und sie ins Schlafzimmer zu schleppen, um sie dort bestialisch zu vergewaltigen, dabei schlief die Tochter ihren seligen Schlaf. Sie war die ganze Zeit oben in ihrem Zimmer. Er hatte eine Weile auf der Bettkante gesessen, so lange, bis das Kind erwacht war und in die Maske eines Clowns blickte. Den Mund zu einem lautlosen Schrei verzerrt, die Augen voller Panik, lag das Kind regungslos da. Ihr Todeskampf dauerte mehrere Minuten an. Ihr Hals war schmal und weich wie warmer Samt.

„Karolin? Patrick, geh von der Tür weg“, rief Helga und riss Blade aus seinen Gedanken, dann ertönte ein gellender Schrei. Blade zuckte zusammen, dann erst verstand er, warum Helga so laut geschrien hatte, sie sah sein Spiegelbild durch die Tür.

„Fuck“, fluchte er, weil ihm die Überraschung misslungen war. Und dann geschah etwas, womit Blade überhaupt nicht gerechnet hatte, ein tiefes Knurren brachte die Luft zum Vibrieren. Ein zotteliger Schäferhund betrat das Haus und fletschte die Zähne. Geifer tropfte aus seinem Maul. Seine schwarzen Lefzen leuchteten im fahlen Licht der Deckenbeleuchtung. Die Vorfreude und die Geilheit in Blade verwandelten sich in Panik. Ihm wurde auf einmal speiübel bei dem Gedanken, was der Köter aus ihm machen konnte. „Helga, nimm den Hund weg“, nuschelte er durch die Maske.

„Patrick, sag deinem Hund, er soll diesem verfluchten Clown die Eier abbeißen“, sagte Helga trotzig und verschränkte die Arme vor der Brust.

In Blades rechter Hand klackte das Messer. Die scharfe Schneide sprang heraus.

Der Junge sah seine Tante unschlüssig an. „Rex ...“

„Nicht“, fiel Blade dem Jungen ins Wort.

„Rex, geh aus dem Haus, wie oft habe ich dich ermahnt“, hörte Blade eine andere weibliche Stimme. Der Hund sah sich um, senkte reumütig den Kopf und trottete nach draußen zu der Stimme, die nichtsahnend immer näher kam.

„Karolin, nein“, flüsterte Helga, weil sie begriff, welchen Fehler ihre Schwester gerade begangen hatte. Blade lachte unter der Maske. Er machte zwei schnelle Schritte auf den Jungen zu und packte ihn an den dunklen Haaren. Keine Sekunde später hielt er ihn im Schwitzkasten.

„Wem gehört der Wagen im Hof ...“ Karolins Stimme verebbte, nachdem sie das Haus betreten hatte. Bei dem sich darbietenden Anblick entglitten ihr die Gesichtszüge. Die Einkaufstüte fiel ihr aus der Hand. Äpfel kullerten über die Dielen. Etwas ging klimpernd zu Bruch. „Was ist hier los?“, fragte sie und machte zwei Schritte auf ihren Sohn zu, dessen Gesicht rot angelaufen war, weil er keine Luft mehr bekam.

„Geh ins Wohnzimmer, sofort“, blaffte Blade und deutete mit dem Kopf nach hinten. „Sollte jemand versuchen, hier die Eigeninitiative zu ergreifen, wird der dicke Junge als Erster sterben“, warnte er die Frauen und drängte sie zur Eile. Im Wohnzimmer züngelte ein loderndes Feuer im Kamin. Das Holz knisterte leise. Die Wärme verlieh der Atmosphäre etwas Heimeliges und passte nicht wirklich zu der Szene, in der ein Clown einem zu Tode verängstigten Jungen ein Jagdmesser gegen den Hals drückte. „Ausziehen, beide“, gab er weitere Anweisungen und erfreute sich dieser Wendung. Ein latentes Kribbeln kroch an seinen Lenden entlang, endlich würde er wieder töten dürfen.

Zwei Wochen später

#50

Johannes Hornoff wartete, dass sich vor seinem geistigen Auge etwas herauskristallisierte. Aber nichts geschah, egal, wie er sich auch anstrengte. Alles blieb im Verborgenen. Er hob die Lider. Der Geruch nach verbranntem Fleisch war immer noch allgegenwärtig. Er stand wie immer an einem Fenster, das auf Kipp stand. Der Psychologe befand sich in einem Raum, in dem sich erneut alle versammelt hatten, die in den Fall ‚Mädchenmörder' involviert waren.

„Wir haben wieder drei Leichen", sprach der Mordkommissionsvorsitzende und schritt vor der Tafel vor und zurück. „Das Unleugbare lässt sich nicht mehr dementieren", sagte er und holte tief Luft. „Wir haben es mit einem Serientäter zu tun." Ein Anflug von Zorn loderte in seinen Augen. „Wir haben nur einen einzigen Zeugen, ein Mädchen, ein Kind, das dieses Martyrium überlebt hat, nur ist es leider so, dass das Kind nicht mehr ansprechbar ist."

Doktor Hornoff war zu sehr in seine Gedanken vertieft, dass er den Worten von Polizeihauptkommissar Kraut nicht folgte. Er sortierte seine Gedanken und ging die Informationen noch einmal durch. Sein verklärter Blick wanderte über die Kork-Wand, die mit diversen Fotos und Informationszetteln voll gespickt war. Der befreiende Schmerz in seinem Kopf wurde zu einem monotonen Pochen. Seine rechte Hand lag auf der Brust und klopfte sachte gegen die Rippen. Seine Augen fixierten das Antlitz des Mannes, der vor wenigen Tagen mit seinem Erscheinen unbeabsichtigt Hanna in einen traumatischen Zustand gestoßen hatte. Sein Name war Semjon Borkowitz, ein Familienvater aus Polen. Er hatte zu allen fraglichen Zeiten ein handfestes Alibi und war nicht aktenkundig. Warum erweckte er bei dem Kind diesen psychischen Absturz?

Einen Seelenmord kann man nicht immer erkennen, doch Johannes Hornoff wusste, wenn sie den Mörder nicht bald dingfest machten, würde Hannas instabiler Zustand sich noch weiter verschlechtern. Welche Assoziationen hatte der Taxifahrer in dem Kind hervorgerufen? „Das Auto war gelb", sprach er den Gedanken laut aus und unterbrach den Polizeihauptkommissar mitten in einem Satz.

„Was?", wollte Kraut mit zur Decke erhobener Hand wissen.

„Nicht der Mann, sondern der Wagen hat dazu geführt, dass Hanna rückfällig geworden und noch tiefer in den Abgrund der Isolation gefallen ist. Es war auch kein Ford Fiesta, wie der ihres Vaters, das Kind hat vieles miteinander vermischt."

Jetzt sah ihn nicht nur Herr Kraut ungläubig staunend an. Mehrere Augenpaare musterten den Doktor prüfend. Steif und starr blieb Johannes an seinem Platz, sich an die Fensterbank lehnend unbewegt stehen, und rückte die Puzzlesteine in seinem Kopf zu einem Bild zusammen. „Lars, diese Fasern auf dem Teppich waren synthetisch und leicht gekräuselt." Doktor Hornoff hob den rechten Daumen wie bei einer Aufzählung. „Der Teppich lag hinter einem Container." Nun folgte der Zeigefinger. Der junge Kommissar nickte. Ohne ein Wort zu sagen, griff er nach seinem Tablet und suchte nach einer passenden Tabelle, die er eigens für diesen Fall angelegt hatte.

„Könnte diese Faser aus einem Auto stammen, wir denken da spezifisch an eine Automatte. Wer verbringt mehr Zeit in einem PKW als ein Taxifahrer? Diese Autos sind meistens groß und unauffällig, egal wo und zu welcher Tageszeit." Ein zustimmendes Gemurmel erfüllte den Raum.

„In Anbetracht der Tatsachen ist es nicht verwunderlich, dass wir nicht wirklich vorankommen. Wir hatten ja keine Anhaltspunkte. Und das, was unser Doktor von sich gibt, bringt uns auch nicht viel weiter", mischte sich Polizeihauptkommissar Kraut ein und bedachte die Anwesenden mit einem skeptischen Blick. „Zwar hoffe ich, dass dieses Indiz uns ein Stück vorantreiben könnte, aber mein Bauchgefühl sagt mir, dass auch das eine Sackgasse ist."

„Herr Böhm", Doktor Hornoff wandte sich an Lars, „haben Sie in der Wohnung von Ursula Giebel weitere Spuren gefunden, die bei der ersten Untersuchung übersehen worden sind?"

Lars hüstelte sich in die Faust. „Wir haben tatsächlich einen verwaschenen Fingerabdruck am Wasserzähler und an einem der Drehventile des Zulaufs sicherstellen können."

„Sprich, der Mörder wusste nicht, dass die Zuleitung zu der Badewanne wegen eines Rohrbruchs abgeklemmt war?"

„Scheint so."

„Aber er hatte die Schlüssel zu der Wohnung“, stellte Johannes Hornoff fest.

„Ja, aber wir fanden noch mehr dieser Fingerabdrücke, die mit denen aus dem Badezimmer identisch waren.

Ein weiterer Fakt, dass der Mörder sich in der Wohnung der Getöteten gut ausgekannt haben musste.“

„Was wollen Sie damit bezwecken, Doktor Hornoff?“, mischte sich Kraut erneut in das Gespräch ein und steckte seine beiden Hände in die Hosentaschen.

„Er mag nach außen einen vermeintlich trotteligen Eindruck erwecken, leidet eventuell an ausgeprägten Minderwertigkeitskomplexen und ist unscheinbar.“

„Sie meinen also, wir jagen einen Trottel, der sich statistisch gesehen knapp zehn Jahre dem Zugriff der Polizei erfolgreich entziehen konnte? Sind nicht andere Attribute erfolgversprechender wie: Verschlagenheit, Kaltschnäuzigkeit und Gewieftheit?“ Der Kommissionsleiter hob hämisch den rechten Mundwinkel. „Und Sie, Herr Breuer, was sollte diese Rechnung mit dem Titel ‚Fäkalien‘, ist das etwa ein dummer Scherz?“

In diesem Moment ging die Tür auf. Edgar erschien darin und hielt mehrere Blätter in der Hand.

„Ich glaube, er kann Ihnen diese Frage besser beantworten.“ Karl saß auf einem der Stühle, seine Beine ruhten auf der Tischkante. „Edgar, sind nun die Ergebnisse da?“ Er winkte dem Forensiker und deutete mit dem Kopf Richtung Tafel.

Edgar war zuerst irritiert. Sein konsternierter Blick verharrte auf dem bulligen Kommissar. „Jetzt hab dich nicht so, kannst auch mit dem Kopf wackeln, wenn du zum Sprechen zu schüchtern bist. Wir alle hier sind Kollegen", brummte Hauptkommissar Breuer und richtete sich auf. „Unser Chef will wissen, warum er zweitausend Euro und ein paar Zerquetschte für fünf Liter Scheiße bezahlen muss."

„Wir hatten es tatsächlich mit einem manipulierten Tatort zu tun. Die Fasern konnten wir auch zuordnen. Nach einer langwierigen Analyse und einem komplexen Auswahlverfahren sind wir zu dem Entschluss gekommen, dass diese Fäden nur den Originalfußmatten entstammen konnten, die bei Mercedes-Benz zur Standardausstattung gehören. Mehr noch, wir haben Reifenspuren vor dem Haus von Frau Giebel ausgegossen und konnten sie anhand des Profils einem der namenhaften Hersteller zuordnen, auch dieser gehört zu den Lieferanten von Mercedes-Benz, somit schließt sich der Kreis ..."

„Wir suchen nach einem Taxi", sagte Hauptkommissar Kraut unwirsch und stemmte die Fäuste in die Hüften.

„Richtig", bestätigte Edgar und fixierte mehrere Fahrzeuge, die in Betracht kommen könnten, an der Pinnwand. „Jetzt will ich noch etwas erläutern."

„Zuerst will ich wissen, seit wann wir gezwungen sind, die Rohrreinigung zu bezahlen. Diese horrende Summe muss einen triftigen ..."

„Wir haben eine DNA", schnitt Edgar seinem Vorgesetzten das Wort ab, auch wenn er sichtlich drauf und dran war, seinem Chef die Meinung zu sagen, welche dieser auch verdient hatte, doch der junge Mann verkniff sich eine Beleidigung und fuhr in sachlicher Form fort:

„Die gerichtsmedizinische Abteilung hat nach einer mehrstündigen Arbeit den Fötus gesäubert und an die entsprechende Abteilung weitergeleitet. Das ungeborene Kind war in den ersten Wochen seiner Entwicklung. Die Mutter hat das ungeborene Kind höchstwahrscheinlich während eines Stuhlganges verloren. Wegen des fortgeschrittenen Verwesungsvorganges ist es uns nicht gelungen, das Gewebe auf Merkmale wie Präparate zu untersuchen, die einen Abgang hervorgerufen haben könnten. Aber allein dieser Befund bestätigt die Aussage Doktor Braunschweigs, dass Ursula Giebel schwanger gewesen ist. Einen Wermutstropfen hat das Ganze dennoch. Sowohl die Fingerabrücke wie auch die DNA sind in keiner Datenbank verzeichnet."

„Und der Hausbrand? Ist das auch eine Art Fanal, will er uns damit ein Zeichen setzen, kündigt der Mörder etwas an?" Eine ältere Polizistin fokussierte ungewollt die komplette Aufmerksamkeit ihrer Kollegen auf sich. Ihr Blick war jedoch auf den Psychologen gerichtet.

„Dank der Akribie, mit der der von uns allen geschätzte Doktor Braunschweig seine Arbeit erledigt, ist es ihm gelungen, anhand der Knochenverletzungen im Brust- und Rückenbereich aus den Überresten des Jungen Eigenheiten zu selektieren, die mit den anderen Ergebnissen gewisse Parallelen aufweisen. Der Täter benutzt immer dasselbe Tatwerkzeug. Ein Jagdmesser mit einer Klingenlänge von ca. zwölf bis vierzehn Zentimetern, die eine stark gebogene Spitze hat. Diese Spitze hat einen Knick. Auch muss die Rückseite schartig sein, weil der Abrieb an den Knochen sehr signifikant ist, das kann man fast mit einem Fingerabdruck gleichsetzen."

„Welche Rolle spielen Sie dabei, Doktor Hornoff?“, fuhr die uniformierte Damen den Doktor in scharfem Ton an. „Ich erkenne den Zweck Ihres Hierseins nicht.“

„Meine Aufgabe liegt darin, nicht nur die Psyche des Täters zu analysieren.“

„Ich bin immer davon ausgegangen, dass Sie ein Psychologe sind.“

„Ich versuche zu begreifen, warum er diese Art des Tötens bevorzugt.“

„Tun wir das nicht alle, was unterscheidet Sie von uns?“

„Ich weiß zum Beispiel, dass Sie im Moment sehr nervös sind. Sie reiben Ihr Ohrläppchen, wenn Sie unsicher sind. Sie haben Kontaktlinsen, die Sie erst seit Kurzem verschrieben bekommen haben, denn der Abdruck auf Ihrem Nasenrücken ist immer noch sichtbar, diese Verwandlung, spricht dafür, dass Sie sich von Ihrem Partner getrennt haben. Sie waren bei einem Kosmetiker und haben sich die Fingernägel mit Gel auffüllen lassen, aber damit kommen Sie nicht wirklich zurecht. Ich habe beobachtet, wie Sie umständlich mit Ihrem Handy hantiert haben, bis Sie eine Nachricht versenden konnten. Sie hegen keinen Groll auf mich als Person, aber es war ein Psychologe, der Ihnen zu diesem Schritt geraten hat. Ihr Mann hat Sie gegen eine jüngere Frau eingetauscht und fährt bestimmt einen Sportschlitten. Das dient aber lediglich der Verlängerung seines Dingens, Sie entschuldigen meine Ausdrucksweise, aber da wir ehrlich sein wollen ...“ Doktor Hornoff klopfte nicht mehr gegen seine Brust, er stieß sich vom Fenster weg und schritt auf die Frau zu. Im Raum knisterte die Atmosphäre vor Anspannung. „Er braucht diesen Wagen nur zur

Schwanzverlängerung, spätestens wenn seine Freundin genug von ihm hat, kommt er angekrochen oder er wird an Herzversagen sterben, wenn er zu viel Potenzmittel eingeworfen hat. Haben Sie Kinder?“

Die Frau nickte und errötete.

„Konzentrieren Sie sich auf Ihre Familie und gehen Sie öfter aus. Sie haben bessere Chancen auf eine glückliche Zukunft als ihr Noch-Ehemann, seine hat er schon verspielt - und nun zurück zu dem Mädchenmörder.“ Doktor Hornoff drehte sich auf dem Absatz um und richtete seinen scharfen Blick auf die Wand.

Sein Handy vibrierte. Er hatte eine Nachricht von seinem Zwillingsbruder bekommen. Er las sie stumm und sagte dann: „Nun denn, wer geht an die Tafel? Edgar, Sie haben doch eine Mädchenschrift. Ich bin immer noch auf solche Menschen neidisch, die leserlich schreiben können, meine Sauklaue kann selbst ich nicht immer lesen.“

Edgar postierte sich vor der Tafel und wartete auf Doktor Hornoff.

„Überschrift: Mädchenmörder.

Punkt eins: Er ist zwischen dreiundzwanzig und vierzig Jahre alt.

Punkt zwei: Männlich.

Punkt drei: Unauffällig.

Punkt vier: Nett bis gutaussehend, aber kein Frauenschwarm.

Punkt fünf: Hilfsbereit und schüchtern.

Punkt sechs: Hat keine Gesichtsverletzungen.

Punkt sieben: Ihm fehlt ein Glied des linken Daumens, stopp“, korrigierte sich Doktor Hornoff und hob die Hand an den Mund. „Er kann seinen Daumen nicht knicken. Sonst wäre das Hanna sofort aufgefallen, Kinder sind Detailfanatiker. Er fährt ein Taxi und …“

„Verdammte Scheiße“, fluchte Karl und stand so abrupt auf, dass sein Stuhl polternd nach hinten kippte. „Der Kerl, der mich fast überfahren hat, passt wie Arsch auf Eimer. Lars, du nimmst Charly, Jochen und Peter, auch Gabi, ihr sorgt dafür, dass sämtliche Taxiunternehmen angerufen werden. Prüft nach, welcher Mercedes ohne Aufkleber gefahren ist. Das ist wichtig, der Kerl meinte, der Zulieferer hatte die Zahlen oder Buchstaben vertauscht. Er ist blond, hat lockiges Haar und trägt eine Harry-Potter-Brille, diese runden Dinger. Der Typ ist der Traum jeder Schwiegermutter“, brummte Karl und griff nach seinem Handy, das auf dem Tisch lag. „Du, Doc, kommst mit mir, wir müssen der Tochter von Frau Giebel einen Besuch abstatten. Alle anderen machen ihre Hausaufgaben. Schnell, Johannes, wir haben keine Zeit zu verlieren. Wird Emily Giebel eigentlich noch observiert?“

Totenstille.

„Verfluchte Scheiße“, fluchte Karl und stürmte aus dem Raum.

#51

„Danke, Emily, dass du mir noch eine Chance gegeben hast. DU bist der einzige Mensch, dem ich alles erzählen kann.“ Blade lenkte den Wagen Richtung See, dort würde er sie doch noch töten wollen, aber er hatte noch etwas anderes vor, und dabei würde er sich viel Zeit lassen. Nach den letzten Morden war er zu aufgebraucht. Zu viele Tote in zu kurzer Zeit, hatte er festgestellt. Seine Gier war unersättlich, weil alles schnell gehen musste. Er schwelgte in seinen Erinnerungen und verspürte erneut das vertraute Kribbeln nahe seines Herzens. „Mein Leben war für mich immer mit Leiden verbunden. Verstehst du?“

Emily nickte. „Aber danach trennen sich unsere Wege, Leon“, sagte sie mit einer warmen Stimme, die ihn noch mehr erregte.

Ein gereizter Ausdruck huschte über sein Gesicht. „Versprochen.“ Er klang dabei nicht wirklich überzeugend.

„Wo fährst du mich hin?“

Aller Anschein von Güte war von seinem Gesicht gewichen. Emilys rechte Hand tastete nach dem Türgriff. Sie zog heftig daran, dann noch mehrmals in schneller Abfolge, doch die Tür blieb zu. „Du bist der Mörder, der meine Mutter umgebracht hat, du …“ Ihre Stimme versagte. Leon Benningers Gesicht verwandelte sich in eine Fratze. Er lachte hämisch.

„Du bist selbst daran schuld, Liebes“, flüsterte er und strich ihr zärtlich übers Haar. „Warst du nicht diejenige, die mich damals angerufen hat, nur weil deine ach so tolle Mutti sich hat volllaufen lassen?"

„Aber doch nur, weil du ein Taxifahrer bist, nicht weil ich jemals in dich verknallt war."

„Du hast mich in Mathe abschreiben lassen", presste er den Satz wie ein trotziges Kind aus sich heraus.

„Aber das ist noch lange kein Grund dafür, dass ich dich liebe."

„Immer, du hast mich immer abschreiben lassen und mir bei den Hausaufgaben geholfen!", schrie er. Spucke flog wie Sprühnebel aus seinem Mund und benetzte ihr Gesicht. Doch Emily wagte es nicht, sich zu bewegen. Sie entschied sich dazu, eine Taktik der Besonnenheit anzuwenden. Das hatte sie einmal in einer Reportage gesehen, in der ein Mädchen sich vergewaltigen ließ, ohne dem Täter, der mit einer Säge bewaffnet war, Gegenwehr zu leisten, und blieb nur so am Leben. Aber würde sie das auch über sich ergehen lassen können, diese Demut, diese sexuelle Folgsamkeit der niedersten Art? War sie stark genug, sich ihm zu beugen, sich seiner perversen Phantasie restlos zu ergeben?

„Pass auf!", schrie sie noch, weil Leon für einen Moment abgelenkt war und nicht auf den Verkehr geachtet hatte. Ein kleiner Junge fuhr mit dem Fahrrad über den Zebrastreifen. Der Nissan touchierte den Jungen mit dem Kotflügel, woraufhin er stürzte. Blade sprang aus dem Wagen, packte den verblüfften Jungen am Kragen, riss ihn auf die Füße, streifte ihm mit beiden Händen über die Beine und Arme. „Tut das weh?", wollte Blade von dem verdattert dreinschauenden Jungen wissen. Dieser schüttelte nur den Kopf und fasste sich an den Helm.

„Nur der Kopf“, begann der Junge zu flennen.

„Wehe, du läufst weg“, herrschte Leon Emily in barschem Ton an und zerrte den weinenden Jungen hinter sich her. Emily blieb zwischen dem Lenkrad und dem Sitz hängen. „Du gehst sofort zurück auf deinen Platz!“, schrie er Emily an und schlug die Fahrertür zu. Er sah sich schnell um. Sie befanden sich an der Ortsausfahrt, sodass er augenscheinlich von niemandem beobachtet wurde, stellte Blade zufrieden fest und riss den Kofferraum auf. Darin lagen eine Säge, ein Hammer, Nägel und eine Sichel, auch verschiedene Seile und andere Utensilien, die für seine Folterung unabdingbar waren. Er stieß das Kind hinein. „Wenn du schreist, töte ich dich und deine Eltern“, knurrte er, schlug dem Jungen mit der flachen Hand ins Gesicht und drückte die Heckklappe zu. Dann ging er schnell auf das zerbeulte Fahrrad zu und warf es ins Gebüsch. Er brauchte die moralischen Folgen, die danach sicher kommen würden, nicht abzuwägen. Emily kannte sein Geheimnis jetzt. Dennoch musste er einen kühlen Kopf bewahren, er hatte erst gestern das Übel all seiner Taten erkannt. Emily war an allem schuld gewesen. Sie hatte eine Idee in ihn gepflanzt, die so gar nicht stimmte. Sie liebte ihn eigentlich überhaupt nicht. Er setzte sich zurück in den Wagen. „Wir fahren kurz an dem Haus deiner Mutter vorbei, damit du dich von dieser Welt verabschieden kannst – für immer“, sagte er, dann stieß er einen ekelerregenden schleimigen Husten aus. Er hatte sich an seinem eigenen Geifer verschluckt.

„Das alles ist doch nur ein dummer Streich, nicht wahr, Leon?“ Ihre Mundwinkel zuckten, sie schien wider Willen belustigt.

Sein Gesicht wirkte gramzerfurcht, die Augen von Hass erfüllt. „Ich habe sie alle getötet, weil du mich dazu gezwungen hast. Ich dachte dabei immer nur, wie es wohl wäre, mit dir zu schlafen, allein dieser Gedanke machte mich schier wahnsinnig.“

„Aber du kannst es immer noch tun, warum hast du mich nie danach gefragt?“, flüsterte sie und legte ihre Hand auf seinen Schoß.

„Du lügst, das ist eine Lüge!“, entgegnete er mit unverkennbarerer Wut und fuhr mit quietschenden Reifen weiter.

#52

Saskia saß an Hannas Bett und las ihr aus einem Buch vor. Das Mädchen starrte apathisch zur Decke. Selbst vor ihrem Vater begann sich das Kind zu fürchten. Alle Männer machten ihr Angst. Ihre Mutter lag auf der Intensivstation. Sie hatte einen psychogenen Krampfanfall erlitten und musste behandelt werden, damit sie keine bleibenden Schäden davontrug.

Das leise Summen des Telefons in ihrer Tasche brachte Saskia zum Schweigen.

„Hallo, Saskia, weißt du, wie das Ding funktioniert, mit dem man den Sender orten kann?“, wollte ihr Ehemann wissen. Er klang erneut besorgt. Die Erinnerung an jene wie aus einem Alptraum stammende Situation verstärkte den Zustand der alles verzehrenden Angst in ihr. Saskias Finger verkrampften sich. Damals war alles glimpflich verlaufen, und ihr Sohn hatte sich nur versteckt, weil er wegen seiner zerrissenen Hose nicht gerügt werden wollte.

„Thorsten, ist was mit Lukas, wie lange ist er weg?“, wollte sie wissen und schlug leise das Buch zu, gleichzeitig betätigte sie den Rufknopf.

„Mit unserem Sohn ist alles okay. Aber meine frühere Arbeitskollegin hat auch so ein Ding gekauft, auf deine Empfehlung. Ich habe bei Facebook eine Gruppe gebildet, und nun ist ihr Sohn seit einer Stunde unauffindbar. Sag mir einfach, wie ich das verdammte Ding überprüfen kann, damit ich es Susi erklären kann“, wurde ihr Mann laut, was seine Verzweiflung noch mehr verstärkte.

„Wo Ist sle?"

„Hier bei uns Zuhause. Wie kann ich ihren Sohn orten?"

„Das weißt du besser als ich!" Ihre Stimme klang auf einmal schrill in der angespannten Stille. Saskia mochte Susi, und ihren jüngsten Sohn auch. Er war erst sechs Jahre alt. Hanna begann zu winseln. „Wo bleibt die Schwester?", presste Saskia durch die Zähne hervor und lugte durch die Tür. „Kann da jemand vielleicht herkommen? Ich habe einen wichtigen Anruf und muss weg. Siehst du das Blinken auf dem Bildschirm?", sprach sie zu ihrem Mann und bewegte sich durch den matt erleuchteten Korridor zum Schwesternzimmer.

„Ja, aber das verfluchte Ding entfernt sich rasant. So schnell kann Clemens niemals fahren. Er wollte nur kurz zum Netto, aber das liegt in der anderen Richtung."

„Wir wollten zusammen backen, verfluchte Scheiße", hörte Saskia das klägliche Weinen der verzweifelten Mutter aus dem Hintergrund. „Saskia, du bist doch bei der Polizei, kannst du da nicht etwas unternehmen? Du bist der einzige Mensch, dem ich in so einer Situation voll vertraue, bitte finde meinen Clemens."

„Ich werde alles Nötige in die Wege leiten, Susi."

Eine Krankenschwester Anfang vierzig kam aus einem der Zimmer und lächelte Saskia zerknirscht an. „Bitte, sprechen Sie etwas leiser, außerdem ist das Benutzen eines Smartphones hier strengstens untersagt."

Saskia sah der Krankenschwester deutlich an, wie es in ihr brodelte, trotzdem bewahrte die korpulente Frau die Fassung, anders als sie. „Ein kleiner Junge wurde möglicherweise entführt, kümmern Sie sich bitte um das Kind. Hanna Arnold braucht einen Betreuer, ich muss mich leider verabschieden“, sagte Saskia schnell und lief los. „Thorsten, leg nicht auf, hast du mich verstanden? Sag mir, wo Clemens zuletzt ...“ Ein enervierendes Tuten war alles, was aus dem Hörer zu ihr drang.

#53

„Sie ist nicht zu Hause“, stellte Karl fest und warf dem Psychologen einen komplizenhaften Bick zu, dann drückte er erneut auf den Klingelknopf und sah Johannes Hornoff fragend an. „Was machen wir jetzt?“

„Du hast die Schlüssel ihrer Mutter dabei, und da Gefahr im Verzug ist, brauchst du für eine Hausdurchsuchung keinen Durchsuchungsbeschluss. Du gehst davon aus, dass Ursula Giebel einen Ersatzschlüssel ihrer Tochter besessen haben muss“, konstatierte Johannes Hornoff und lächelte wissend.

„Twelve Points go to Doctor Hornoff“, flüsterte Karl und fischte einen Schlüsselbund aus seiner Hosentasche. Schon beim zweiten Versuch ging die Eingangstür auf. Sie nahmen die Treppe, und derselbe Schlüssel ließ sich ohne großen Widerstand auch in der Wohnungstür umdrehen. „Frau Giebel?“, rief Karl in die scheinbar leere Wohnung und lauschte. Nur das leise Ticken einer Uhr und das tiefe Brummen eines Kühlschranks waren aus der Wohnung zu vernehmen. „Hier“, Karls rechte Pranke verschwand in der Tasche seiner Jacke und holte zwei Paar Gummihandschuhe heraus, „zieh dir diese über.“

Doktor Hornoff folgte dem Kommissar in die Wohnung. Die Luft roch nach Fleischsoße und Frauenparfüm.

„Mir schwant nichts Gutes, Doc, ich spüre so etwas“, murmelte Karl und blieb vor der Tür, die zum Wohnzimmer führte, stehen. Ein bitterer Zug lag um seine Lippen und ließ seine Mundwinkel zucken. „Was meinst du?“

„Sie hatte Besuch, ich vermute, ein Mann war bei ihr.“

Karl runzelte die Stirn ob solcher Aussage, auch wenn er viel von Doktor Hornoff gewohnt war.

„In der Küche auf dem Tisch stehen zwei Gläser. Eines der beiden ist mit Wasser gefühlt, das andere ist ein Bierglas, daneben liegt ein zusammengedrückter Kronkorken.“ Die beiden Männer gingen zurück durch den schmalen Flur, der mit billigen Möbeln vollgestellt war. Doktor Hornoff warf einen kurzen Blick in die Spülmaschine. „Sie ist leer. Aber der Topf auf dem Herd ist nur mit Wasser gefüllt.“ Er legte seine rechte Hand vorsichtig auf den durchsichtigen Deckel, der von innen mit Wassertropfen bedeckt war. „Der ist noch warm, und die Spaghetti liegen ungeöffnet daneben. Sie wurde beim Kochen gestört und hat dem Besucher die Tür aufgemacht, was nicht weiter ungewöhnlich ist. Aber sie hätte die Nudeln abkochen können. Anscheinend ließ sich das Gespräch nicht verschieben. Vielleicht war ihr Gast brüskiert wegen ihrer vermeintlichen Zurückweisung und bestand darauf, dass sie alles stehen und liegen ließ und ihm zuhörte.“

„Stecken die beiden womöglich unter einer Decke, oder haben wir es hier mit einem Phänomen zu tun, welches auch Stockholm-Syndrom genannt wird? Hat sich das Opfer in den Täter verliebt? Oder hat sie ihn gar damit beauftragt, wusstest du, dass Emily Giebel Schulden hatte? Ihr letzter Freund war spielsüchtig und hat ihr Konto geplündert.“

„Ihr zu unterstellen, sie wäre habgierig, entbehrt jeglicher Grundlage. Aber dass sie den Mörder kannte, halte ich gar nicht für so abwegig."

„Natürlich kannte sie ihn, sie ließ sich von ihm kutschieren."

Eine leise Melodie erfüllte den Raum. Doktor Hornoff griff nach seinem Telefon. „Doktor Hornoff."

„Hier ist Saskia, ich glaube, er hat noch ein Kind entführt", schrie die Polizistin in den Hörer, doch der Schrei war nur ein heiseres Flüstern, weil ihr die Stimme versagte. Sie klang hysterisch.

„Wer?"

„Der Typ", stotterte sie um Atem und Fassung ringend.

„Woher glauben Sie, das zu wissen?"

„Nach dem letzten Zwischenfall mit Lukas habe ich mir so ein Dings, so einen Peilsender besorgt und an seinen Helm montiert, nein, das war mein Mann, aber das ist jetzt egal. Und dann hat mein Mann eine Gruppe gebildet. Eine gute Bekannte ist auch in dieser Gruppe, und jetzt sieht es ganz danach aus, dass ihr Sohn entführt wurde. Im Moment bewegt sich der Sender mit hundert Sachen Richtung polnische Grenze. Machen Sie bitte was, Clemens ist erst sechs Jahre alt."

„Bitte beruhigen Sie sich, wo sind Sie jetzt?"

„Bei mir zu Hause."

„Wir holen Sie ab. Bleiben Sie ruhig und geben Sie noch einmal die Koordinaten durch, nennen Sie uns bitte die Straße, auf der sich der Sender fortbewegt."

„B2, er fährt Richtung Schwendt."

„Bleiben Sie da, wo Sie sind, wir kommen, um Sie zu holen, dann werden wir den Sohn Ihrer Freundin retten“, sprach Doktor Hornoff immer noch ruhig.

„Karl, schick ein paar deiner Leute ...“

„Die Frau war so laut, dass ich alles mitbekommen habe“, sagte Karl und griff zu seinem Handy.

#54

Blade bog von der Bundestraße ab und lenkte den Wagen über einen Feldweg in den Wald. Ein weiterer Gedanke nahm in seinem Kopf Gestalt an. „Was hältst du davon, wenn wir den kleinen Jungen adoptieren? Nur du und ich, wir können uns hier verstecken."

„Ja, natürlich. Das wollte ich schon immer."

„Echt jetzt?" Seine Stimme überschlug sich.

„Ja, nur du und ich."

Er nahm seine Hand vom Lenkrad und legte sie auf ihren Oberschenkel. Sie trug eine helle Jeans und einen dicken Pullover, trotzdem zitterte sie am ganzen Körper. Seine Berührung war zaghaft, hastig und flüchtig. Er schluckte schwer und legte erneut seine Hand auf ihren Oberschenkel. Sie wischte seine Hand nicht weg. Blades jungenhaftes Gesicht bekam rote Flecken. Dann wurde der Griff fester, seine schmalen Finger gruben sich tief in ihr Fleisch.

„Du tust mir weh", flüsterte sie und strich ihm sanft über den angespannten Handrücken.

„Wann hast du dich am Daumen verletzt? Das ist mir bisher nie aufgefallen", sprach sie in sanftmütigem Ton, auch wenn ihr nach Schreien zumute war.

„Das ist schon lange her", erwiderte er in resigniertem Ton. Er war damals zwölf. Er hatte einen Hasen angefüttert und dann eine Schlinge aufgestellt. Das Tier war mit der Vorderpfote hängengeblieben. Blade hatte das Tier mit einem heftigen Schlag auf den Hinterkopf betäubt. Der Knüppel war bei dem Schlag auseinandergebrochen, der Schädel des Hasen war geplatzt. Während Blade ihm den Kopf vom Rumpf abtrennen wollte, zuckte das Viech einmal heftig, sodass das Messer einen Ruck machte und Blade sich selbst tief ins Fleisch geschnitten hatte, dabei waren alle seine Sehnen getrennt worden. Der Arzt wollte anfangs sogar den oberen Teil des Daumens amputieren, zum Glück war die Mutter dagegen gewesen und weigerte sich vehement, die Erlaubnis für eine OP zu unterschreiben. Nach mehreren Wochen zog sich die Wunde zu, die Taubheit blieb jedoch bis heute.

Emily sah im Augenwinkel, dass sie nicht allein waren. Sie wurden von einem Auto verfolgt, welches sich nur kurz blicken ließ. Der Verfolger war nicht sehr geschickt, aber Leon war zu aufgebracht, um ihn zu bemerken. Auch hatte er den Rückspiegel so eingestellt, dass er ihr die ganze Zeit über in die Augen schauen konnte. „Da wären wir“, sagte er dann und machte eine Vollbremsung. Der Wagen rutschte noch einen Meter und tauchte mit der Motorhaube in einem Gestrüpp aus dornigen Ästen unter.

„Bitte, Leon, lass uns hier Sex haben, ich mache alles, was du willst“, bettelte sie ihn an. Fassungslosigkeit spiegelte sich in ihrer Stimme wieder, denn sie wurde eindringlicher und begann zu kippen. Auch wenn der Mann sie anwiderte, so spielte sie ihm etwas vor, wovon er sein Lebtag geträumt hatte.

„Das machen wir schon noch, aber nicht jetzt.“ Er ging um den kleinen Wagen herum und riss die Beifahrertür auf.

Blade zitterte vor Erregung. Seine Zähne klapperten wieder aufeinander. Er griff zu seinem Messer und ließ die Klinge herausspringen. Ein einziger hastiger Strich über ihr Gesicht, schon sah er ein schmales Rinnsal über ihre Wange sickern. „Und keine Kinkerlitzchen, verstanden?“ Seine Nasenflügel bebten. Sein Atem ging stoßweise. Die Luft war draußen kühl und frisch, sodass sein Gesicht von einer Dunstwolke umnebelt wurde. „Wehe, du schreist oder ergreifst die Flucht.“ Blade öffnete den Kofferraum und zerrte den Jungen heraus. Das Gesicht des Kindes war angeschwollen. Er weinte immer noch, die Wangen gerötet und nass von Tränen sagte er: „Ich will zu meiner Mama.“

„Das hier ist jetzt deine Mutter.“ Er schubste ihn in Emilys Arme. „Mach ihm den scheiß Helm ab.“ Emily folgte der barschen Anweisung und reichte ihrem Peiniger den Helm. Er nahm ihn und warf den grellen Kopfschutz hoch auf einen Baum. Bevor er den Kofferraum zuschlug, nahm er alle Sachen und packte sie in eine Tasche.

Emilys Blick geisterte über die Landschaft, so als suche sie nach irgendeiner Zuflucht, nach einem Ort, nach einem Ausweg.

„Kommt jetzt“, sagte Blade und deutete beiden mit dem Kopf in eine bestimmte Richtung.

Der Junge klammerte sich an Emily und behinderte sie beim Gehen. „Wie heißt du?“, fragte sie ihn.

„Clemens“, brachte er den Namen kaum aus sich heraus. „Meine Mama wird mich finden“, fügte er hinzu und ließ sich dann doch von Emily an die Hand nehmen. Zusammen liefen sie durch eine schmale Schneise, die sich durch hohes Gestrüpp und wilde Pflanzen schlängelte.

#55

Saskia saß im Fond eines BMW und starrte auf den Bildschirm. Ihre gute Bekannte saß daneben und verfolgte den kleinen blinkenden Punkt auf dem Tablet. „Er ist stehen geblieben“, informierte Saskia die beiden Männer und sah zu der weinenden Mutter hoch. Ihre Blicke trafen sich.

Susi strich sich grob die Tränen aus den Augen und blinzelte. „Tatsächlich. Der Sender bewegt sich nicht.“

„Aber wir haben immer noch ein Signal?“, wollte Doktor Hornoff wissen.

„Ja“, sagte Saskia mit belegter Stimme und hüstelte. Kalte Wut verwandelte sich in bodenlose Verzweiflung.

„Wir sind in zehn Minuten da. Alles wird gut. Die Verstärkung wurde auch angefordert“, versuchte Karl Breuer die beiden Frauen zu beruhigen.

„Die nächste Straße links ab“, navigierte Saskia aus dem Hintergrund.

„Alles klar“, brummte Karl und trat das Gaspedal durch.

#56

„Packt mit an, sonst bewegt sich das Boot nicht“, herrschte er die beiden an und zog an einem Seil. Nur mit gemeinsamer Anstrengung gelang es ihnen, das Boot ins Wasser zu schieben, weil das Erdreich vom Regen aufgeweicht war. Der Schlick und Matsch schmatzten unter ihren Füßen. Blade war erst vor einer Woche hier gewesen, so war er sich sicher, dass die Bretter dichthielten.

Das Wasser plätscherte. Das Boot schaukelte sanft hin und her. „Steigt ein“, befahl er und half zuerst Emily, dann dem Jungen beim Einsteigen. Seine Tasche landete polternd auf den Brettern, dann stieg auch er selbst ins Boot.

Mit einem Ruder stieß er sich weiter vom Ufer ab und setzte sich auf die Bank. Hier roch die Luft nach Wasser, feuchter Erde und etwas, das er nicht beschreiben konnte. Emily und der Junge kauerten vor seinen Füßen und machten sich ganz klein. Weißer Dunst schwebte über dem ruhigen Gewässer. „Hört auf, miteinander zu tuscheln“, schrie er fast und ruderte schneller. Ein ungutes Gefühl beschlich ihn. In Emilys Augen schwang etwas, das ihm nicht behagte. Das Funkeln in ihren Pupillen wurde zu einem stechenden Glanz. „Ich möchte dich gleich jetzt, Leon, ich habe Clemens gesagt, dass er seine Augen zuhalten soll und die Ohren. Ich will dich auf der Stelle.“ Sie hob die Arme und zog ihren Pulli aus, dann stellte sie sich breitbeinig auf. Das Boot kippte gefährlich hin und her. „Huch, ist das wackelig hier“, sagte Emily lächelnd und machte sich an dem Hosenbund ihrer Jeans zu schaffen. Der schwarze BH verdeckte ihre kleinen Brüste. Jetzt sah Blade auch noch das knappe Höschen. Er vergaß dabei zu rudern. Emily schob die Hose nach unten über die wohlgeformten Beine und schlüpfte aus den Schuhen. Ihr ganzer Körper war von einer Gänsehaut bedeckt.

„Nein, lass das“, flüsterte er kaum hörbar.

„Genier dich nicht.“

„Nicht vor dem Kind“, stammelte er. Seine Zähne klapperte noch lauter. Er holte die Ruder ein und griff nach dem Reißverschluss seiner Jacke – er klemmte. Das Boot begann heftiger zu schaukeln, dann hörte er ein lautes Plätschern. Das Boot bekam Schräglage und kenterte fast. „Nein!“, brüllte er und starrte auf das Wasser. Nur Emilys Kopf tauchte aus der Wasseroberfläche auf. Hastig griff Blade nach einem der Ruder und holte zu einem Schlag aus. Der erste Hieb verfehlte Emily nur knapp. Sie tauchte unter, sodass er nur ihre verschwommene Silhouette erkennen konnte. Er holte erneut aus und schlug noch stärker zu. Dieses Mal spürte er den Widerstand. Das trübe Wasser färbte sich rot. Luftbläschen stiegen hoch. „Du verdammte Fotze“, fluchte er und beugte sich über den Rand. Seine Hände griffen nach Emily, doch sie war zu weit weg. Er hörte in der Ferne Motorengeräusche. Blade schaute zum Ufer, das vom Nebel verschluckt wurde, und setzte sich wieder auf die Bank, dann ruderte er weiter. Wenigstens bleibt mir noch der Bengel, dachte er voller Zuversicht, dass er seinen Ausflug doch noch genießen konnte.

#57

„Wie weit noch, Karl?“, drängte Doktor Hornoff, weil ihm von der rasanten Fahrt speiübel geworden war. Sein Magen rebellierte, und das Hemd klebte wie ein feuchtes Tuch an seinem Rücken.

„Wir sind gleich da“, sagte Saskia statt des Kommissars. „Hier nach rechts“, fügte sie schnell hinzu.

Noch bevor der BMW zum Stehen kam, riss die Polizistin die Tür auf und rannte los. Ein weiterer Wagen blieb dicht hinter ihnen stehen, gefolgt von einem zweiten Einsatzfahrzeug. Mehrere uniformierte Beamte liefen mit gezückten Waffen der jungen Polizistin hinterher.

„Ich sehe ihn“, schrie ein Mann und hob den Arm. Sofort wurde die Richtung korrigiert. Jetzt liefen Hauptkommissar Breuer, Doktor Hornoff und der Polizist dicht beieinander und führten die kleine Gruppe an.

„Hände hoch“, brüllte der recht junge Beamte und richtete seine Waffe auf eine Person, die auf dem Boden in einer gekrümmten Haltung kauerte. „Ich sehe eine weitere Person“, sagte der Polizist und ging in Stellung, die Waffe im Anschlag.

„Nein“, knurrte Karl und stieß den Polizisten grob zur Seite. „Bin ich immer nur von Handlangern umgeben?“, empörte er sich und stampfte weiter. Unter seinen Schuhen knackten trockene Zweige, vom Raureif bedeckte Grashalme reichten ihm fast bis an die Knie. Das Vorankommen war mühselig, aber der Polizist wurde von einem einzigen Gedanken getrieben, dem Mörder endlich das Handwerk zu legen.

„Hier stimmt was nicht, Karl", sprach Doktor Hornoff schnell, auch er atmete schwer, ohne den Schritt zu verlangsamen.

„Natürlich nicht", entgegnete der Kommissar und ging in einen leichten Trab über, weil hier das Gras nicht mehr so hoch war und der Weg nicht mehr von dornigem Gestrüpp versperrt wurde. „Er erwürgt die Frau, wenn wir weiter palavern", murmelte Karl und rannte jetzt.

„Nein, Karl, das meine ich nicht, das ist nicht der Mann, nach dem wir suchen. Er läuft nicht weg, mehr noch, er versucht sogar, die Frau wiederzubeleben, er will sie nicht erwürgen, er macht ihr eine Herzmassage. Das ist dieser Hausmeister vom Swingerclub."

„Gottfried Stang?"

„Ja!"

Jetzt sah Karl es auch und wurde langsamer. Karl Breuers Lunge pfiff leise. Der Mann, der keine zehn Meter von ihnen auf einer leichten Anhöhe kniete, presste seinen Mund gegen den der Frau, erhob sich und drückte mit beiden Händen im Sekundentakt gegen ihren Brustkorb. Dann legte er sein Ohr dicht an ihre Lippen.

„Gehen Sie zur Seite, Polizei", dröhnte Karls Stimme durch die neblige Luft und schreckte zwei schwarze Krähen auf, die mit den Flügeln flatternd in entgegengesetzte Richtungen davonflogen. Ihr Krähen hallte noch einen Augenblick nach.

„Gehen Sie zur Seite!", ermahnte Karl den Mann, der keine Anstalten machte, den knappen Anweisungen Folge zu leisten. Ein feuchtes Husten und ein Aufbäumen der Frau, dann ein Würgen, brachte alle drei zum

Verharren. Der Mann, der klitschnass war und immer noch auf den Knien vor der Frau hockte, drehte die Frau auf die Seite. Sie spuckte Wasser und Galle.

„Der Junge, er hat den Jungen, ihr müsst den Jungen retten“, war das Erste, was die Frau von sich gab. Ihre Worte waren ein einziges Keuchen und Husten, dennoch war ihre Botschaft deutlich genug, um den beiden Männern zu verdeutlichen, wie prekär die Lage immer noch war und die Gefahr noch längst nicht gebannt.

„Wo ist Clemens?“, wollte Saskia wissen und stand mit verzerrter Miene da und schnaufte laut.

„Im Boot“, setzte Gottfried die Umstehenden in Kenntnis und deutete zum Wasser. „Ich bin ihnen gefolgt, habe mich die ganze Zeit an Ursulas Haus versteckt, weil ich wusste, dass er wiederkommt, das tun Mörder immer. Das habe ich im Fernsehen mehr als einmal bei Akte XY gesehen. Ich bin ihm mit meinem Wagen gefolgt. Die ganze Zeit war ich den drei dicht auf den Fersen, dann habe ich Emily im Wasser treiben sehen, sie war wie tot und blutete stark aus dem Kopf.“ Der Mann war klitschnass und zitterte am ganzen Körper. Um seine Aussage zu unterstreichen, drehte er seine Handflächen so, dass alle sie sehen konnten. Sie waren rot vom Blut.

„Hat jemand eine Plastiktüte?“ Saskia sah in die Runde. Karl griff in seine Jacke und förderte einen Asservatenbeutel zutage. Saskia riss ihm die Tüte aus der Hand und stopfte ihre Pistole hinein. Sie wirkte auf eine skurrile Art zufrieden. Auch wenn Saskias Bewegungen gehetzt waren. Dann begann sie, sich auszuziehen.

Doktor Hornoff begriff, was die Polizistin im Sinn hatte. Er schüttelte nur den Kopf. Er konnte nicht im Entferntesten ahnen, dass es so weit kommen würde.

#58

Blade navigierte das Boot in die Richtung, in der er das alte Häuschen vermutete. Nächstes Jahr würde er es wieder herrichten müssen. Der baufällige Schuppen musste nicht nur ausgebessert, sondern von Grund auf neu instandgesetzt werden.

Er ärgerte sich zwar immer noch, dass er Emily nur getötet hatte, ohne es ihr für all die Jahre seiner Qualen heimgezahlt zu haben, aber er hatte ja noch den Jungen dabei. Beim letzten Mal war er auch nicht in den Genuss des Tötens gekommen. Der fette Junge war zu schwach und starb schon nach dem ersten Stich in die Seite. Blade war so arg enttäuscht, dass er den Jungen mit unzähligen Hieben durchlöchert hatte. Er blutete wie aus einem Sieb. Die Mutter des Jungen war wahnsinnig geworden und schrie sich in Ohnmacht. Blade hatte sie jedoch mit einem angekokelten Holzscheit, das er ihr gegen den Bauch gedrückt hatte, wieder zur Besinnung gebracht. Das war schließlich sein erstes Mal, dass er es mit drei Menschen gleichzeitig zu tun hatte.

Der ganze Abend war aus dem Ruder gelaufen. Er war mit allem überfordert gewesen und konnte sich nicht auf das Wesentliche konzentrieren. Auch hatten sich die beiden Frauen zu sehr gewehrt, sodass er sich gezwungen sah, mit den beiden kurzen Prozess zu machen. Klar hatte er die Leichen danach vergewaltigt, solange ihre Körper noch warm gewesen waren, aber das ständige Bellen des Hundes hinter der Tür hatte diese erotische Atmosphäre zerstört. Um seine Spuren zu verwischen, steckte er das Haus in Brand. Er warf einfach eine Sprühflasche mit Raumduft in den brennenden Kamin.

„Wir sind gleich da, kleiner Mann“, wiederholte Blade hektisch atmend, nachdem er die Erinnerungen aus seinem Kopf verbannt hatte und heftig an den Rudern zog. Unweit von ihm sprang ein Fisch aus dem Wasser. Bestimmt war das ein fetter Karpfen, sinnierte Blade und sah nach rechts, doch es war überhaupt kein Fisch, sondern eine Frau. Er war so sehr in seine Gedanken versunken, dass er alles um sich herum ausgeblendet hatte.

„Keine Bewegung“, sagte sie und richtete so etwas wie eine Waffe auf ihn, die sie aus einem Beutel herausgeholt hatte. Sie schwebte im Wasser wie eine Meerjungfrau. Ihre Lippen waren blau, selbst bei dem Anblick kroch ihm ein kalter Schauer über den Rücken.

Er dachte jedoch nicht daran, sich zu ergeben. Er würde mit ihr den gleichen kurzen Prozess machen wie mit Emily. Mit einem schiefen Lächeln packte er mit beiden Händen das Ruder und wollte es hochheben. Doch da hing jemand dran. Blade blickte sich um und wurde erneut überrascht. Was ging hier eigentlich vor? Es war ein Mann. Blade verlagerte sein Gewicht und packte nach dem zweiten Ruder. Er geriet in Panik. Mit voller Wucht landete das Ruderblatt im Wasser und traf die Frau an der Schulter. Blade gab einen Freudenschrei von sich und jubelte innerlich. Doch seine Freude war von kurzer Dauer. Im selben Augenblick ertönte ein ohrenbetäubender Knall, gefolgt von einem heißen Stich, der Blade rückwärts taumeln ließ und von den Füßen riss.

#59

„Schwimmen Sie bitte näher an das Boot“, drängte Doktor Hornoff und reichte Saskia die Hand. Sein Kinn schlotterte vor Kälte. Auch Saskia zitterte am ganzen Leib. Sie trug nur Unterwäsche. Johannes Hornoff stemmte sich mit nackten Füßen ab und zerrte die erschöpfte Frau über die Bordkante hinein ins Boot. „Ziehen Sie sich das über“, sagte er und reichte ihr einen Pullover und eine Hose, die im Boot lagen.

„Ich habe ihn hoffentlich nicht erschossen“, teilte sie hörbar erregt ihre Sorge mit, während sie sich den Pullover überstreifte. „Ich habe vielleicht zu panisch reagiert“, fuhr sie mit bebender Stimme fort und zog auch die Hose an, die ihr mehr als zehn Zentimeter zu lang war.

„Sie haben alles richtig gemacht“, beschwichtigte sie der Doktor und schniefte.

Saskias Finger waren taub, auch ihre Zehen fühlten sich wie Fremdkörper an. Die Kälte zerrte an ihren Gliedern. Bei dem Anblick des Doktors wurde ihr noch kälter. „Sie werden erfrieren in Ihren nassen Klamotten“, sprach sie und rieb die Hände aneinander. „Ihr Hemd ist klatschnass und Ihre Hose auch. Warum haben Sie sich nicht ausgezogen?“

„Ich habe heute eine Superman-Unterhose an, und das wäre mir zu peinlich“, scherzte der Doktor und streifte sich die Haare aus der Stirn. „Wie geht es dir, mein Junge?“, sprach er freundlich zu Clemens, der unbeweglich in Embryonalstellung zusammengekauert auf dem Boden lag und die beiden mit schreckgeweiteten Augen anstarrte.

„Hat er dir wehgetan?“, fragte Saskia den Jungen und legte ihre Finger an seine Stirn, die glühend heiß war. Ein Stöhnen und Keuchen brachte die Erwachsenen dazu, sich umzudrehen. „Er lebt noch“, entfuhr es ihr, man konnte daraus eine tiefe Erleichterung heraushören.

„Natürlich lebt er“, sagte der Doktor und drehte den Mann, der aus der linken Schulter stark blutete, auf den Rücken. Der Blick des Mannes flackerte und wanderte unstet zwischen den beiden hin und her.

„Wer sind Sie, verdammt?“, wollte er von den beiden wissen und verzog den Mund.

„Das Ende deiner Geschichte, das letzte Kapitel sozusagen“, setzte ihn der Doktor mit erstaunlich ruhiger Stimme in Kenntnis. Dann tat Johannes Hornoff etwas, das Saskia von diesem stets gefassten Mann nicht erwartet hätte. Der Psychologe holte mit der rechten Hand aus, ballte sie zu einer Faust und traf den Mann an der Schläfe. Der Schlag fiel hart aus, Saskia hörte sogar die Fingerknöchel knacken. „Können Sie rudern, Frau Kirschmann?“

„Nicht wirklich“, gab sie ehrlich zu.

„Okay. Sie machen Folgendes: Setzen Sie sich bitte auf den Mann, sodass er im Fall des zu baldigen Erwachens uns hier keinen Ärger macht, und ich sehe zu, dass ich uns ans Ufer bringe, und du, Clemens, spielst den Kapitän, du schaust über meine Schulter und sagst mir, ob unser Kurs richtig oder falsch ist.“

Selbst jetzt vergaß dieser Mann nicht, den Jungen abzulenken, stellte Saskia anerkennend fest und presste mit ihren Knien die Hände des leblosen Leon Benninger gegen die Bretter. Die gespenstische Ruhe, das gleichmäßige Schaukeln des Bootes und das Eintauchen der Ruder wirkten bedrückend auf sie. Wie sehr sehnte sie sich genau nach diesem idyllischen Ort. All die Jahre hatte Saskia von so einem Ausflug geträumt, aber in ihren Träumen kam kein Mörder vor. Ob sie jemals darüber hinwegkommen würde? Dieser Gedanke nagte an ihr und ließ ihr keine Ruhe. Der Mörder erwachte unter ihr und wollte sich hochstemmen, doch in diesem Augenblick stieß das Boot gegen den weichen Untergrund. Sie hob den Kopf und sah, wie der große Karl Breuer ins Wasser lief und das Boot mit seinen beiden Pranken packte. „Jetzt steht nicht einfach nur da, Lars, fass du auch mit an, und du auch, sonst fährst du dein Leben lang Streife“, knurrte Karl Breuer und zerrte an dem Boot. „Wenn mir der Doktor abkratzt, ziehe ich jedem von euch die Haut ab. Das schwöre ich“, presste er den Satz durch seine zusammengebissenen Zähne.

Mehrere Tage später

#60

„Sie haben nichts gegen mich in der Hand“, gab sich Leon Benninger stur und starrte die beiden Männer, die ihm gegenübersaßen, finster an. Dem einen von den beiden, der auch jetzt an einem Ball knetete, hatte er die Schwellung im Gesicht zu verdanken. Jedes Mal, wenn Leon sprach oder etwas aß, knirschte sein Kiefergelenk, so als hätte ihm jemand Sand darauf gestreut. Auch tat ihm die rechte Schulter höllisch weh, auch wenn es nur ein Durchschuss gewesen war. „Sie können mir nichts anhängen.“

„Da wäre ich mir nicht so sicher“, sprach der bullige Polizist und warf ihm einen finsteren Blick zu. Er hielt den Kopf leicht nach unten gesenkt und starrte ihn schweigend an. Seine buschigen Augenbrauen verliehen dem Mann etwas Animalisches. Auch die vernarbte Wange sprach dafür, dass dieser Polizist nicht von der sanften Sorte Bulle war. „Dieses Messer hier“, er legte Leons Messer auf den Tisch, das in einen Beutel eingetütet war, „das gehört doch Ihnen.“

Blade nickte. „Das ist aber kein Beweis dafür, dass ich jemanden damit erstochen habe.“

„Hat hier jemand etwa von erstechen gesprochen? Sie, Doktor Hornoff?“

Der Doktor legte den Ball weg, seine Finger ruhten auf der Tischkante. Er klopfte sanft mit dem verstümmelten Zeigefinger seiner linken Hand die Abfolge eines Morsezeichens. Drei Mal kurz, drei Mal lang, drei Mal kurz. SOS, schlussfolgerte Blade und sah den Psychologen ausdruckslos an.

„Sie lieben dieses Messer, das war ein Geschenk und gehörte möglicherweise schon Ihrem Opa. Die Spitze hat eine Macke, aber haben wir das nicht alle?“ Der Doktor sprach mit sanfter, fast schon freundlicher Stimme, und genau das bereitete Leon Benninger alias Blade große Sorgen. „Emily Giebel hat uns vieles von Ihnen erzählt. Auch wissen wir, dass Sie den Spitznamen ‚Blade‘ mehr bevorzugen als Ihren richtigen Namen. Blade ist kein Rufname, weil Sie nie gedient haben, Sie haben den psychologischen Test nicht bestanden. Hat Blade, das so viel wie ‚Klinge‘ bedeutet, etwas mit diesem Messer zu tun?“

Blade schwieg beharrlich.

„Nun gut, weil Sie das Thema ‚Erstechen‘ selbst angesprochen haben, so ist es tatsächlich so, dass viele der Opfer ein und dasselbe Muster aufweisen.“

Das wusste Blade wirklich nicht. Im kümmerlichen Lichtschein der nackten Glühbirne an der Decke und dem fahlen Schein, der durch das zugezogene Fenster hindurchdrang, das in den Augenwinkeln unangenehm flackerte, bedachte er den Psychologen mit einem abschätzigen Blick. Wenn er jetzt schwieg, würden sie ihn vielleicht in Ruhe lassen.

„Wissen Sie, dass wir den Kassenbon von dem Teppich in Ihrer Wohnung gefunden haben? Sie haben ihn für die tote Ursula Giebel kurz nach der Ermordung besorgt. Blöd nur, dass wir den alten Teppich noch an demselben Tag gefunden haben“, übernahm der

Kommissar den nächsten Part und zwang Blade dazu, die Perspektive zu wechseln.

Blade sagte nichts, mehr noch, er kreuzte die Arme vor der Brust und lehnte sich gegen die Stuhllehne.

#61

Karl wurde langsam ungeduldig, auch wusste er nicht recht, warum sie unbedingt in diesem Zimmer die Befragung durchführen sollten, das eigentlich für eine Gegenüberstellung gedacht war, und sie sich auf der anderen Seite des Spiegels befanden. Aber er vertraute Johannes. Alles, was jetzt nötig war, war ein Geständnis, aber dieser Leon Benninger dachte nicht daran.

„Wussten Sie, dass eine der Frauen ein Kind von Ihnen erwartet hat?“, hörte Karl die angenehme Stimme des Professors und sah, wie sein Gegenüber plötzlich bleich wurde.

„Sie lügen“, gab er schnippisch zurück.

„Als Kind fanden Sie Ihr Seelenheil bei Ihrer Mutter, bis zu dem Tag, an dem sie Sie verlassen wollte.“

Ganz entgegen seiner sonstigen Art schwieg Polizeihauptkommissar Breuer eine Weile, auch die beiden Männer sagten kein Wort.

„Das wollte Ursula Giebel auch, sie wollte Sie verlassen, wussten Sie, dass sie das Baby abgetrieben hat, weil sie die Vorstellung ängstigte, das Kind, welches sie von Ihnen bekommen würde, könnte sie kaputt machen? So, wie Sie Ihre Mutter kaputt gemacht haben. Das tun Mörder immer, sie machen das kaputt, was sie lieben.“

Leon Benningers Kiefermuskeln traten durch seine unrasierten Wangen hervor. Er trug keine Brille, seine Augen wurden glasig. Er schluckte den aufwallenden Zorn hinunter.

„Sie als Kind haben sich wie wir alle vor Geistern gefürchtet, habe ich recht?“

Was soll das jetzt?, dachte Breuer und räusperte sich.

„Ich möchte erneut an Ihre Kooperation appellieren.“ Dieser Satz glich eher eine Bitte als einer Forderung, stellte Karl fest und rührte sich nicht mehr.

„Ich habe niemanden getötet.“ Leon Benninger hob energisch die Stimme und sah den Doktor eisig an.

#62

Dieser Satz war das Zeichen für Saskia. „Kleines, du gehst jetzt in dieses Zimmer, dort suchst du dir einfach ein Geschenk aus und kommst wieder zurück", sagte sie zu Hanna und lächelte das Mädchen freundlich an. „Ich weiß, der Nikolaus kommt später, aber wir wollten dir eine Freude machen", fügte sie hinzu und öffnete die Tür. Hanna trug ein weißes Kleid, ihr golden schimmerndes Haar trug sie heute offen. Wie ein Engel, dachte Saskia und sprach dem kleinen Mädchen Mut zu.

„Wenn du zurückkommst, gehen wir zu deiner Mama, sie wartet auf dich."

#63

Blade saß mit versteinerter Miene da.

„Können Sie sich an das Mädchen mit den blonden Haaren erinnern?“, ließ der Doktor nicht locker, obwohl sein Gesicht ihn immer noch freundlich anlächelte.

„Welches Mädchen?“ Blades Handflächen schwitzten.

„Das Sie im Laub vergraben haben. Wir haben in dem Taxi, mit dem Sie ihr täglich Brot verdienen, einen Puppenschuh gefunden, den anderen haben wir in der Hand des toten Mädchens entdeckt.“

„Das war ich nicht.“ Blade schwitzte, seine Zähne klapperten leise, er wirkte unruhig. Ein großer Spiegel vor seinen Augen verdeutlichte seine Nervosität, dann verschwand die Reflexion seines Antlitzes, weil jemand hinter dem Spiegel das Licht eingeschaltet hatte. Dann sah er das tote Mädchen.

„Wer ist dieses Kind?“ Blade deutete auf die Erscheinung und schluckte schwer. Er rutschte auf dem Stuhl hin und her und blinzelte mehrmals. „Das Kind, wo kommt das Mädchen her?“

„Was meinen Sie?“, fragte der Doktor ruhig und warf einen kurzen Blick über die Schulter.

Der Kommissar drehte sich schwerfällig um. In diesem Moment rannte das Mädchen zurück, dann wurde es wieder dunkel.

Blade zitterte am ganzen Körper. „Das war doch nur ein Scherz. Sie machen irgendwelche Spielchen, habe ich recht?“

„Was meinen Sie damit?“

„Hanna ist gar nicht tot, sie wurde nur bewusstlos ...“ Da erkannte Blade, dass er einen Riesenfehler begangen hatte.

„Sie kennen das Kind also beim Namen?“

„Ja klar, kam schließlich oft genug in den Nachrichten.“

„Ihr Name wurde niemals genannt, es hieß immer ‚ein Kind‘ oder ‚ein Mädchen‘, von Hanna war nie die Rede, auch wurde niemals ein Foto von ihr veröffentlicht, weil sie ja nicht tot war.“

Blade sprang auf und packte den Doktor am Handgelenk, weil ihm das ewige Geklopfe auf die Nerven ging.

„Wie ich vermutet habe, sind Sie Linkshänder gewesen, bis Sie sich am Daumen so stark verletzt haben, dass Sie auf die rechte Hand umsteigen mussten, weil der Daumen unbrauchbar geworden war.“

„Ich werde Sie genauso abstechen wie diese verdammten Frauen und diese Kinder“, knurrte Blade, seine Zähne klapperten jetzt ganz laut, mit der rechten Hand versuchte er das Messer zu schnappen, doch da wurde er von einer Pranke gepackt. Der Arm wurde ihm auf den Rücken gedreht. Er prallte mit der verletzen Gesichtshälfte gegen die Tischplatte und gab ein tiefes Stöhnen von sich. Dann presste ihn der bullige Typ zurück auf den Stuhl. „Wenn Sie brav bleiben, werde ich Sie am Leben lassen“, sagte der Bulle und setzte sich auf die Tischkante.

„Ich werde euch alle kaputt machen“, sagte er wie ein trotziges Kind.

„So wie die Dame aus dem Waschsalon? Sie möchte übrigens ihr Handy zurückhaben. Wäre sie Ihr nächstes Opfer gewesen? Sie hat Sie ziemlich gut beschrieben." Er griff zum Telefon und sagte: „Lars, lass bitte die Zeugin herein."

Die Punklady lächelte wieder und kreuzte die Arme vor der Brust. Sie blieb in der Tür stehen. „Ja, das ist dieses kranke Arschloch, das mich ficken wollte. Und? Wer wird jetzt wohl in den Arsch gefickt?"

„Bitte verzichten Sie auf diese vulgäre Ausdrucksweise", wurde die junge Dame von Karl Breuer ermahnt.

„Ich gebe nur seinen Wortlaut wieder, nicht wahr?" Sie hob ihre Augenbrauen und ließ den Kaugummi zu einer Blase werden.

„Ich werde dich kaputtmachen, du wirst sehen", knurrte Blade. Speichelblasen zerplatzten auf seinen bebenden Lippen.

#64

Karl saß in seiner Wohnung und las in der Zeitung, wie heldenhaft die Polizei den Serienmörder überführt hatte. Der Kater lag schnurrend auf seinem Schoß und döste vor sich hin. Dann klingelte das Telefon, das auf der Seitenlehne des Sessels lag, in dem Karl seinen freien Tag genoss.

„Was ist, Doc?“

„Ich denke, deine Tochter hat jetzt endlich eingesehen, dass ihr Mann ein Arschloch ist und ich fast so etwas wie ein Gott bin.“

„Wie hast du das nun angestellt?“

„Lars, dein Partner, hat sich von ihm verprügeln lassen. Wir haben ein Treffen arrangiert und alles perfekt inszeniert. Alles sah danach aus, als hätten dein Schwiegersohn und meine Nichte Michaela, die gleichzeitig Lars‘ Freundin ist, ein Date miteinander, und zwar in diesem Swingerclub.“

Karl runzelte die Stirn. „Du und deine Gedanken sind doch wirklich ein Wirrwarr für jeden Normaldenkenden, was versuchst du mir da zu sagen, Doc?“

„Michaela, meine Nichte“, sprach Doktor Hornoff so, als wäre Karl ein Depp und schwer von Begriff, was den Hauptkommissar noch mehr ärgerte, er schwieg jedoch, „sie hat deinen notgeilen Schwiegersohn zu einem geheimen Treffen überredet, in diesen Swingerclub, für den Lars noch Gutscheine hatte. Deine Tochter kam in dem Moment herein, in dem Lars die beiden in flagranti erwischt hat.“

„Woher wusste Jana, dass ihr Mann sich dort mit einer anderen Frau trifft?"

„Jana hatte einen Anruf von der Besitzerin des Clubs erhalten, weil Sebastian dort angeblich mehrere offene Rechnungen hatte."

Karl Breuer schüttelte ungläubig den Kopf. „Wer hat sich diese intrigante Scheiße ausgedacht?"

„Meine Frau natürlich. Wie dem auch sei. In dem Moment, in dem deine Kleine den Club betreten hat, schlug ihr Mann auf den betrogenen Lars ein, und zwar in echt. Da war dann Schluss mit dem Vertrauen. Ich hoffe, ich konnte dir damit helfen. Und noch etwas, du schuldest Lars etwas."

„Warum hat er sich zusammenschlagen lassen?", verstand Breuer nicht.

„Das hat den Effekt noch mehr verstärkt und die Abneigung zu ihrem Mann noch mehr bekräftigt, nur so konnte Jana den hasserfüllten Blick und den Zorn ihres Mannes von der Seite betrachten. Außerdem durfte Sebastian zu keinem Zeitpunkt in die Opferrolle rutschen", beendete der Doktor das Gespräch und legte auf. Karl konnte es immer noch nicht glauben. Er warf die Zeitung auf den Boden. Dann sah er auf die dicken Buchstaben und las laut vor: „Der Mörder bekam lebenslänglich mit anschließender Sicherheitsverwahrung."

Erneut summte sein Telefon, dann erklang auch die Türglocke. Es war eine WhatsApp-Nachricht, die lautete: ‚Papa kann ich bitte reinkommen?'

Karl blinzelte schnell, weil sich in seinem linken Auge eine Träne anbahnte. „Was bist du für ein intrigantes Wesen, Professor Doktor Johannes Hornoff", murmelte

Karl mit einem schiefen Grinsen und ging zur Tür, um seine Tochter hereinzulassen. Im Treppenhaus roch es wie immer nach Gulaschsuppe, doch jetzt störte ihn dieser Geruch in keinster Weise.

„Opa, ich habe für Ferdinand eine Augenklappe, damit er wie ein Pirat aussieht", schrie eine Mädchenstimme und erfüllte sein altes Herz mit Freude. Schon sah er seine Enkeltochter mit weit ausgebreiteten Armen auf sich zustürzen. Er presste sie fest an sich und gab ihr einen Kuss auf die Wange.

„Bäh, Opa, du stinkst nach deinem Tabak, und kratzig bist du auch noch." Anja strampelte mit den Füßen, weil sie keine Zeit hatte. Er ließ das aufgeweckte Kind los, das schnell in der Wohnung verschwand. „Ferdi, schau mal, was ich für dich gebastelt habe", drang ihre Stimme aus der Wohnung. Karl stand noch eine Weile da und wartete auf seine Tochter, die sich dann in die Arme schließen ließ. Ihr Haar roch nach Babyshampoo und Keksen. „Es tut mir leid, Papa", flüsterte sie kaum hörbar.

„Schon in Ordnung", sagte er und strich ihr über den Rücken.

„Aua, warum hast du mich gekratzt?", schrie Anja. Karl und Jana lachten und gingen rein, um nachzusehen, was die beiden da trieben.

ENDE

Weitere Werke:

https://www.amazon.de/Noah-Fitz/e/B00J22WPQO/ref=dp_byline_cont_ebooks_1

Printed in Poland
by Amazon Fulfillment
Poland Sp. z o.o., Wrocław

84843376R00190